“深扎”文丛

SONGDU CHUANQI

宋都传奇

甘桂芬 著

河南大学出版社
HENAN UNIVERSITY PRESS
·郑州·

图书在版编目(CIP)数据

宋都传奇/甘桂芬著.—郑州:河南大学出版社,2018.11

("深扎"文丛)

ISBN 978-7-5649-3564-1

Ⅰ.①宋… Ⅱ.①甘… Ⅲ.①小说集—中国—当代 Ⅳ.①I247

中国版本图书馆 CIP 数据核字(2018)第 252575 号

总 策 划 侯若愚
责任编辑 侯若愚 王 珂
责任校对 李 云
封面设计 侯一言
出版发行 河南大学出版社
地址:郑州市郑东新区商务外环中华大厦 2401 号 邮编:450046
电话:0371-86059701(营销部) 网址:www.hupress.com
印 刷 河南瑞之光印刷股份有限公司
版 次 2018 年 11 月第 1 版 **印 次** 2018 年 11 月第 1 次印刷
开 本 889mm×1194mm 1/32 **印 张** 7.5
字 数 208 千字 **定 价** 38.00 元

目　录

呼　吸

僧问："人靠什么活着？"

佛曰："靠呼吸。呼，出一口气；吸，争一口气。"

第一次读到这句话时，他曾经感佩不已。

可这呼吸岂是容易的？

伊莲死后，周顺就患上了强迫症。他总觉得是自己害死了她。虽然警察一再说伊莲是因为下雪路滑导致的刹车失灵，但是周顺一直怀疑自己。他一个人的时候反复把那天的事情在脑子里过了一遍又一遍。他越来越清晰地记得，那天早上是他故意弄松了刹车片下的螺丝。

那年冬天格外冷。要过春节了，家里有娘准备年货，一进腊月娘就开始张罗，老人家还是喜欢过年的热闹喜庆，要年味儿，要热乎欢腾劲儿。

这都祭罢灶了，二十四扫屋子，二十五蒸馒头，二十六去割肉。明天二十六，娘又该大锅煮肉了吧。妞妞放了年假，欢天喜地在家里替奶奶跑腿。娘从来不用周顺插手，他往年基本不用管，这次照例是听娘的，老人家喜欢怎么过就怎么过呗。他估摸过年的东西娘都预备齐了。

这天周顺心里挺高兴。半下午的时候，老板叫他过去，说了好些体贴话，感谢他一年来为厂里的事没少费心，说是全仗着他把大家伙拢到一块儿。周顺是维修班的班长，老板口头任命的，工资上也没得着多少实惠，但是周顺做事向来较真，老板既然说了，他就很搁在心上。大家伙儿有啥意见，老板有啥要求，都是他在中间招呼支应着。老板说明天就是腊月二十六，辛苦一大年啦，到这年根儿，来修车的也不多了，让他歇歇，早些回去帮着家里备备年货。临走时，老板在他口袋里塞了一张三毛超市的购物卡。三毛是全市最大的超市，连锁店多，买东西方便。每年年底老板都会办些这样的购物卡，打点那些能管得着他们的部门，算作拜年的一样礼物。

往年老板从来没有给过他。可是今年不一样，老板特别亲切。周顺知道老板不是无缘无故的。一来他脾气好，人老实，平时加个班什么的，从来不啰里啰唆找理由推辞。二来他手艺硬扎，别人干不了的活他都能干得了，好多顾客就是冲着他来的。也因为他在，好几个大品牌汽车的维修点才肯设在他们这里。

周顺整天上班下班。上班就一门心思在修车上，下班就一门心思在家人上。但他越来越让老板不放心了，因为已经有不止一个修理厂老板私下里找过他，想把他给挖走。也有人建议他开一家自己的汽车修理厂，他听了只能笑笑，他不是不想自己做老板，可他知道那需要很多钱，他不愿意为了钱承受沉重的压力。

今儿个老板搂着他的肩膀，比平时格外亲热。老板最会笼络人，一直夸他能干耐劳，说明年的生意还得老弟帮着多照应点。挣了钱，大家的日子都好过不是？

老板为人说不上实在。人家做生意的嘛，要的就是个眼活嘴活，能挣钱才是正经。没错，是有别的老板来挖他。可周顺并没有要走的打算，他思谋着到了哪儿不都是给人家打工？这儿的生意不错，虽说工资给的不算太高，可是能按月准时发，何况老板今天话里也透出了过罢年打算涨工资的意思，许诺不会让他吃亏。

周顺不是这山望着那山高的人。但这几个月临近的同行都涨了工资呢。物价涨了，人工能不涨？几个一块干活的弟兄们私下里也议论过，想找老板要求加工资。周顺不爱乱掺和，也不多嘴，不过心里头记挂着。要是能涨些工资总是好事儿，自己挣得多，回去交给娘到底好看些。娘都六十好几了，还整天苦巴巴趴在绣架上，一针一线换几个辛苦钱，他这个做儿子的心里头愧得慌。

家离修理厂不太远，步行也就是二三十分钟的路。周顺晃晃悠悠地走过府前街，来到鼓楼。

鼓楼夜市已经成了这个城市的招牌，好多人大老远跑过来，为的就是尝尝这儿的小吃。其实其他地方也有卖的，可人们总觉得鼓楼的才够正宗。也只有这儿的生意最好，一年四季总是红红火火。鼓楼的这片夜市养活了附近的居民。这几年一些企业不知咋地就经营不下去了，下岗工人不少。有好多人在这里摆摊增加些收入，市政府给了优惠政策，算是鼓励自谋职业。也有平时喜欢鼓捣吃食的，家里负担重的，白天上班，下了班到这儿临时设个点挣个外快，多一份进项。娘说的对，这年月，只要人勤快，日子总能过得去。

这会儿，摊子已经陆续摆出来了，但客人还不多。才五点半，正是下班时候，摊老板们大多在做准备工作。来逛夜市的人还少，非得等到夜幕彻底降临，这里才会欢腾起来。大腊月的，天寒地冻冷呵呵，可逛夜市的人没有怕冷的。夜市上天天喧嚷热闹，喜气洋洋。不管心情多么郁闷，每次看到这里熙熙攘攘的人群，周顺就会被这些热爱生活的人给打动了，也跟着喜欢起来。

周顺一边走一边想着给娘和妞妞捎点啥，平常下班迟顾不上，今儿这不是回来得早嘛。

他下班其实可以绕过夜市，这里人多车多，过得慢，可是只要时间不急，他还是喜欢打这儿过。习惯了。他就是这么个脾气，什么东西习惯了就好，要换条道，自己心理上首先接受不了。再说，他喜欢热闹。人多好啊，在人群里挤来挤去，磕磕绊绊听着老板们热情地招呼——坐吧，要点啥，马上就好。炒凉粉、焦烧饼、杏仁茶，来一份吧。鸡血汤、肚肺汤、羊肉炕馍，怎么样，尝尝？此起彼伏的吆喝声，热情得很。

呼啦啦的火苗在鼓风机的策动下热切地舔着锅底，也点燃了过路人脸上暖融融的酡红。在逐渐扩张的小吃摊挟持下，鼓楼街越来越狭窄拥挤了，但是每个人的脸都被这样的拥挤催促出喜庆的微醉来。比较起火热的摊贩，路灯光倒显得黯淡了。

周顺自己话少，就特别喜欢别人话多。他自己寡淡，看着人家人声鼎沸的,他就好像自己也热闹了。过日子不就是图个热闹呗。要不冷冷清清,就像自己和媳妇,整天连一句话也没有,过着还有什么劲儿。

反正有空,他愿意走到熙熙攘攘的人群当中,愿意被旺腾腾的炉火薰红了脸,分享别人生意的兴隆。

这时候下了班的人们大多还在路上,没顾得上静下心来坐在这些小摊跟前品尝美食。但是大学里放假了,三五成群的学生,叽叽喳喳地簇拥在夜市里。他们天性是爱热闹的,从大学里回来,非得找老同学老朋友们聚聚,吹吹牛,炫耀炫耀新学的名词,比试比试新交的男朋女友不可。他们口袋里爹妈给的钱有限,吃不起什么大餐,把聚会安排在这些地方,花不了几个钱就达到了乐和乐和的目的,这儿既有适合他们年轻人喧腾热闹的气氛,又能满足他们喜欢浓重口味的脾胃。

眼下,能够坐在小摊子上吆五喝六的大多是他们这些年轻人。

他们嘻嘻哈哈着,小吃没能堵住他们的嘴。一边吃一边说着各自学校里的新鲜事,高兴得跟什么似的。

年轻真好!无忧无虑。周顺一边走一边感慨。自己是不是也有过这样年轻的时候?当然有。他年轻时候也是人群里的尖子,多少人羡慕他呢,还有伊莲。他们也有过这样的好日子。周顺的好时候过去了,但是伊莲的好时候还在延续,她不像他,没有跟着时间变老。伊莲是能拽住时间的人,她习惯于自己掌控命运,凡事都由着自己作主。她啥时候都爱做个挑头的,走到哪里都得拔出尖来,有大家的眼睛在一边紧盯着,她才能活出精神气来。

他一路走一路看,慢吞吞的,也不着急。娘肯定已经做好了饭,妞妞这会儿估计正迷着看电视呢。伊莲还是有什么饭局吧。她总是忙,十天有九天不回来吃饭,不是她请人家就是人家请她。她跑的步子快,这个家越来越撵不上她了。

打江山该是男人的事,可是伊莲的性格最不认输,她才不会甘心在家里委委屈屈洗衣做饭当小媳妇。她生就好当家好逞能好显摆的脾气,把她关在家里,还不得憋屈死了?这些年,她在男人主导的世界里打拼。她长得好看，又好打扮，那些能拿捏住她的男人能不拿捏她？能让她日子过顺溜喽？可她有她的本事，在谁跟前都不露怯，在谁跟前都能撒娇耍赖抛媚眼。她的这些手段都管用。再说，她也懂得这年月的规矩，该使钱就使钱，该放低身段就放低身段，逢山开道遇河架桥。再为难的事，没有她办不了的。

周顺心里有过抱怨。她还要个老公干什么？她一个人能耐上天了，一个人过也成。有无数次，这样的念头在他脑子里转来转去，但这样的话在张狂的媳妇面前忍了又忍，终于硬生生从嘴巴边嚼烂吞下肚去了。好多话一旦说出去就收不回来了，就像泼在地上的水，你没法子让它重新回到盆子里。他劝自己，女人家在外边讨生活不容易。

他不愿意就这个问题想下去。想多了也是自寻烦恼。

旁人笑话他是个窝囊废，管不了自己的媳妇。

哈，窝囊。谁愿意窝囊？

周顺常去大相国寺，去的多了，熟了，寺里的僧人喜欢和他打个招呼，劝他不如办个皈依证。后来，人家送给他一本书，书上有一段话。

僧问："人靠什么活着？"

佛曰："靠呼吸。呼，出一口气；吸，争一口气。"

第一次读到这句话时，他曾经感佩不已。

可这呼吸岂是容易的？

他听见过她和那些男人打电话，亲亲昵昵，哥呀妹呀的，他怀疑她根本不在乎他是不是听见了。她以为他没有心吗？可是她有她的道理，人家帮着咱们办事呢。咱有啥能回报人家的，也就是言语上软乎点儿呗。

他帮不了她。他要有出息，她犯得着求别人去？

他喜欢夜市上粗糙世俗的温暖，也喜欢那时候的伊莲。那时候她多好，看电视《射雕英雄传》里翁美龄喊黄日华靖哥哥，她也跟着喊他顺哥哥。声音甜丝丝水灵灵，活活儿就是狐狸精托生的。撒娇发嗲使小性儿，都是她最拿手的。

她爱美，爱时髦，鼓楼边的书店街上摆满了花花绿绿女孩子喜欢的小玩意，她挑来拣去，三五块钱买一样，兴冲冲当场就戴在头上身上，问他是不是漂亮。那样年轻的脸蛋，那样欢喜的模样，那样青春的身量，哪有不漂亮的。

街边有那么多零食摊子，炒瓜子、焦花生、鲜甘蔗汁、脆芝麻糖。

给女朋友买吧？女孩子喜欢的。

老板热切地招徕着。

他当然不会让摊主的建议落了空。伊莲的胃口是容易满足的，一块两块钱买了，够她从书店街吃着走到家里。他不心疼那点钱，宁肯勒掯着自己，也要她开心。

一点点好吃的填在她嘴里，伊莲就笑眯了眼睛扤着他的胳膊，一路哼哼唧唧着电视上新流行的歌回家去。这样的好日子老早过去了。她现在才看不上书店街那些小装饰品呢，连脚指头都透着瞧不起。她喜欢的是名牌是价格是品位。女人一旦有了钱就变了样，活像非得用钱把自己披挂起来，才能证明自己的不同凡响。

摆摊的都已经到位了。他在马家酱肉摊给娘买了几只卤鸡爪，这家的味道正，又烂活好嚼。给妞妞要了张鸡蛋煎饼，叮嘱人家不放豆腐皮，多放焦叶，多撒芝麻，不搁辣椒搁孜然。

对面一辆自行车，后边载着俩篓子，边走边吆喝着卖。篓子里有红艳艳的枸杞，饱满鲜亮，比超市里的要好。

周顺问了问价钱。三十五。

贵了。他摇头。

贵啥？正宗的宁夏枸杞，地道着呢。

三十吧？

成，第一炮生意。卖主很豪爽的样子。

周顺称了一斤。枸杞配上黑豆，煮好了每天吃一勺，对眼睛好。娘的眼睛见天盯着绣架，酸疼，咋说也是上岁数的人了。

路边有新裹了霜浆的糖堆儿，在清冷的空气中亮晶晶，仿佛结了冰一般。周顺犹豫了犹豫，挑了个山楂夹核桃仁的。他知道，伊莲今天晚上照例不会回来吃饭,可是他还是给她买了。她喜欢,多年前就喜欢。那时候才刚结婚,他们都还在工厂里上班,晚上吃过饭喜欢出来走走,看见卖糖堆儿的她就发痴要赖。顺哥哥,我肚子里不好受。周顺熟悉她的花样,知道她又犯了馋嘴病。女人家可不是得宠着点?她的小手腕儿都看在他眼睛里,可是他不点破,逗着她接茬演戏。周顺由着她,选个山楂夹核桃仁的糖堆儿帮助消化。她喜欢得什么似的,总要他先吃第一个。那年月小夫妻谈情说爱都藏着掖着,谁不怕羞在当街上亲热?他不好意思和她伙着吃,她就扯着他的胳膊不肯走。他只能听她的。赶紧咬一个下来,又酸又甜。他满心的得意,又怕给人看见,又怕没给人看见,美得很。

那时候她真的很可爱。他也是真的帅气。一对俊男靓女,穿着书店街地摊儿上最新挂出来的时髦衣服,谁不羡慕?街上好多眼睛都追着他们的背影走好远。

有人说,你们看他俩像不像上海滩里的周润发和赵雅芝?

现在可好,人家哪有空陪他。人家的时间是用来招呼陪伴有钱人的。

这种不被需要的痛苦,像只沉甸甸的锤子,经常一下一下砸在他心上。他眼睁睁看着伊莲每天忙得脚不沾地,活像比国务院总理还重要,一会儿不忙着就会天塌地陷似的。就算回到家也不闲着,她在电话里和许多男男女女甜言蜜语地拉关系套近乎,呼喝着店里的员工指手画脚发布命令。

面对变化的世界,她是游刃有余的,他则那么仓皇。他不合时宜了,除了每天一大早起来为她的车做例行检查,把车擦得干干净净。

他很用心,他能做到的也只有这些了。她当然可以请别人来为她服务,她有钱嘛。这年月,只要有了钱,什么买不到?不过还好,她为他保留了这点做丈夫的义务,要是连这点也剥夺了,他想不出她要他这个丈夫还有什么用。

他们之间的那种事情也少了。她总是忙,大多时间回来得晚,回到家就困得睁不开眼。而且，她太强势了，他就没有了在她身上做男人的心思。

在夜市上，周顺经常看到那些僧衣芒鞋的年轻人昂首阔步穿过街巷，身边的红男绿女和他们仿佛没有关系。他们是近旁大相国寺的和尚。他们大多正值壮年。身处闹市，不也可以做到清心寡欲？周顺想，自己莫如就做个在家修行的和尚吧。

大相国寺就在鼓楼附近。千年的古刹为什么会建在闹市里？周顺一直想不明白。没事的时候，他喜欢去寺里看千手千眼观音。这尊观音像是镇寺之宝，据说是清代一个民间艺人花了五十多年，倾尽毕生精力，用一株三千年生整棵银杏树雕刻成的。千眼表示遍观世间，千手表示遍护众生，寓意“利益安乐一切众生”。每天有很多人来拜观音，祈求富贵安康。

每次来，他都在观音面前立一会儿，并没有求告什么。只要站在观音面前，他就好像被那一千只眼睛照看了，通透了。不用他说，观音自然会看到他的心里，体谅他的难处。那一千只手仿佛温柔地抚在他身上，浑身的每一根汗毛都服服帖帖，驯顺得很。在那里静默半个小时，就如同练了气功一般，通体的经络都打开了，浑身的烦恼都泄掉了，感觉整个人像婴儿一样纯净。

每次从相国寺出来，他的心就踏实宁静了。这宁静不是止水的死寂，而是无风的水面，暗流潜伏在水底。就像对伊莲的爱恨，都藏在里头，面子上是看不到了。他越来越嘴拙，不愿意说，话都在心里埋着，他心里话唯一的出口就是观音。

他知道别人说他活得窝囊。不只是私底下，那些爱卖能的家伙甚至当面嘲笑过他。

他从来没有因此发脾气，而是假装没听见。他窝囊得心甘情愿。他在观音面前检讨过，把遭人耻笑的原因归结为自己。要是自己有出息，挣得多，她何苦在外边抛头露面谋生活。当然啦，若只是求得温饱，他无论如何辛苦也会努力做到。伊莲能吃多少饭，穿几件衣？可她不是那种只要温饱就能活下去的人。要养活这个爱挑样拔尖的媳妇超出了他的能耐。

他知道伊莲心里不指望他，他没本事解决她的很多问题。她爱出风头，爱漂亮，爱花钱，样样不肯输于人。他供应不起。

他无法准确地说出，他的好日子是从什么时间结束了。可是一定和他们的收入有关。

不知道咋地，几乎就是一夜之间，他们的企业就不行了，以前曾经很惹人羡慕的国营大厂正式工人的身份一下子变得一文不值。电影电视里越来越多大款的富贵生活，在他们看来简直奢侈得不可思议。伊莲睁大了眼睛，羡慕向往着这样的生活。在工厂里上班，得几辈子才能挨上这样的日子？是伊莲先提出要辞职的。本来伊莲要求他一道。可是他舍不得，抱有一丝幻想，认为曾经好好的工作，没准将来还会好起来。

伊莲可不愿意等下去，她不要这种穷日子，没有耐心去等待很可能永远回不来的好光景。她要下海。一个跑个体的朋友现在开服装店发了财，让她去店里帮忙，许诺工资是在厂里的两倍。伊莲忙不迭地答应了。

她每天穿着店里卖的衣服，做模特。她身材好嘴巴甜，衣服卖得好。她跟着女同学进过几次货，就摸清了里头的门道。她后来为什么和那个女同学闹起了别扭，周顺始终没搞清楚。恍惚听说是因为那个女同学的老公有事没事总爱朝店里跑，女同学不高兴，说了些不好听的，正好伊莲也有单干的打算，就自己赁店面卖起衣服来。她有眼光，进的衣服样子时新，价格便宜，好卖。那时候逢到节假日，周顺都要到店里去帮忙，可是店小，卖衣服得临时拉上布帘子让人家试穿，周顺一个大男人在店里怪不方便，顶多能帮着她去扛个包进个货啥的。后来，伊莲雇了个能说会道的小姑娘，周顺就派不上用场了。再后来，伊莲听常来买衣服的几个女人说搞美容更赚钱，又动了心思，便找机会转让了服装店，改行开美容院。入到行里才发现投资大得厉害。

她求爷爷告奶奶跑贷款，那段时间每天都是半夜才回家，浑身的烟气酒气香水气。好在美容院终于开张了，装修得富丽堂皇。她自己选准了市场狠下心，把服务对象定位在那些有钱的女人身上。你不能指望从牙缝里省钱的女人到这里来一掷千金。甭说，还真有那些钱多得扎手的女人，只要承诺能把她们变漂亮，多少钱她们都舍得花。这样的女人才不屑于为了几块钱和你讨价还价，她们迷信价格，越贵越好。她们只求这些高价买来的东西能让自己的体重减掉一些斤两，在眼角平息一些皱纹。伊莲有眼光，美容院越来越红火，她也越来越忙了。

在伊莲开美容院之前，周顺的工厂就破产了。直到下岗，周顺才不得不承认还是伊莲活泛，自己死硬。他压根就不该对那半死不活的工厂抱什么幻想。就像很多年以前，他长得帅，很多女孩子喜欢他，但是没有人能争得过伊莲。谁让那些女孩子脸皮儿薄，遮遮掩掩，欲语还休？她才不会谦让，她一向都是主动争取主动改变命运。她的天下是自己打出来的。

可是这样帅这样脸皮儿薄的男人现在不吃香了。没有钱，说啥都是抓瞎。这是个要用钱证明实力的年代。他老了，伊莲的美貌没有老。她的五官也许不出挑，但是她绝对不会允许自己衣饰平淡的。她不管什么时候都要在人群里发出自己的光来，习惯于成为各种场合的焦点。

好在他在家没闲着多少天，还没有来得及过多领教伊莲的埋怨，就有人找上门要他去上班，就是他现在待的汽车修理厂。这个老板以前和周顺工作的单位打过交道，看好周顺的手艺，知道他下了岗，特地来找他。

穿过夜市，大街上到处是急匆匆的自行车、电动车、摩托车，他的踽踽独行显得格格不入。是啊，别人都忙，只有他不急不慌。

他一个人慢慢走着。娘在家，她会准备好晚饭，这些都不用他操心。娘是个明理的老太太，她没有念过多少书，可是她什么道理都懂得，不像别人家的老人糊涂。包括对伊莲，邻里的老太太没少到娘面前说长道短，可是娘没有说过一个赖字。

搁在好多年前，娘也应当算是大家闺秀。她爹是国民党官员，做过一任县长的，可是她还没有来得及跟着享几年福就解放了，爹去了台湾，把她留在老宅里。家庭成分不好，好多年间没少受牵连，后来找了同样出身不好的周顺爸。没等到周顺长大，他爸又去世了。起起落落日子里的磕磕绊绊教会了她隐忍。人各有命，总得挣扎着过好了不是？

周顺打小跟着娘，孝顺。当年他要找伊莲，娘没说行也没说不行。只说这丫头……怕是不肯安生啊。又问周顺，你真的喜欢？

喜欢。

喜欢就依你吧，是你和她过一辈子，各人有各人的命。

同意是同意了，可是娘忍不住长长叹了口气。

娘是个信命的人，当命运的偶然把她推向某种境地，她往往是接受而非反抗，她很少有什么激烈的反应。信命的人有一个好处，就是在艰难中能自我安慰。遭到生活亏待时，叹一声都是命啊，就算是对这种境遇的认同。周顺的性格随娘。

娘以前在汴绣厂上班，五十岁退了休，正好家里添了妞妞，妞妞自小跟着奶奶长大。

其实，伊莲是不愿意生孩子的，怕麻烦，怕影响身材，怕孩子牵绊着手脚，她就不自由了。要搁别人家，老人肯定成天唠叨。可是娘从来没有多说过一句。

娘退休前那一年，过端午节那天在吃饭桌上忽地说，要是家里有个娃娃，咱家也该搓五色绳缝香布袋呢。前几天左右邻家都在动针线，花花绿绿怪好看哩。我眼看要退休了没有事，不如你们就生一个。孩子我养，你们清净做爹妈，咋说要比养只小猫小狗强，跟着我也是个伴。

伊莲向来没有个怕头，就怕娘。娘对她说话从来没有大过声，可只要娘说了，她就无论如何也要热热和和地接着，不敢让话掉在地上。

因为娘的这句话，她停了避孕药，这才有了妞妞。孩子一落地，娘就给抱走了，除了吃奶时找伊莲，其他时间都是娘照看。谁养的跟谁亲，妞妞是奶奶的影子，奶奶走到哪儿她跟到哪儿。

伊莲没有当妈的样子，打心眼里不亲。可是她奶水旺得很，不敢不给孩子吃。勉强等到妞妞满一岁断了奶，她可算是解放了，又是束腰又是跳健美操又是饿饭，好歹把怀孕增上去的体重给减掉了。

看把她喜欢的！出了笼子的鸟儿一般，成天打扮得花红柳绿，街上流行啥她穿啥，花蝴蝶一般不沾家。

对妞妞那也是心情好了看一眼，心情不好了，几天也不挨一下。

好多初次见面的人恭维她，说她看样子不过二十来岁，张罗着要给她介绍对象。她回到家，喜滋滋向周顺复述别人的赞美。嗬，她又成了风口浪尖上惹眼的人物。

妞妞一直是娘带着。娘那么要强的性子，自己说过的话，再怎么难也要砸实了。汴绣厂老工人多，退休工人多，负担重，退休金没几个钱，养活妞妞还真是吃力。娘靠着自己的手艺，从来没有闲过。周顺把自己的工资交给娘，娘尽量不用。说我的妞妞我自己养，你们的钱给妞妞存着上大学，出国留洋。说话间又瞅着胖妞妞的小脸蛋叹气，等到妞妞上大学，奶奶早没了，还是得你爹妈供养你。

妞妞不让奶奶乱说，捂着奶奶的嘴。我将来要出国了，奶奶跟着我去，给我做饭，咱家的饭好吃，我才不要见天吃面包薯条火腿肠。

娘自小就喜欢刺绣。最初家境好的时候，当然是为了大户人家女孩子该有的教养，没想到长大了要靠这个吃饭。好多看见的人吃惊她绣得好，夸她是民间艺术家，她总含笑不语。在她看来，什么艺术？不过为着谋生罢了。她当然要做得精美，为的是谋个好价钱。同样是一幅布，同样是绣，做得精致些，多花一倍两倍的心思，价格也能贵上一倍两倍，别人问起来，是王绣真绣的，不至于丢了人。这么想来，还是精致些合算。所以她的每一幅作品都是下了工夫的。当然，能买得起的人不多，但是她沉得住气，要买的自然会买。真心喜欢的人没有怕贵的，尤其是那些高鼻子凹眼睛的洋人，他们对她的作品啧啧连声赞不绝口的时候，她面子上不动声色心里头却在盘算着该向他们要多少钱，既让他们能接受又让自己多得点实惠,然后用这些换来的钱安置全家的粮油菜蔬、水费电费,给妞妞买书本纸笔衣服。她的不急于推销显得矜持大度胸有成竹,让要买的人心里先对货物质量有了底,倒生怕买不到了。大街上汴绣店那么多,人家能寻到她这个深巷胡同里的家,应当是慕了她的名,其实大多不会再过分计较价格的。买主倘若提到某个熟人的名字,她也会通融地在价格上做一点让步,虽然不太多,但总算是照顾了熟人的面子。这样的老城是最讲究人情的,价格上稍低个头,熟人面子上有光,买主也觉得体面。

娘退休后一直和厂里保持着联系,刚开始是厂里赶不出来的活儿转给她,后来出了名,一个传一个,客人就找上门来了。她活儿做得细发,大街上汴绣店里真正精致的作品并不多。有些要送给重要客人的老主顾,会提前向她预定。娘绣了一辈子,前些年日子不富裕,大家都不讲究,娘的活儿好价钱也高不了多少,可她坚持着,绝不肯降低标准让行家看见了笑话。这几年人们手头都宽松了,眼光高的人多了,娘的绣品价格自然上去了。好多人点名要王绣真的。娘的名字成了招牌,等着订制的人排了队。可她一双手,一根针,赶不过来,她宁肯推了活儿也不愿意砸了招牌。

现在娘的绣品一幅能卖三四千,她得忙活差不多一个多月。人老了,身体吃不消,眼睛累,手累,腰也疼得厉害。靠着这点辛苦钱,娘供妞妞上学,打点家里的开支。

汴绣工艺复杂,娘顶认真,针法上从不俭省。把一根线劈做十八股来绣,她绣出来的小猫小狗人物花草简直活过来一般。娘绣的肖像最传神,比照片上还要像,看见的人没有不吃惊的。

伊莲曾经说,妈,干吗这样麻烦,现在机器也可以绣的。一针一针的,多两针少两针有什么了不起?

行家知道,自己知道。人家花了大价钱,咱就不能糊弄了人家。

有一次,一位老客户来取活儿。娘明说了,这幅作品有一半是妞妞学着绣的,若是不满意可以减一些价钱。

王师傅,没事没事,咱们老交情啦。这幅床头是带给国外一个朋友的，他喜欢收藏这些手工艺品，多几百少几百的，他也不放在心上。别说，您这孙女还真是块材料呢，将来要能做个绣工，保准和您一样出色。

那可不中，女孩儿家，学一点女红玩玩可以，当真做绣工就委屈了我的乖娃，太辛苦啦。

妞妞小时候学过两年画画。那时候，旁人家的孩子放假都报了特长班。奶奶问她喜欢啥，她看见奶奶在绣架上描绣样，花花草草的，怪好玩，就说要学画画。学了几个学期，老师说她悟性挺好。只是女孩子家专一学画画，路子太窄。好多孩子文化课成绩不好才学艺术，妞妞功课这么好，花太多时间学画画怕耽误了前程。何况学艺术太花钱，纸啊、颜料啊、教师指导费，都不是小数目，富贵门第不算啥，平常人家难免吃力，不如把艺术当作业余爱好吧。

后来妞妞不去特长班了，高兴了自己在家画几笔。老师喜欢她的灵气，不收费也隔段时间打电话叫她过去，看看她的画，给她指点指点。

有好多人的绣样是用电脑打印机印出来，然后再绷在架子上的，这样一拉一扯，多少会有些变形。奶奶的绣样都是固定好底子才画上去的，虽然费了不少事，但是精细不精细，识货的行家一眼就看出来了。

妞妞现在有了本事，奶奶的绣样都由她来画。到底是老师指导过的，在绣布上描底子，比奶奶描的细发，也算是帮上点儿忙。后来她看奶奶绣得有意思，自己心痒痒也想扎几针。

伊莲怕误了妞妞的学习，一见她拿针就吵她，还说到婆婆跟前："娘，绣得再好，到底不过是个手艺，靠辛苦挣饭吃，比不得上大学，将来谋个好职业，省得这样辛苦。"

娘觉得有理。可是只要没耽误功课，多少知道点针线，也是正经人家女孩子应该的。

妞妞在一旁听着笑。她懂规矩。大人们说话的时候，她向来不插嘴。

伊莲说她性格太面，将来到了社会上肯定吃亏。妞妞也还是笑。她文气，学习好为人好，在学校里老师同学都喜欢。妞妞上高三了，旁人家为孩子考大学又是请家教又是专门找人补课，他们家不用。每回开家长会回来，周顺都觉得心里特别舒坦，看见的前程光辉灿烂。自己是没指望了，可是有妞妞。只要妞妞好，整个世界都亮堂了。

逢年过节的时候，伊莲会给娘塞个红包，说，没给您买啥，您喜欢啥好吃的让妞妞给您买去。

娘不要。

伊莲就给妞妞，说，替奶奶收着吧。

最初是三百二百，后来千儿八百，再后来三千五千的。店里挣了钱，她出手自然也阔绰。

娘把这些钱都用妞妞的名字存在银行里，说，给俺妞妞上大学用。

娘挺喜欢。娘看的不是钱的多少，看重的是伊莲的这份心思。顺子性格太坦，比不上儿媳妇能干要强，可只要儿媳妇有这份心，这个家就散不了。

看到家里的三个女人都开心，周顺心里特别舒坦。可这样完整的喜悦，机会太少了。

妞妞的眉眼集中了爹妈的优点，谁见了都夸漂亮。她性格像爸爸，偎人，一放学除了做作业就是黏着奶奶，看奶奶绣，趁着奶奶不注意偷偷扎两针。刚开始奶奶一眼就瞧得出来，骂她死丫头，奶奶得拆了重扎。后来奶奶觉得能入眼，补上几针就看不出毛病了。再后来，妞妞琢磨出点门道来，连奶奶也看不出有什么不妥了。

哎哟，乖娃，这个可不能耽误了你做功课。功课都完成了没？

妞妞学习上从来不用催，自己用心，虽然不见得回回考试得第一，但前几名没有问题。老师说这孩子心里有数，一点就透，又知道学，考大学不用发愁。隔壁家的小子跟妞妞一般大，整天上蹿下跳，扒豁子惹祸，爹娘在家请家教没少花钱，还是不长进，回回串门都要羡慕奶奶养的妞妞好。

妞妞亲奶奶。上小学时，还要跟奶奶挤一张床。周顺怕影响娘休息。娘说，没有妞妞我才睡不好呢。

买张大床吧。娘的老式木头床用了几十年。

不用。不挤。

周顺手巧，趁着休息的时候找块木板并在里头。床宽绰了，奶奶孙女都高兴。到上初二，妞妞个头都赶上伊莲了，她睡觉摊胳膊撂脚，奶奶只能挨在边上。周顺坚持着在奶奶的床边上给妞妞搭了张小床。这不，多快，都上高三了，她还睡在奶奶房间，跟老人做伴。周顺没有反对，老人到底岁数大了，夜间万一有个头疼脑热，有孩子在她身边使唤着方便。

周顺回到家，看见妞妞回来了，娘也做好了饭。

娘说，妞妞妈打过电话，不回来吃饭了，她有事。

她天天有事，要是没事倒稀罕了。

眼看要过节了，伊莲的美容院忙着呢，爱漂亮的女人过节当然得好好保养保养皮肤，还要把一个冬天因为吃得太多动得太少积攒起来的肥肉给减下去，免得惹养活她们的男人不待见。

这些女人一个个有钱又有闲，无聊得恨不能鼻孔里开出朵花儿来。她们能有什么事？三天两头到美容院里炫耀炫耀家底传播传播闲话是她们日程表上的正常营生。

伊莲眼头活嘴巴巧，能说会道，左右逢源，和那些女人一见面就像是八百年前的朋友，亲热得不行，连恭维带奉承，把她们夸得一个个合不拢嘴，跟常来的女客人都交上了朋友。没多长时间就跟着进入这些富贵女人的生活圈子，通过她们认识了那些有钱有权能帮着她摆平很多事的男人。

有时候回到家，伊莲心情好，跟周顺说起对这些女人的不屑。哼，也就是命好呗。可惜底版太差，再咋地花钱折腾也不会把她们给抬举好看了，照样比不上咱这天生丽质。这些女人都是伊莲的财神，在美容院里她甜言蜜语想法讨好她们，回到家再不损损她们实在不甘心。

周顺把路边买的东西交给娘。卤鸡爪吃的是一层皮，最讲究入味，要进口即烂又不至于烂得脱了骨。娘尝了尝，说挺好。妞妞抓起煎饼，奶奶一口，爸爸一口，这是从小养成的习惯。剩下的都是她的，三下五除二就消灭光了。奶奶和爸爸的张口咬都是做做样子，知道她喜欢的东西，没人舍得和她争。糖堆儿闲置了，周顺拿糯米纸包好，放进冰箱里。

周顺喜欢这样简单的生活，每天一早上班晚上回来。下了班守着家，喝娘熬的小米粥，嚼淋了麻油的咸菜，看长篇电视剧。他对生活很知足。都说伊莲的美容院生意很好，赚了不少钱。可她的钱是她挣的，周顺从来不问。

吃过饭，周顺拿出购物卡交给娘。娘说让妞妞到家门口的三毛超市去看看，喜欢啥就买些吧。妞妞很快就回来了，手里提着购物袋，兴冲冲地进门就喊奶奶，神秘兮兮地问，你猜多少？两千呢。奶奶，今后两个月，咱家的日常用品都可以在家门口免费享受，你不用再大清早跑菜市场图便宜了。

妞妞高兴地把她买来的巧克力掰一块放进奶奶嘴里，又掰一块放进爸爸嘴里，再掰一块放自己嘴里。爸爸，你真棒！她笑嘻嘻依在周顺怀里。活脱脱地，周顺看见了伊莲当年的影子。

奶奶眯了眼瞅着妞妞，自家的宝贝，咋瞅咋好。这样的孩子，谁舍得不娇惯？就是娇惯了，也不会学坏到哪儿去。

这当口手机响了。周顺的手机是三百八十块钱买的，送三百块钱话费。摩托罗拉公司特价促销的老款式，功能单一，模样也显得蠢头蠢脑。伊莲说他老土。周顺觉得自己早过了讲样子的年龄，老土就老土呗，能接打电话就成。

老板在电话里说，让他到中州国际酒店去帮忙把李总的车开回家。李总在那里款待外地一位客户，喝高了，自己开不了，司机又正好不在，就想到了周顺。李总给老板打了电话，夸周顺人老实、嘴严，人家点名叫他去。

李总是修理厂的大客户，老板讨好犹自不及，哪里敢得罪？

老板吩咐周顺去帮这个忙。

以前这样的事周顺也没少干。有时候确实是人家点名要他帮忙，有时候是老板托词客人的要求硬派给他的，他一贯任劳任怨。

今天周顺很想让妞妞在他怀里多偎一会儿，可他下午刚从老板手里得了奖励，不好驳了老板的面子，只好答应了。

他打的去的。老板说明天会给他报销出租车费。

周顺在酒店门口一下车，就看到了伊莲。她喝了酒，脸颊绯红，脚步摇晃。他看到那个扶着她的男人手不大老实。他不能不相信别人的传言了。那个男人周顺知道，是一个什么部门的领导。当然人家不认识周顺。在人家眼里，他不过是个下力气的工人罢了。

以前，他听过很多关于伊莲的闲话，他不想知道那么多，他克制着自己探究的欲望。可他无法蒙上眼睛，他看到了真相。原来他极力要维护的圆满，早已千疮百孔。

周顺没有说话，闷闷地把人家的车开回，闷闷地回到自己家。

看到伊莲已经到家，他没有说话。

他一夜无眠。第二天一早，他照例起床很早，为她检车。他的恨瞬间膨胀了，他克制不了自己，他不想让她走得更远，他用扳手松动了刹车片下的一个螺丝。

他上班走了，八点，他从来没有迟到过。他神情恍惚，等着灾难的降临。八点——九点——九点半。她每天十点钟上班。美容院上午没什么顾客，她不用去那么早。

汗水从他的皮肤里一点点渗出，慢慢地在额头上聚成大滴，流进眼睛里，火辣辣地烧着眼珠子。

一幕幕灾难的幻觉挤满了他的脑子，他不想再想下去了，使劲甩甩头，可是甩不掉，乱哄哄的想法牢牢地盘踞在那里，撕扯着他的神经。

他打电话回家。妞妞上学了，娘接的电话。

伊莲呢？

今天走得早，说是打算把美容院转让了，接一个什么厂。听说昨天晚上已经谈妥了价格，她上午去和人家签协议。

他打电话，手机一直没有人接。他知道她开车时不接手机，这是他的建议。她的驾车技术不太过关，驾驶证也不是正儿八经考的。她满天下都是熟人，能托熟人找关系办的，何苦艰难巴哩到驾校去学习。她开车是周顺教的，学了两个半天，能开着走就直接上路了。他心里直打鼓，她倒是憨大胆，急三火四地到处炫耀她也会开车啦。

她以前不是没有出过事。那一次是去她朋友家。

那女人周顺认识，是伊莲的中学同学，也是心高性傲的主儿，看不上原来的老公，离婚了，找了个有钱的。二婚婚礼仪式声势浩大，活像非得让满世界的人都知道她嫁了个有钱人不可。喜帖子漫天飞。伊莲也接到了。上面写着："贤伉俪携手而至是对我最好的贺礼。"据说这是婚庆公司的创意，宴会邀请了一百对结婚十年以上至今幸福美满的夫妇来贺喜。这样的半路夫妻，越是心里没有底，越是盼着别人都相信他们浓情蜜意，越是指望别人的祝福来为他们的未来打包票。

伊莲开着 Polo 带他去的。平时她很少和他一起参加朋友间的聚会，周顺一个修理工的身份不能替她长脸。可是这天，这个设宴的女人她得罪不起，人家答应了结婚后要在她的美容院里办一张价值 19999 的贵宾卡，所以人家的要求她不敢不重视。

伊莲开车。周顺十几年的驾龄了，技术当然比她好得多，可她愿意自己开。女人，一个漂亮时髦的女人开着色彩鲜艳的 Polo，多神气！她喜欢自己做主宰，连开车也不例外。周顺坐在副驾驶位置上帮她看路。

路上，她喋喋不休地指责他不该安于现状，说他应当开个汽车修理厂，自己做老板。

你闺女眼看就要念大学了，花钱花大发了，你一个月那两千来块钱够干啥？别人家的孩子都出国呢，咱闺女学习又好，你就好意思让孩子窝在家里？现在干什么没有钱能成？赶紧挣钱！这年月，啥都是假的，挣钱是真的。你不是最亲妞妞吗？没有钱，再亲孩子也使不上劲儿。

她一路数落着。前边忽地拐过来一辆车，她一下子慌了，眼看躲不过去，周顺到底经验多些，抓着她的手向边上打方向盘，还好，总算错过去了，只是前边右侧的车灯蹭在了路边的隔离墩上。

她下了车，满心恼火。

看，车灯坏了！这种HID氙气灯，三千多呢，一下子没了。周顺不辩解。他知道要是不拐，绝不是一个车灯的问题，恐怕命都没了。但是他没有辩解。伊莲就是这种火燎鸡毛的脾气，左右都是她的理。他明白她其实心里有数，可是她啥时间承认过是自己不对？蹭坏了车灯，她心疼损失车灯的钱，总得找个人来撒气，自己一向充当她的出气筒。

看她撞倒了路边的隔离墩，交警凶巴巴地过来要扣她的车。周顺赶紧敬烟，她也娇滴滴地求情，可是那位板着脸的老警公事公办得很，一点都不肯通融。她恼了。她是习惯于别人给她一些照顾的，一旦享受不了特权，她就觉得是受了委屈。

她从手机电话簿里找到那个男人的电话，声音甜得能榨出糖来。好哥哥，你可一定得帮忙啊！

周顺的脸色又红又白。那一刻他是恼火的，可是事情过了，他就忘了。他帮不上忙，不能不许她找别人帮忙。

那个男人是这位交警的领导的领导，经过电话的周转，交警的脸色立即由生硬到柔和甚至于献媚了。

好好好，他小心地对着电话那边看不见的人点头哈腰。

手机回到伊莲手里。她对着电话继续用黏糊糊潮漉漉的声音打情骂俏一番，才算了事。

交警当然换了笑容放行。

这一次会不会……她开车那么莽撞。

他感到后背的内衣全湿透了，凉凉地贴在身上。

接到通知，他赶到现场的时候，她已经被送进了医院太平间。交警交给他一个提包。是她的，见天拿着，真皮的，有金利来的标志。里面是她的手机、化妆品、钥匙、面巾纸什么的，还有一张签好的合同，别人的汽车修理厂要转让。

保险公司也来了，她的车每年都买全险。是那位交警队领导的领导的妹妹帮忙联系的。到底是熟人，处理得挺及时。受益人是妞妞的名字。

周顺一个人,怔忪地。被撞得面目全非的车给拖走了,地上的血迹还没有来得及清理,鲜艳地在雪地上盛开着,刺痛了他的眼睛。

他突然怨起老板来。他那天为什么要让自己去开车,为什么要让自己看见伊莲和别的男人拉拉扯扯。

他失神地盯着那摊血迹。他恼自己,伊莲那么爱美爱漂亮爱出风头,她没有错。女人家爱美爱漂亮爱出风头有什么错?错的是自己没出息。要是她嫁给那些能干的男人,她也许不用这么辛苦,她也可以像她美容院里那帮女人一样享清福。她不是没有走吗,她不是还顾着这个家吗?

他盯着自己的手,这双拧松了螺丝的手。

娘来了,还有妞妞。一老一小两个女人,她们死死拉着他的手。

回家,回家。你可不能啊,乖顺子,还有咱妞妞哪,咱妞妞不能没有你啊。

娘的白发和地上的雪一样白,今天早上上班的时候,还没有白得这样纯净。

妞妞的眉眼里都是伊莲的影子。爸爸,爸爸。妞妞从小亲他,妞妞不能没有爸爸。

事故科的交警做了测量鉴定。他们说,下雪路滑,刹车失灵。

没有人怀疑周顺,没有人提到刹车片底下的螺丝。但是他知道就是自己。

后来,一个人枯坐在城墙上时,他反复想,是不是因为自己爱上了那个经常到娘这里来买汴绣的女人,妄想用她来取代伊莲。

她第一次来,是请王绣真绣一幅肖像。她拿来了几张照片,以其中的一张做样板,其他几张作为参考。她说这个照片上的人是她先生。

肖像最难绣,就难在给肖像以比照片更立体的生命感。一般人通常不愿意接这种活,太耗时费力,而且不容易达到主顾的满意。

但这样的礼物送出去是不同凡响的，绝对独一无二，绝对量身定做。所以凡是坚持要绣的主顾，从来没有在价格上打过折扣。

送这样的礼物，足见送礼人的用心。她来绣这幅照片当然是要讨好她男人，准确说是供养她的人。她要求他一件事。

这个女人叫林慧慧，他后来知道的。林慧慧偶然在朋友那里看见了王绣真的绣品，很喜欢，向别人打听了地址找来了。

那天周顺刚好在家，光着脊梁修电风扇。其实屋子里装有空调，可娘心疼电费，孩子们不在家她就舍不得开。电扇用久了，转起来吱吱哇哇响，他给电扇轴里膏了些机油，想减小点噪声。他正专注地干活，天热得难受，干脆甩掉了汗衫，光背上沁出一层汗珠。这时候，林慧慧来了，问王绣真是不是住这里。

他抬头看她，觉得面熟，她也是一愣。好像在哪里见过，再一想就想起来了，是在汽车修理厂。他听同事私下里议论过，她是某某养着的金丝雀。那个男人在这个城市很有名。她看上去年轻秀气，并不像一些有靠山的女人那种眼高过顶的样子。

听说她跟着那个男人几年了，男人对她还不错，但是人家有家，不能许给她婚姻。她一天天耗着，每天的主要工作就是等着他来宠幸。

为了讨好他，她学过流行歌唱过豫剧练过瑜伽跳过健身操，他喜欢什么她就学什么。她不敢指望他的恩爱，他不过是消费她的青春，要的是没有负担的享受，人家的恩爱是留给自己老婆孩子的。他能留着她这么久是因为她识趣，没有给他添麻烦。他做买卖，大宗的进出，有风险有负累，他需要在女人身上寻找轻松。老婆是陪着他共过患难的，他的道德标准限制着他，因此不会遗弃了家人。他当然也不会过分委屈她，他为买到的青春付了高价，他完全消费得起。

在他五十岁生日的前一天，她送出了那幅绣像。他果然喜欢得很。在亲热的余韵中，她提出想要自己开个店卖工艺品。他问了投资数额，觉得能接受，利索地答应了。说，也好，你学了那么多年艺术，白白丢了怪可惜。

她开始张罗。她开店不是为了赚钱。一来是因为没有事情可做，打发打发时间，二来也因为她喜欢这些精致的东西。但好多美好的东西转眼就老了，就像她自己。她喜欢洗澡之后对着水汽蒙蒙的镜子看自己的身体，多美。这样美的身体被一个肯欣赏的人承包了，她仿佛关在金丝笼里的鸟，时光在漫长的等待中被一点点抽走了。她的青春正在一点点流失，但工艺品不一样，越老越值钱越珍贵。比如这些绣片。现在很少有人肯耐下性子一针一线来做这样精致的东西了，人们讲究的是速度，是效率，是批量生产，是规模经营。电脑普及了，机器先进了，谁还下得了这样的功夫呢。她在自己的店里一遍遍咂摸这些工艺品，就像对着镜子咂摸自己身体的细节，走了就再也回不来了，她要把这些细节全刻到心里。

下一次见到她，是林慧慧在娘那里订了货之后，和供养她的男人一起出现在汽车修理厂。男人说要在她的车上加装防盗器，还要装定位装置。

我要每时每刻知道你在哪里。他扭过头对她说。

她秀美的脸上浮出浅浅的涩笑。

后来她经常找娘定做些绣品，有时候和周顺也聊几句。渐渐地，他们找到一些共同话题，有了些默契。

见的次数多了，他们有意避开娘。

他告诉她有一个地方。每当他忍受不了庸常生活的压抑，感到要窒息时，就躲到那里去，作为他从生活的泥淖中出逃的方式。

在老城的城墙上。那里很荒芜，除了衰败的野草只有偶尔飞过的不知名的小鸟。有好长一段时间，不上班的时候，他经常一个人坐在城墙上看过路的。一条大路从城墙的肚子里穿过，路上永远有繁忙的人流车辆，别人都来去匆匆，只有他无所事事。呜，一辆车过了，呜，又一辆车过去了，飞扬的尘土迷住了他的眼睛。

好多年前，他和伊莲也经常来这里，这里的衰败和苍凉曾经是滋生浪漫的沃土，是引诱伊莲到顺哥哥怀抱里寻求温暖和保护的地方。他喜欢在这里寻找记忆的影子，他靠着这些影子来维护没有生机的婚姻。他还是老毛病,总是不能放弃幻想。他猜,伊莲会回来的,总会回来的,有那么美好的过去,怎么能一下子就没了呢。

现在,他也爱把林慧慧带到衰草丛生的城墙上,他们在那里坐着,很多时候一句话也不说,看着太阳把西边的天空染红了,又慢慢变淡了。

他真希望这个低眉顺眼的女孩子就是他的伊莲。可是伊莲不会,她才不会把时间浪费在这里,浪费在他身上。

好在有这个愿意和他一起枯坐的女人。他把想要告诉伊莲的话告诉她。她的倾听是一种安慰。她不是伊莲,她不嫌他没出息。

伊莲虽然没有明白说出对他的轻视,可她的举止里表现出来了。经常,也许不是故意的,她就那么自然地表现出对他的不屑。他不是小家子气的男人。但是偶尔,他会很难受。

林慧慧在他愿意听的时候说了说自己,他了解到她完整的故事。她从小喜欢艺术。老师说,她不是很有天分的人。这是委婉的说法,也就是说她根本不是搞艺术的材料。但她无法克制对艺术的痴迷。

她靠艺术养活不了自己。有一次,大学老师介绍她认识那个有钱的男人。他想要找一个漂亮的有品位的女孩子。老师推荐了她。男人对她的照片很满意。她当时正落魄,大学毕业,没有工作,房租交不起,连饭都压缩着吃。她想过放弃艺术,去做一个超市收银员,或者到私立小学做个美术教师。但她还在咬着牙硬挺着,她不知道自己能挺多久。她的坚持在别人看来也许毫无意义,但对于当时的她来说已经是全部。

老师说要和她一起吃饭,借口是有个老板要给孩子找个教绘画入门的老师。这项工作她还是能胜任的。

她去了,苍白瘦削,像古代仕女图里的主角。

老板很大方。饭店气派,他点菜的派头更气派。

酒喝到一定程度。老师介绍说她很喜欢艺术,是肯为艺术献身的。

老板开玩笑说,林小姐本身就是艺术品啊。我们是俗人,现在很流行收藏艺术品。我对收藏林小姐这样的艺术品很感兴趣。

她的脸红了。老板给她留下一张名片,她犹豫了一下接过来。

老师笑了,有完成任务的轻松。

后来老板给她打电话,帮她交房租,给她买衣服。她想拒绝,可她的拒绝像她细瘦的手臂一样无力。她顺理成章地被他收藏了。

他们互相充当对方的倾听者。说出来,就像卸掉了包袱。他们希望通过诉说使沉重的日子变得轻松一点。

周顺一直怀疑自己。他反复回忆着那天早上乃至前一天晚上的每一个细节。他记不清楚了,但是他一直努力回忆着,想要找出自己害死伊莲的证据。回忆得次数多了,细节越来越明晰越来越丰富越来越具体,好像刚刚发生,好像就在眼前,他似乎清晰地看见了伊莲开着车,看见了她低头去拿手机,看见了旁边挤过来的另一辆车,她惊慌失措地想刹车,可是螺丝松了,她没能刹住,两辆车撞在一起,车身一瞬间扭曲,她死了。

鲜活得仿佛就在现场。但是交警为什么非说刹车没有问题?地面上有明显的刹车痕迹。在正常情况下,距离是足够的,可是那天,因为下雪路滑,车滑行了好远还是没能刹住。

周顺被自己的想法纠缠着,他记得那天早上他故意拧松了螺丝。他是不是一直有这样的念头?让伊莲走吧,让这个肯聆听自己的女人来取代她。周顺一直惦念着是自己的缘故。一定是。要不,伊莲为什么会出事?

周顺没有再见过那个女人,见她只能加深他心中的愧疚。

半年后,妞妞上大学了。

别人都说周顺受了刺激,有些神经质,他经常一个人在夜市上,买一串糖堆儿,嗫嚅着,莲莲,吃吧。

没有人怀疑过他,可他自己心里有数。他恨自己的手,他知道是这双手害死了伊莲。他的手应该受到惩罚。

周顺频繁地去看千手千眼观音,他把心事无声地倾诉给她,求她为自己指路。

娘看出他的失魂落魄。

要不，跟着我学汴绣吧。手上忙了，心就不乱了。他觉得娘说的有道理。当年雕刻千手观音的艺人，不是刻了一辈子吗？每一刀都不能错，错一下，一生的心血都白费了。你说他在雕刻的时候，怎么能分心呢。

周顺求着娘教他。刚开始，男人的手大、粗糙，捏不住细小的绣针。但只要工夫下到了，细小的针捏在手里灵活自如。

修理厂的生意不错，现在私家车越来越多，周顺的修车技术名声在外，做生意又实诚，修理厂的路子越走越顺。家里的钱足够妞妞上大学开支了，他还给娘买了医疗养老保险，该是没有什么顾虑了。

无数次他站在公安局门前，想去自首。去自首吧。

他没有勇气。他惩罚自己的方式就是绣伊莲的肖像。每天下班，他坐在娘的绣架前，扎上几针。一针针都像扎在他身上，他扎得咬牙切齿。伊莲的照片一张张活在绣布上。

娘现在当然不用靠针线赚钱，她的身体也不允许那样长时间弯腰驼背了。可她陪着儿子一针针绣，她不知道除此之外还能替他分担些什么。

这两年，周顺成了抢手的金贵男人，给他介绍对象的差不多要挤破门。可他没那份心思。才两年，他就老了，头发白了，背也驼了。

暑假，妞妞该回来了。周顺在家里攒足了勇气，向女儿忏悔。妞妞不信。妞妞陪着他去找当年办案的警察。警察坚持说，汽车发生事故不是因为刹车片的缘故，只是因为路滑。警察调出了当年的原始材料。没有错。有当时两个鉴定人的签名，刹车片没有毛病。

那为什么会出事？

是因为她伸手去拿手机。下雪天，谁敢在那个路段接手机？她真是不要命了。她低头看手机的时候，没有注意到旁边驶过来的车，等她意识到，想要刹车的时候已经来不及了。路那么滑。

电话是我打的。她不接，我就一个接着一个地打。我担心她会出事，我疯了一样打电话，一直打，一直打。一个手机打不通又打另一个，她有两个手机，我知道另一个是她无论如何也会接的。总归是我害了她。

周顺捂着脸，泪水从指缝里涌出。

在大学里，妞妞选修了心理学。

寒假的时候，妞妞请来老师到家里做客。奶奶高兴得什么似的，唯恐待客人不周，失了礼。周顺对老师也很客气。

老师，咱这汴梁城可是有得瞧的。让妞妞，哦，让周伊陪着您到附近的景点多走走，逛逛清明上河园，登登铁塔，看看龙亭，拜拜相国寺。周顺脸上稀有地显出活泼来。

周顺上班的时候。老师让周伊找来尽可能多关于爸爸妈妈的资料。妈妈的东西都留着，爸爸不愿意扔掉。奶奶怕他看见了伤心，锁在储藏室的一个大柜子里。里面有一大摞妈妈的日记。

一天天过去，老师看明白了。他决定和周顺谈谈。

晚饭后，妞妞陪奶奶去散步了。老师告诉周顺自己是教心理学的，想帮助他解脱心灵上的死结。他把客厅变做了工作室，顶灯关了，只留一只壁灯透出散漫的光。他安排周顺躺在长沙发上，音箱里流出轻缓的音乐。老师让周顺放松，放松，再放松。周顺渐渐忘了自己，他想睡。他在老师的引导下走入另一个世界。老师的声音像暗夜巷道里的一只手电筒，光柱引着他在黑暗里走进去，在他沉睡的黑暗记忆里翻检。

的确，他曾经有过那样的想法。他恨伊莲。看到那个男人和她拉扯时，他心里头仿佛钝器在切割，生拉硬扯地疼。那一刻，他是恨不得让她去死的。但他最终下不了手，他看到电筒光里的那个人，那天早上把螺丝拧松了，又拧紧了。他不甘心，他想也许是自己看错了。为什么伊莲偏偏这一天出了事？他在记忆里一翻再翻，急得满头大汗，天！怎么可以没有答案？

可是，手电筒光强迫着，拽他走出了黑暗。

老师告诉他，你以为自己做了，就好像很多人总是担心自己没有锁好门没有关好窗户一样，是一种强迫症。

老师从伊莲的日记片段里拼出一个完整的故事，讲给躺在卧榻上的周顺。

一个女人。事业上很成功，大家当面都这么说，背地里也许不少人很不屑，觉得她是靠了男人的帮助。这个世界本来就是男人和女人组成的，即使她不利用，别人也会利用男人这种资源。所以，她对别人的闲言碎语不以为然。

那一天，她感到不舒服。大概是例假的前兆，莫名其妙地烦躁。也可能是因为这段时间太忙太累了，她说不清地难受，不想见人。她交代了店里的美容师，要是有人问起来就说她不在。自己钻进美容院最里面的一个小隔断间里，锁了门，躺下睡觉。可是又睡不着，一动也不想动。

手机响了，她看了看号码，她不喜欢这个纠缠不休的男人，可是她不打算得罪他。她把手机扔在床上，直到铃声停止。她抠出了电池。她想好了将来见到他时的解释，就说手机没电了。这是一个被权力宠坏的男人，他以为他能得到他想得到的一切。他的骚扰令她烦恼，可她不愿得罪他，他会拿捏她，逼着她放下身段去讨好他。

她打开另一只备用手机，那里边的卡号只有家里人知道。婆婆交代过，不管什么时候一定要保证家里能找到她。一个女人家在外面，别让人家给卖了，家里头都不知道该到哪儿去赎你。

婆婆不刁蛮也不严厉，可她就是怕婆婆，不敢不听她的话。

她听见外间有客人进来了。她平时总是站在前台，热情地招呼她们，向她们推销新引进的特效化妆品，介绍新推出的消费项目。可是今天她不想和任何人说话，只想这么躺着。

她把手机铃音调为震动，听见隔断间外面两个平时跟她很热络的女人提到了她。她能猜得到，一定是那两个女人躺在床上，美容师在她们的脸上身上忙碌，她们一边享受服务一边闲扯。

她们是有资格享受的。她们嫁得好，老公有钱，她们的主要任务就是把老公贡献的钱大把地花掉，努力挽留她们已经找不到影子的青春。虽然平时，她肯定会恭维她们风度好气质好保养得好，可是鬼都知道，再怎么保养也比不上老天爷的恩赐。老了就是老了，臃肿、皱纹以及浑浊的眼神，不是化妆品能挽救的。她的嘴角忍不住流出一抹嗤笑。

她们没有看见她，认定她不在，她们开始肆意作践她的名字。

——嚯，那女人可不得了，有名得很哪。这城里的男人就没有不认识她的。谁不知道她裤带子松？别看整天打扮得怪风光，听说什么猪狗样的男人都上得了她的床。

——可不是？上回我们家那口子和几个朋友在饭店喝酒，打赌说谁能把她喊过来陪酒，谁就是老大。嘿，就一个电话，她真的来啦，简直比那些职业三陪还好使唤。

——她老公能受得了？不管着她？

——窝囊呗。但凡有点成色，能容忍自己老婆这样？都说她漂亮，说她保养得好，哼，也就是风骚呗。不要脸谁不会？瞧她一看见男人那副贱样子，哼！

——嗳，网上有本《宫廷美容秘籍》，说古时候有好些女人就是靠男人的那东西保养的。要不，武则天干吗养那么多面首。秘籍里说武则天到六七十岁还精力旺盛得很，得找好多男人来伺候。不像咱们，才刚五十岁，就更年期了。

——真的？

——不信你自己上网看看。

——这世道，净兴着这些骚女人啦。

——哼！老天长着眼哩，啥人啥报应。咱们走着瞧，看这个风骚女人还能招摇到啥时候？

服务员一声不吭。如果滤掉那两个女人的聒噪，屋子里简直连服务员的呼吸都听不到。

她是个严苛的老板。她规定做美容的时候，除了推销化妆品，不许和顾客攀谈其他事情。所有的美容师都沉默着。其实只要她们做个手势或者用眼神提醒一下，那两位口无遮拦的阔太太就会停止对她的污辱。但是美容师们一言不发，把嘴巴藏在粉红色的口罩背后，说不定口罩底下正绽开幸灾乐祸的笑容。

接着又听见几位顾客走进来。她们都是她的熟人，她们循着话头热火朝天地加入诽谤她的队伍。越说越不堪了，她简直比站街的野鸡都不如。

她想不通她们为什么这样恨她。她们是她的朋友，平时见了面都姐姐妹妹喊得挺亲热，她们互相打听减肥秘诀，交流哪个专卖店又上了什么新款的衣服，隔三岔五还约着一块逛逛街喝喝茶什么的。可是这会儿，她们同仇敌忾地把她贬损成为一文不值的垃圾。

她什么地方得罪了她们？

也许是她太爱拔尖了。她和所有漂亮的受惯宠爱的女人一样，喜欢在人多的场合卖弄自己，想方设法吸引男人的目光，巴不得他们都围着自己转。女人天生是女人的敌人。她的出挑不就衬出了别人的平常？也许在她出风头受男人恭维讨好的同时就得罪了那些个被冷落的同性。她惯于做红花，婆婆宽和仁厚，老公忠直木讷，孩子乖巧可人，他们都做了她的绿叶，他们没有怨言。可她凭什么要求别的女人也做她的绿叶，衬托她的艳丽？

也许她平时对服务员们太苛刻了，销售指标、工作量定得高了些，她知道她们有怨言。所以她们在别人毁谤她时集体沉默，她们借着这些女人的嘴出了气。

她一动不动地躺着。她突然觉得，一个女人，一旦沦为所谓的名人，名字整天在一群男人的唇齿间翻来滚去，和着他们嘴里的烟味、酒臭、饱嗝、食物残渣，混在一起咀嚼翻滚，实在污秽得很。她能猜测得到，当一群脑满肠肥、酒足饭饱的男人在酒场在赌桌在娱乐城在晦暗的包间里提到她的名字，把她当作佐餐的调料、送酒的小菜、助兴的娱乐时，还能指望他们把自己描绘得多纯洁？难怪别的女人鄙夷，连自己都忍不住恶心呢。她按着胸口，遏制自己呕吐的冲动。

直到很晚，所有的客人都离开后，她才走出小隔断间，蔫蔫地叮嘱值班的锁好门，走了。

路灯冷冷地鄙视着她。她没有开车，一个人走在街上，感到了彻骨的寂寞。她的生活是热闹的，但是这热闹仿佛戏台上小丑的表演，只是以笑脸取悦别人，自己心底依然空落落。

路边，很多两口子并肩走着，或者是三口之家，两高一低，孩子边走边快活地叽叽喳喳。现在，妞妞比自己都高了，她会和自己，还有周顺一起出来散步吗？她不知道。她很少和他们交流了。她总是忙忙碌碌，可是她的忙碌除了给她带来钱带来表面的风光之外，还有什么？

回到家，他们在吃饭。他们没有等她。她长年不在家里吃晚饭，他们已经习惯了。

妞妞好像正在讲什么笑话。看到她进来，吃惊地刹了车。笑话停了。他们的笑容僵硬地收缩着。

妞妞看她的表情有些不自在。莫非他们也在说自己坏话，她心里哇凉哇凉的。妞妞从来不亲她。难道顺哥哥也不在乎她了？

婆婆急忙招呼。莲子，还没吃饭吧，我去给你做。

不，不，她挣扎着笑。我有点头疼，想吃方便面，我自己泡。她走进自己房间，换上家常衣服。

周顺没吭声，起身去厨房把面泡好了，端进卧室来。

她走进卫生间，头昏沉沉的，她得洗把脸。

洗手盆前的镜子里有一张憔悴的脸。往常每次出门，哪怕只是走到胡同口，她也得把自己收拾得干净利落光鲜体面。可是今天，当美容院里那些污秽劈头盖脸猝不及防地袭来时，她被击懵了，没了收拾自己的心思。

镜子懒得说谎。她不年轻了，所有的张狂所有的不甘心都该有个了结。她在男人的世界里打拼，赢得的是男人的非分之想和女人的鄙夷厌弃。

所有的人都会伤害她，只有顺哥哥不会。他这些年蔫头耷脑，不能说没有她的原因。她太强势了，他被她的势头压了下去。

她倦了，该歇歇了。她多想回去，像多年前依着她的顺哥哥。

她这一刻下了决心。他不是一直想有个自己的修理厂吗？因为没有钱，他的心思只能藏着。不如现在转让了美容院，让顺哥哥抛头露面养活她吧。

第二天，她就开始联系接手汽车修理厂的事。她找了那位被她拒接电话的主人，请他帮忙。他答应得很爽快。他巴不得她来求他，她求了他才不会拒绝他。

快过年了，她催着这件事早些定下来。腊月二十五那天他给她打电话，说明天就可以签转让协议了。她甜言蜜语地感谢他，说晚上请他吃饭。就这么着，在答谢宴上，她因刚刚受了他的恩惠，不好拒绝他的频频劝酒和动手动脚。但是，她有自己的底线。她心里有顺哥哥。以后，她就是顺哥哥一个人的了。

晚上，她回家时已经很晚。

她不知道在酒店门口，有一双眼睛看到了那个男人对她的无礼。

客厅的长沙发上，周顺的眼睛里溢满了泪水。鼻腔里是，嘴巴里也是。喉咙里咽下一股股咸涩的水。鼻腔给肿胀的黏膜堵死了，他仿佛一条被抛在岸边的鱼，张大嘴，努力喘着。

你的眼神

回过头来想想，那天的事是有先兆的。若不是他回来取孙子的接送卡，老伴连最后的一个眼神也不会留给他。

半下午时候，停了两天的热水突然来了，老伴说趁着热水她想洗个澡。老李窝在沙发上看电视，其实他对电视没有瘾，可他总得找点事情做。下棋他也懂一点，只是招数太臭，小区树荫底下下棋的看棋的不少，都是退了休的老家伙，谁也不让着谁，全凭技术吃饭。一招不慎，批评声一大片。老头们经常争得脸红脖子粗，动了肝火，怪伤脑筋。这些老家伙可不在乎你退休前任过啥职务，刻薄起人来一点面子也不留。修自行车的老赵在那一堆儿里最有市场，他一辈子没个正经工作，在路边支个摊子等人上门，没事时就抱个破棋盘琢磨，几十年下来，还真出息了。风水轮流转啊，听说他养的那俩小子现在都挺能耐，一个做生意发了财，每次来看老子带的东西足够开个杂货铺子；一个在大学里做教授，三天两头上电视做访谈节目的嘉宾，成了名人。老赵早不修车了，专业研究象棋，前几天在路边还有个家长领着孩子打算拜师呢，他倒拿捏得像个大瓣蒜。老李也尝试过打麻将，可他先前当领导习惯了，办啥事都得前斟酌后思量，迟迟疑疑，犹犹豫豫，麻友们不喜欢他，嫌他不爽利。老伴也反对，他打麻将，出得多入得少，把钱丢在麻将桌上连个响儿都听不到，还不如丢在菜市场上给孩子们改善生活呢。

老李越来越像个不敢离开老伴的孩子了。老伴不光是个伴儿，还是个主心骨，早上买啥菜，中午吃啥饭，晚上馏馒头还是包子，老家远门侄子娶媳妇到底给多少礼金，都得人家拿主意。孩子们不在家时，老伴喜欢斜着眼睛逗他玩，说你不听话，我下回上街不带你。老李立马就乖了，比幼儿园里的小孙子还听话。人老不值钱喽,没有人再拿他当个局长看。他越来越没脾气,老伴说啥就是啥。好在老伴也护他,有时候在饭桌上吃着饭,孩子们说话抢白他,老伴可不瓤茬,像个护崽的老母鸡,嗓门立马就上去了:"你爸再怎么没出息,你们一个个吃你爸的住你爸的,看不上他,你们分门另过去!"

儿子媳妇蔫头耷脑哑了声。老李是离休老干部,工资高,医药费全报销,一家人都使着他一个人的医疗本。他自己能花几个钱?全家的吃喝拉撒、水费电费,都是从他的离休费里出,孩子们挣了钱一分也不用交。老伴七十多了,还像个老保姆伺候一家老小。儿子媳妇理亏,不敢言声。老李打心眼里佩服老伴,她嘴巴利,说话在理儿,他死心塌地愿意做人家的跟班。

正看电视呢。平时他不看,孩子们掌握着遥控器,人家看的都是年轻人,打扮得怪模怪样,衣不蔽体,在舞台上又蹦又跳,没个正经,唱的歌他也听不懂。半下午他们都上班去了,老李打开电视原本只是听个响,一下子看到这部老电影。他喜欢这些拍摄粗糙、表演生硬的画面,在这里他好像找回了一点过去日子的记忆。当年的电影都是这样的黑白片,电影院五分钱一张票,翻过来倒过去地看,电影的情节设置和人物对白他都烂熟于心。那时候很多人要看他的脸色,孩子们怕他,老伴敬着他。黑白片对他来说是个记号,就像他出门走道得记着哪儿有座楼哪儿拐个弯,省得找不到回家的路。

这一看就忘了时间。直到老伴在卫生间里喊他该接孙子了,他忙抬头看钟,时间已经过了,赶紧披了外套出门,怕去得晚了孙子不依。幼儿园就在小区里,平时也是他接的多,反正退了休没有事情可做,老伴做饭,他接送孙子,儿子媳妇清静做甩手掌柜。走到楼下才想起忘了带接送卡。平时他很少忘,因为住在四楼,他这七十多岁的年纪,上下一回不容易,所以每次出门都要摸摸口袋,偏偏那天给忘了。

折回楼上,气喘吁吁打开房门,刚想缓口气,就听见老伴在卫生间里喊:"老李,老李……"声音很虚弱,他感到不对劲,急忙赶过去，看见老伴已经摔倒在卫生间地板上爬不起来了。

他想扶起她。可是老伴身形肥胖，又刚刚洗过澡，身体湿漉漉滑溜溜的，像一条刚刚出水的白胖的鱼。他拉不动。老伴平时就血压高，她不爱吃药，说是反正不耽误吃不耽误喝的，再糟蹋钱也是抓瞎。她这几天赶着拆洗被褥有些累着了，一洗澡满屋子都是水汽，气压低又热，她的血压一下子上去了，头晕栽在地上。

老李慌了神，他拽不动老伴，哆哆嗦嗦拨120，给人家说了家里的地址，求人家赶快来。

人家说10分钟内就派医生到，可这10分钟对他来说漫长得超过了半个世纪。他完全不知所措，慌慌张张给儿子给闺女打电话，他不会说话了，像找大人诉委屈的孩子，满心的委屈堵在嗓子眼，争先恐后地不知道哪一句该先出来。他呜呜咽咽讲不清，孩子们在电话那头听着着急。

他回到老伴身边，还好，她还能说话，但是舌头硬，说不清楚。她躺在地上安慰他："老李，没事，我没事。你别耽误了接亮亮。晚饭别忘了炒豆芽，小林爱吃。"亮亮是孙子。小林是他家儿媳妇，最喜欢婆婆生的绿豆芽，水灵灵鲜嫩嫩，比大街上买的好吃。

他听到楼下救护车的声音，赶紧打开房门，迎医生护士进来。他们每个人脸上都没有表情。他领他们来到卫生间，老伴呜呜啊啊地和医生说着，医生指挥护士们准备器械，开始抬人。老李挓挲着手不知如何是好，没有人理他，只有老伴眼睛看着他，哇啦哇啦，似乎在安慰他。老李心里非常恐慌，他感到自己被遗弃了，老伴不能够再保护他。

这时候，儿子来了，他是开着摩托车赶回来的。老李想跟着去，可医生的视线总是从他身上绕过去，当他是空气。他看着儿子，希望儿子能帮他向医生求情。儿子不看他也不理他，嫌他添乱，要他好好待在家里。儿子和医生一起走了。他想自己真是没用了，所有人都忽视他。只有老伴怜惜他，现在老伴也被他们带走了。

天一下子塌了。老李一个人坐在沙发上，卫生间里弥漫的水汽铺展开来，还有医生护士抬人的杂沓的脚步声。过了一会儿，女儿女婿儿媳乱哄哄地来了又走了，女儿哭着去医院，女婿陪着女儿去了，儿媳去接亮亮，家里只剩下他一个。老伴刚才还在的，她胖乎乎的身影天天就在身边，唠唠叨叨，啰里啰唆，忙东忙西。到处都是她，满屋子都是，一旦少了她，房子太空了。

晚上，女儿从医院回来了，说妈妈已经神志不清，医生说是脑出血，需要做手术清理淤血。

“清出来就能好？”

“说不准，医生说没准。妈七十多了，受这罪……妈最怕吃药打针，连降压药都不愿意吃，会愿意做这个手术？”

老李也不想让老伴受罪，可是不受罪能好吗？他不知道老伴若是清醒会做出什么样的决定。

闺女找了医院里的熟人，人家说已经没有开颅的价值了，做手术也是白受罪，医院里暂时保守治疗。

没有价值是什么意思？老李很着急。老伴在医院里待了两天，他一个人窝在家里，像个追着自己尾巴的猫一样转来转去，没着没落。他很想去看看，可是没有人肯带他去。儿子媳妇女儿女婿进进出出都神秘兮兮的，老是背着他似的，什么都懒得跟他说。老李快要给憋疯了，他一定要去，去看看他的老王。

他一个人走出门，找了出租车。好几年了，他还是第一次一个人坐车，以前都是老伴在前边，他跟着，老伴叫车，老伴付钱，他根本不用操心。现在没有老伴，他得自己坐车去看她。他记得在口袋里装了钱，战战兢兢下了楼，战战兢兢叫了车，他要去医院。

他哆哆嗦嗦地进去了，看见老伴眼睛紧闭，花白的头发凌乱地披在脸上，身躯松弛软弱，一动不动地躺着，闺女坐在床边嗑着瓜子看杂志。闺女从小娇养惯了，啥时候都忘不了她的零食。闺女的心思被杂志和瓜子占据了，没有看见他。他走到床边，拉着老伴的手，她的睫毛微微颤动了一下，没有其他反应。

闺女总算抬头了，吃了一惊，责怪他：“你咋来了！”人家嫌他添乱。

闺女给女婿打了电话，让女婿送他回家。他不走，咧嘴想哭。闺女瞪他，他只好忍住了。

“我自己会走。”他使性子。

“走丢了咋办？”闺女皱紧眉头，忍着脾气，脸上写着不高兴。

他不想走，他想陪着老伴，他想让老伴坐起来和女儿争辩，让自己留下来，让自己多待一会儿。可是老伴无知无觉，一动不动地听任液体流进她的身体，她保护不了自己了。他想挨着老伴，像小孩子想贴着妈妈，像小狗儿想在大人的腿上蹭蹭。他喜欢这样的温存，可这些女儿是无法理解的，她只觉得现在已经够麻烦了，不想要父亲再给她增加更多，她要赶他走。

病房里充溢着消毒液的味道，到处是冷冰冰的白色，没有人顾念这个古稀老人的依恋和恐慌，没有人知道失去了老伴的他是多么孤独多么无助，他们只把他当作一个糊里糊涂制造麻烦的老头。

他被女婿送走了，像被押解回家的犯人，又像被大人抓到的离家出走的小孩。他彻底泄了气。

他在老伴的治疗方案上没有发言权。他想也许会有希望的，医生说脑子里有淤血，要是把淤血及时清除了，老伴没准是有希望的。可是姑娘的熟人说这样的手术成功率很低，就算手术成功，老伴已经七十多了，怕身体吃不消，很难康复的。

希望小并不是没有希望，总不能就这样眼睁睁看着她走了呀！无论如何，他要老伴活着，他要她和他做伴。但是没有人听他的意见，一切都是孩子们做主，他被撂在一边。

两天后老伴走了，从抬进医院到推进太平间，她再也没有醒来过，她在医院里越治越重，终于连最后一丝生息也被连根拔掉了。

站在殡仪馆的悼念厅里，老李接受了太多熟悉和不熟悉者的安慰。他不需要任何人的安慰，他只要他的老王活着。她会替自己料理一切，他什么心都不用操。以前出席的所有仪式典礼，都是她安排他穿什么衣服说什么话，他跟在老伴后面就可以了。现在没了老伴，没有人告诉他该怎么做。

不错，闺女会照顾他，可她对父亲的照顾是潦草的，她顾不了那么多,她得先照顾好自己。她脸上化着精致的淡妆,举止得体地和参加追悼会的领导敷衍着。

老李迟钝地在闺女的指挥下和这个人那个人握手,接受人家的慰问。他看得出来,闺女嫌他笨,怪他不体面,丢了人。是,他笨,可是他不在乎。没了老伴,再也没有了,他只记得这一件事。

从火葬场回来,他的背一下子驼了。他无法接受这一切,闺女在家陪了他几天,可人家终究得上班。星期天,儿媳想把婆婆的东西收拾一下送回乡下老家去,反正都是些破衣烂衫,没用的东西。他不同意,大发脾气,要赶儿子媳妇走。儿子媳妇瞪大眼睛吃惊地看着暴怒的他,当他是怪物,皱着眉头忍耐他。

他想老伴。老伴比他大了两岁,是从小在家定的亲。当年为啥去当兵,他也说不清楚,大概是因为别人说部队上能吃饱饭。他在部队上干了几年就解放了,他人机灵,又识得几个字,在部队提了职。家里老人着急,一心想要抱孙子,催着老伴随了军。孩子们是老伴到了部队以后生的。又过了好多年,他转业回来,安排到商业局做局长。那时候商业局多风光,买什么东西都得托后门找他。他每天挺胸腆肚地进进出出。老伴认不了几个字,在扫盲班上过几天学,跟他回来后在商业局下属的一个单位里挂了个名,其实没啥具体事,还是以做家务为主。好歹到50岁退了休,算是个公家人,有个单位领退休金报销医药费。

刚退下来那几年,他利用残余的人脉资源帮一家私人公司做了几年生意。那些年干啥生意都赚钱,他也分到不少红利。后来身体不大好,老面子也消耗殆尽,他才彻底退了休。

孩子们没啥大出息,都被他安排在商业系统,现在单位效益都不好。老伴才走了这些天,儿子媳妇就受不了了。虽然每天还是老李提着篮子割肉买菜,家里的开支也是他出,可他们到底得自己动手。儿子媳妇整天木着一张脸,好像谁欠了他们似的。孙子也不省心,上蹿下跳根本不听招呼。

"找个保姆吧。"闺女先提出来的。她心疼自己爹,也因为弟媳妇那难看的脸色。反正爹的离休费够用。

第一个保姆是儿媳领来的。是儿媳同事老家的亲戚。虽说拐了好多道弯，总算知道根底，放心，不至于引狼入室，把家给偷了。但一个十六七的丫头，啥也不会，在农村待烦了，想进城玩。爹妈托亲戚介绍找个事，正巧老李家要人，就过来了。一个星期下来，谁都受不了了。这丫头大概以为到这儿还是走亲戚，来了就是做客的，每天八九点钟才起床，头不梳脸不洗，先开电视，老李喊她买菜，她还恋恋不舍不愿丢下遥控器。这保姆一个星期住下来，都是老李一家在伺候她。

第二个是闺女请家政公司介绍的。一个五六十岁的老太太。看上去干净利索，听说以前做过好多家，带孩子、做家务、伺候老人，没有干不了的。一试，果然不错。到处拾掇得干干净净，做的饭菜也合口，抽空把亮亮换季的棉衣给拆洗得干干净净，边做活还边陪着老李唠唠家常。儿子媳妇女儿女婿加上老李都挺喜欢。可是一个月后，人家不干了，嫌他们家活多。老李慌了，表示愿意给人家加钱，以前说是五百，再加一百。儿媳不同意，她单位效益不好，一个月才六七百块钱，可她是正经受过教育的，总不成一个保姆拿的钱和她一样多，莫非她的能力才顶了个保姆？那她多没有面子。

“要不，我辞职做保姆算了。”儿媳妇赌着气。

老李心里话，你若真的当保姆，还真是做不好呢。可老李不敢说，反正儿子是听媳妇的。闺女出了门，不好对娘家的事插嘴太多。

那位老太太倒是爽快，结了工钱，一句话没说，头也不回就走了。

没有保姆总归不行。才几天，家里就乱得一团糟。儿子媳妇的脸一个比一个拉得长。

第三个是老李自己从劳务市场找来的。他心里没有底，一个人到劳务市场上转悠，马路牙子上那些男男女女都眼巴巴地盯着他，盼着被他选中了。他心里慌慌地，低头拐进路边的一家劳务经纪公司。

“有呢，啥样的都有。”接待他的女人热情得很，唯恐他跑了似的。

“一个月一千块，干啥都中。”那女人活像拉皮条的，暧昧地上上下下打量他，顺手抓过来一大把女人的照片，一个个丰乳肥臀，穿的衣服也少，让老李的眼睛不知道该放哪里好。那女人继续推荐说：“不光是干家务，做啥都行。”

老李听明白了，他脸涨得通红，唯恐给熟人看见了，解释不清。一辈子清白，临老了可别给人戳脊梁骨，他慌里慌张逃了出来。

老李很泄气，恨自己没出息，连找个保姆都不会？

他又回到马路市场，一个三四十岁的女人迎了上来，神情怯怯地招呼道：“大叔，您是要找个干活的吧？”声音里带着乡下的泥土气，但在老李听来却觉得亲切。他自小在乡下长大，老家来了人，他总要拉着人家多说会儿闲话，不像儿子媳妇那样嫌弃农村人。

她叫丽娥，当天就带着行李跟老李回家了。

丽娥学得挺快，一个星期后就能够熟练操作家里的所有电器，也渐渐了解一家人的口味。她手脚勤快麻利，家里总算又恢复了以前的干净整齐。

这一回，儿子媳妇都没好意思过分挑毛病。保姆走了，还是得他们自己受累。一个多月过去了，一家人相安无事。

丽娥很喜欢这种悠闲清净的城市生活。她在乡下有家，可她不愿意向别人提起。她看不上自己的老公，人懒，赚不到钱，又死活不肯出去打工，只好她出去。可她能干啥？没有技术，也没有能到饭店里端盘子的年龄和相貌。她看过很多招工广告，人家都要求 18 到 22 岁。她 18 岁的时候正在娘家等待媒人上门，对未来的幸福生活满怀憧憬和期待，22 岁的时候已经是孩子妈妈，每天在丈夫的呵斥声中操持家务，偶尔站在门口一边看过路的一边奶孩子。她没有停止对城市的向往，当她看到村里进城打工的女孩子回乡时炫耀她们漂亮的衣服，看到她们描眉画眼，听着她们杂着乡音的城里话时，她很委屈，感到自己亏了。终于在又一次因为捉襟见肘的日子和丈夫大吵一通后，她负气走了。临出门时，她是有畏惧的——对未知的恐惧。但是这恐惧里有期待，有不甘心，有希望。她要趁着自己还未老，努力挣扎一把，去寻找她渴望的崭新生活。

还不错，她刚进城就遇到了老李，总算安定下来了。

毕竟是妈妈，她放不下家里的孩子。电话里婆婆告诉她，儿子还是不听话，像他爹不争气，上学隔三岔五的，她寄回家的钱大多给老公拿出去打麻将输掉了。她恨老公，又心念儿子，她把省下来的钱买成东西寄给儿子。儿子很喜欢她买的衣服，穿脏了还舍不得脱，说是城里买的衣服在村里显得很时尚。

背人的时候，她顾影自怜，感叹自己命不好。要是自己也生在城里，像老李的闺女或者媳妇。她们从来不用为吃穿发愁，按月领工资，买衣服买化妆品，一小瓶一小瓶的，动不动几十几百，她们一点都不心疼钱。不幸因为对比而放大，眼前这种可以触摸但无法得到的幸福像切开的洋葱一样刺激着她的泪腺。

除了做家务，她就是看电视，电视教给她很多。这天，她站在客厅的入口，即将跨越门槛时，慢慢地侧身，低低地喊了一声："叔！"从肩膀上斜斜地飞过来一个眼神。这是丽娥刚刚从电视上学来的本事。电视上说女人别浪费了自己的美貌，应当使尽手腕，让男人拿钱来给她使，否则人老珠黄，老了也是白老了。当然这需要技巧，她不能硬从男人口袋里掏钱出来，她要使出一些手腕。她没有别的施展的舞台，只有把心思都用在这个丧偶的老头身上，费尽心机哄他多拿出一点来贴补自己。

老李的心脏在她的眼神中活泼地跳动着，脉搏加快了。那眼神是含娇带嗔的，是女人味十足的。他拿丽娥和老伴比，老伴也年轻过娇嗔过，老伴的娇嗔和丽娥相似，但不完全相同，相似中又有差异。他没有更多的事情需要做，所以有足够的时间去品味和揣摩其中的差异。他因为丽娥的到来面色红润起来。在丽娥面前，他是被当作一个男人看待的，而不仅仅是雇主或者老而无用的长辈。

他看得出，丽娥的讨好里有企图。她的撒娇、发嗔、佯怒，还有肩膀上飞来的媚眼，都是为了多从他口袋里得到一点工资之外的小费。他不可能给她太多，不过是他的离休费刨除一家人吃喝消耗之后的节余。他有意在给她的菜金里多出一点余量，在街边的小店里给她买一点女人家喜欢的小玩意儿，当她在地摊上给儿子买迷彩服或者冒牌的耐克球鞋时替她付了账。他是过惯了俭省日子的，虽说一次不过几块几十块钱的开支，多少还是有些心疼。可是只要她那么温言软语地一声："叔，您对我真好！"就把他所有的不愉快都抵消了。

他不反对她的诱惑，他喜欢有个女人把自己看作还有正常欲望的男人，他愿意以一点小钱作代价哄她使出狐媚子的表情手段来。城里的好日子撑饱了她的身体，白皙了她的皮肤。天热了，单薄的绵绸裙包裹着她健康的身体，她有意在他面前走来走去，显摆她圆滚滚的腰身，肉乎乎的胳膊腿。她比老伴年轻时胖些，老伴是老了之后才胖的。老伴胖得虚，丽娥的胖是瓷实的，饱满圆涨，紧绷绷的，仿佛要撑破了皮肤。他看着她，好像回到了许多年前的黑白电影时代，那时候有不少女人在他面前卖弄过类似的风情。

这天下午，电话响了，麻友们找他："老李，快来，三缺一。"他已经很久没有和他们玩了，不知他们怎么突然想起了他。

麻友们是从两人相跟着上街买菜的亲昵里看出苗头的，关于他们的闲话填补着麻友们手忙时嘴上的空虚。哼！老李有桃花运呢！瞧那个小保姆，一副狐狸精相。他们整天待在一块，能没有点什么？说来也是，老李头这段时间精神多了，衣服干净了，背也直了。听说有人看见，保姆买男孩子的衣服也是老李出的钱呐。

"真的？"听的人瞪大了眼睛。

"老王才走几天，他就耐不住了？老王待他多好！"这样生气的多是和老伴约莫年纪的女人。她们最恨花心的男人，死了老伴也不行。

大家觉得还是当面验证一下好。于是电话打过去，老李踟蹰着，老伴在世时是不许他打牌的。

"叔，玩一会儿吧。天天关在家里，多没意思！"丽娥的建议起了作用。

他们去了。老李走在前边，丽娥跟在后边，手里拿着他的水杯。

老李打牌还是老毛病，犹犹豫豫，迟迟疑疑。老伙计们急了，吵他。老李让丽娥替他，丽娥忸怩着不肯。

“输了算我的，赢了算你的。”老李很豪气地大包大揽，丽娥这才坐了。

一上场，果然不同，白胖的手指机巧灵活，脑子也好使，劈劈啪啪，一帮子老头老太太都跟不上她。几圈下来，老头老太太们纷纷吵着要回家做饭，丽娥还意犹未尽。一结账，丽娥赢的最多。

老李领着喜滋滋的丽娥走了。背后这帮子老伙计挤眉弄眼，确认他们猜得没错。输了钱的尤其恼火，骂这老头子昏了头，这不是弄个祸害养在家里吗？真搞不明白是她伺候老李还是老李伺候她。

丽娥到底没有多少见识，她的得意无遮无拦，全写在脸上。尤其是对着老李的孩子们，她心里想，你们不也吃着老头子嘛，说起来，我还和老头子更亲近些呢。她想身体是自个儿的，她喜欢给谁看就给谁看。她给他看裙子未包裹上的胳膊腿，还有她低头弯腰时露出的一抹风光。他不会白看的，她把从老李那里得来的钱尽数买了东西寄给儿子。

最近，闺女心绪败坏。因为弟弟弟媳已经或明或暗地多次告诉她，父亲和那个丽娥之间好像有些不大清楚，她也看到了那女人表情里溢出来的轻狂。她不是不心疼爹，可她觉得爹做得不对。

闺女从话费单里发现了端倪。平时家里多是市内通话，这几个月的长途话费突然增加了。闺女找电信部门打印了通话清单，看到那个反复出现的号码。她照着这个号码打过去问了，果然是丽娥家。那边还真老实，把她的情况一五一十都说了。

闺女在电话里告诉丽娥老公，要他带走自己的老婆。

丽娥走了。一起走的还有她鲜活的身体和柔媚旖旎的眼神。

老李彻底地委顿了，一句话也不肯说。这个世界不属于他，他的荣耀和神采都已经很远了，他不再留恋谁，他想自己该追着老伴去了。他知道如果她在，她会心疼他，责骂他，逼着他吃饭喝药锻炼身体，让他好好的。把身体养好了，陪着她上街去。晒太阳、逛公园、接孙子，替她提着菜篮子。但是，现在没有了，她永远不会再来看他。

他坐在沙发上，一个人枯坐着。屋子里空荡荡的，电视开着，他看不见电视里的内容，他的心没有在这里。屋子里好像重新氤氲着水汽，像那天老伴在洗澡，摔倒了，躺在卫生间里，他挓挲着手不知如何是好，他急得掉了泪，他团团转，等着120派医生过来。老伴心疼他，怕他着急怕他心焦，躺在地上和他说话，老伴是他的保护神。医生来了，护士来了，他们抬走了老伴，他想跟着去，他手忙脚乱地站起身，踉跄着去追她："等等我，别不带我，别把我一个人丢下。"

儿媳妇那天提前回来了，她越来越不放心公公去接亮亮。儿子已经有意见了，因为爷爷总是迟，他争不到第一个走出幼儿园，他很不满意。她今天在单位里事情办完得早，提前下了班，回家拿儿子的接送卡。进门的一刹那，心一下子抽紧了，她看见公公栽倒在沙发旁的地板上。她很害怕，用手试了试，已经没有呼吸了。她赶紧打电话，来的还是上次那个医生。他冷冰冰地说："送火葬场吧。"

小寒大寒

1

二十三，祭灶官。按说，今天就算是小年了。

吃过早饭，妮子就坐在门口，宁可手脚冻得像猫儿抓一样，也不愿回到屋子里，面对那个凶巴巴冲她发脾气的老头子。

村里的年味儿越来越浓。金融危机呢，在外打工的人们今年普遍回来得早，听说如今外边的钱也不好挣了。孩子们才不管钱好不好挣，只要大人在家，心里就有了底。哪怕在大街上疯跑，被爹妈在后边追着骂，也一个个嬉皮笑脸的。

学校里放了年假。别人家的孩子要么欢天喜地去城里买新衣服到镇上洗澡，要么在家里帮忙打扫卫生准备年货。妮子爸妈打工还没回来，她一个人陪着爷爷在家，失魂落魄不知道该做什么好。

我的爹啊，我可怜的爹啊——，你咋走得恁急啊，我的爹啊——

我哩爷啊——我哩亲爷啊——

一口轻飘飘的棺材在长长一队孝子孝孙的簇拥下从远处走过来，伴随着唱歌一般的哭声。

今年冬天冷得邪乎，不知道谁家的老人熬不过去又走了。这个冬天，加上今天出丧的，已经是村里第三个了。

乡下的冬天，除了打麻将，就是看娶媳妇嫁闺女，连看埋人也算是一项娱乐。那些闲着没事的女人一边抱着孩子一边追着送葬的队伍，评判哪个儿媳妇哭得真心，哪个儿媳妇哭得假意。

妮子站起来，斜倚在门框上，目光木然地跟随送葬的队伍走了好远，一直到路拐个弯，看不见了。

奶奶是上个春节走的。正月初三。

奶奶脾气不好。老是嫌妮子没眼色，支使她跑东跑西帮忙干活。她有时候埋怨奶奶偏心，说奶奶从来不使唤婶婶家的小宝。小宝只比妮子小半岁。

那是男娃子干的活吗？奶奶拿眼睛瞪她。

奶奶凶，可奶奶也真的亲她。姑姑带来的东西，奶奶背着人让她吃的多。姑姑塞给奶奶的钱，奶奶也喜欢在集市上给妮子添个头花、买双袜子啥的，虽然值不了几个钱，但是妮子喜欢，宝贝一样藏着。奶奶再支使她时，她也不抱怨了。

奶奶一去世，让妮子心里失了依靠。爸爸妈妈不在家，奶奶最懂妮子的心思，每次她一个人躲起来噘着嘴不吭声，奶奶总能猜中她的想法，一猜一个准儿。

奶奶说，女娃子要知道偎随人、听话，得像个女孩子的样子。妮子记着。她不偎奶奶偎谁？放了学除了和年纪一般大的小姑娘们缠在一起玩，就是跟在奶奶后边当小尾巴听使唤。

妮子知道，奶奶心里头最喜欢的是姑姑。

这一大家子人，姑姑跟奶奶最贴心。姑姑说过好多次要接奶奶去城里住一段时间。可是家里头地里头一大摊子事儿牵绊着，老头子依靠她，两个孩子离不开她，她哪儿也去不成，只能在嘴上说说，跟妮子念叨念叨。

奶奶，你说，城里真的就像电视里演得那样吗？

当然了，你姑姑说，可热闹啦，路上的灯，亮亮堂堂一晚上，你说那得费多少电。咱们家，多开一会儿电视，电表上的字就走得怪快。

奶奶屋里铺两张床。爷爷和小宝睡一张床，奶奶和妮子睡一张床。她睡里边，奶奶睡外边。奶奶半夜得叫小宝起床撒尿，得照顾哼哼嗨嗨要这个要那个的爷爷。

真冷呵，妮子跺了跺脚。按说，冷成这样，工地上开不了工，又到了年根儿，爸妈咋还不回来哩？前两天他们打电话说，虽然工地上不施工了，可是工钱还得等些日子。业主赖着帐，东躲西藏不露面。都是乡里乡亲的，工头王老三给大家发不出工钱来，急得上蹿下跳。

干吗不把你的车卖了，汽油那么贵，摆的啥谱，拽啥呀，谁不知道你王老三小时候也是个尿床货。

卖了？成。我掂两只脚走着要账去？人家把大门的都不让咱进哩。

他说得有理。城里人势利得很。跟城里人做生意，勒紧裤腰带也得硬着头皮充大。

开不了工，他王老三不能不管大家饭。没啥好的，不过是白面玉米面、萝卜大白菜，可是人多，一天下来也是不小的开销。王老三这点倒是好，乡下来的，守着乡下的规矩，开不开工，饭不能不让吃，就当是亲戚邻居进城串门，好赖不能不管碗饭。

既然不能耽误了大家的伙食，妈妈和婶婶这两个做饭的就走不开。这几天，王老三为了要账见天请人吃饭，喝得醉醺醺的。交警酒驾查得紧，他不敢自己开车。妮子爸爸有驾照，临时当上了王老三的司机。叔叔一向懒，回家得自己做饭，还不如留下来吃个现成的。工地上没活了，干脆成天蒙头睡觉，有时候也到灶房搭把手帮个忙。

2

昨天又是白等了一天，妮子心里凉飕飕的。

房檐子下垂着冰凌。妮子站在房檐下，看院子里奶奶留下来的那几只鸡。

妮子自己吃饭都没精神做，哪顾得上它们？想起来了就抓把玉米喂一次，想不起来就饿着，鸡们饥一顿饱一顿的，自己扑腾着找食去，多天也不下个蛋。

妮子袖着手，盯着院子里浑身脏兮兮正在刨虫子的鸡。半晌一动也不动。要不是因为刮风扬起的灰土迷了眼，她的手才舍不得从袖子里伸出来。太冷呵。院里脏了，妮子懒怠去收拾。快下雪了吧，等下了雪，白茫茫的，脏不脏就都盖上看不见了。

院子再冷，她也不愿意回屋子里。屋里黑洞洞冷冰冰，活像个大冰窖。老头子在屋里呜里哇啦地咒，妮子早厌了，权当没听见。

妮子暗算着院子里瘦伶伶的鸡。爸爸杀鸡可老练了，只一刀，利落得很。妈妈做红烧鸡块最拿手。过年，妈舍得下调料，酱味腌得刚刚好，亮光光抹上一层糖色，炖得又烂又香。可好吃了。

妮子嘴巴里涌出一股酸水，肚子里扭绞一团觉着饿了。唉，一个冬天都没吃肉了。肉越来越涨价，瘦肉要十几块一斤呢。秋天时候买过一回，爷爷唠叨着非要吃。她又不会炒，都糊了，黑乎乎黏成一团，咬不动嚼不烂。害得爷爷躺在床上骂她糟蹋东西，数落了好多天。

妮子宁肯去买火腿肠，咬开就能吃。电视上说火腿肠里有防腐剂，吃多了不好。哼，钱被爷爷把得死死的，她哪里能吃多了？她只会每天煮面条蒸大米，反正有电饭锅，面条大米都是从村口的粮食店里换来的，先赊账，等爸爸妈妈叔叔婶婶回来，拿仓库里的麦子去跟人家结清。白菜萝卜是自家菜地里种的，妮子不会管理，白菜像个大凉帽子，扑塌塌的，不包心，萝卜也是光长叶子不长根。妮子每天都拿这些萝卜白菜煮一锅，放点油盐，一天三顿拿它下饭。自己不爱吃，爷爷也恨巴巴嫌嚼不烂，端着碗骂骂咧咧。

现在爷爷想吃肉时候就给她五块钱让她去村头买点卤肉，五块钱买不了多少，还没有她的拳头大。爷爷向来没说过让她也尝尝，一个人躺在床上三口两口就吃完了。

已经好多天了，爷爷没再让她去买卤肉。她知道，爷爷手里只剩下两百块钱了。

3

以前爷爷答应过要节余出钱来给她买鸭绒袄。妮子多喜欢啊，心里觉得爷爷还是亲她的，高高兴兴跟着他省钱，炒菜时候连油都舍不得多放。她不再急着跑到外面去，耐心陪爷爷待在屋子里，听他唠叨。那些天祖孙俩的脾气都格外好，爷爷也不唠叨饭做得难吃了。

买鸭绒袄的钱眼看是省出来了。可是不知道为啥姑姑上个月没来。以前都是每个月月初就来了，带上点城里的稀罕吃食，丢下两百块钱，说不了几句话就走了。自从奶奶去世后，姑姑越来越不爱回娘家。

她上个月没有来。妮子和爷爷等啊等，从月初等到月底，没来。为啥不来？妮子没敢打电话去问。她姑姑从来不像别人家的姑姑那样看见侄子侄女亲不够，老是怪不耐烦的样子。

这不，今天都进二月了，还没来。这个月九号过年，莫非姑姑要到大年初二才来？姑姑不来，一个月那两百块钱就没有着落。就算姑姑初二回来把以前的钱补上，妮子也不能穿上和别人一样的鸭绒袄过节了。

妮子相信姑姑不在乎那两百块钱。姑姑的一件大衣就花了好几千，一管口红听说也得几百块，还有姑姑脚上的皮靴子，听说是外国的牌子，贵得很。姑姑哪会在乎一个月给爷爷的这两百块钱？她一定是因为什么事耽搁了吧。

爷爷的承诺兑现不了，理亏，压根不再提给妮子买衣服的事。妮子一向就是这么个脾气，一有心事，就蔫眉耷眼的。要是奶奶在，肯定能猜出她的心思，想法子哄她高兴。病老头子才没耐心理她，看见妮子噘嘴鼓腮抹眼泪，就躺在床上骂她作死。骂妮子乏了，也骂儿子骂媳妇，捎带着唠叨几句闺女。反正他整天没事，拿骂人取乐。

妮子不睬他，他就装着病得厉害。要是一个月前，妮子会趁着他的心思，尽量把自己拴在屋子里，陪他说说话，听他支使着端茶倒水，就算是没有话说，哪怕开着电视听个响儿呢，总归让他觉得有个做伴的。

可是现在妮子烦着哩。她一门心思都在入冬以来村里开始流行的鸭绒袄上。爷爷那两百块钱越来越没指望了，妮子只能寄希望于爸爸妈妈能早一天回来。她每天除了吃饭就是跑出去张望爸爸妈妈回来的方向。

妮子在院子里站了一会儿，听见屋里风箱一般呼哧呼哧的喘息声小了。哼！她就知道，他是故意夸大他的病痛骗她，想赢得她的同情，就像那些闹人的小孩儿哼哼唧唧是为了引起妈妈的关注。可他不是小孩儿，妮子也不是妈妈。

有时候，妮子觉得爷爷怪可怜，一天又一天，一个人躺在床上能不寂寞？除了奶奶，家里没有一个人喜欢他。自从奶奶走后，一家人都把他当成了甩不掉的包袱。

但是一走进屋子，妮子的怜悯就变了味，她感到这个垂死的或者假装垂死的老人妨碍了她，给她的生活蒙上了阴云。她后悔不该接下这个本不属于自己的包袱。

她为什么要答应姑姑？就为了那天姑姑对她笑了？姑姑笑起来真好看，可这样的机会太少了，她眉头紧锁的时候多些。

4

乡下人不管平时生活怎样艰苦，过年总得肥肥实实，把一年受的委屈给补回来，家家户户都在忙着采买年货。

要是往年，这时候家里早忙活开了。奶奶一过腊八就开始准备，买的干果、瓜子、糖块儿，炸的丸子、酥肉，蒸了一锅又一锅的馒头、包子。爸妈叔婶会在电话里讨好奶奶，说是让奶奶歇着，等他们回来了一块张罗。奶奶一边骂他们“光个嘴儿好，等你们回来啥也准备不上了”，一边忙活得更起劲。

奶奶在村子里有名的能干。他们家日子过得殷实，姑娘姑爷在城里上班，两对儿子媳妇四个人都挣钱，老太太老爷子在家照看孙子孙女。日子惹好多人眼气呢。

去年爸妈叔婶回来的时候，奶奶都准备得差不多了，他们一个个像嘴巴上抹了蜜,围着奶奶说好听的。

一大家子热热和和在一块儿,能见天腻在爸妈跟前,多好。从妮子记事起,她都是平时跟着爷爷奶奶,过年过节才能看见爸妈。现在种庄稼挣不到钱,除了糊嘴,余剩不了啥。爸妈跟叔婶都出去打工,跟着村里王老三的建筑队。按说,工地上用不着女人。女人干不了爬高上低的活儿,只能在伙房里做饭。村里好多女人想去,王老三都没答应,可是妮子妈妯娌俩,他不能不答应。

王老三前些年刚进城的时候,在别人的装修队上打工,乡下人在城里难免受委屈遭欺负,好多次都是找姑姑姑父给帮的忙。王老三得过他们家的惠,念着他们家的好,不能不有所表示。

这些事村里人都知道,所以妈妈和婶婶能到工地上干活挣工资,村里的媳妇们眼气归眼气,可也说不出啥,人家老李家门槛高,养了个好姑奶奶,一门子跟着沾光。

姑姑上大学毕业后留到城里,后来找了姑父,也是大学生,做了城里人。前些年考大学可不容易,一个村好几年才能出一个大学生。姑姑跟飞出鸡窝的金凤凰一样,惹人羡慕得很。

这几年,姑父走得特别顺,职务一溜烟儿往上升,听说权力大得很。姑姑也跟着他享上了福。

姑姑在城市里住惯了,越发看不起乡下的又脏又穷,嫌乡下啰里吧唆的麻烦事儿多。因为心里的不耐烦,难免言语举止中就显出她傲得很。

婶婶在背地里没少说,烧包啥?再能也是咱这个土窝里长大的,起根儿变不成个地道的城市人,凭啥对咱们冷眉冷眼,还真把自己当成了回大观园省亲的元春?这些话都是背着姑姑说的。真的见了姑姑,婶婶跑前跑后比谁都殷勤。

妮子不爱说话,可心里有数。女孩子年龄大了,越来越想偎着妈。妈在家待不了多少天,过了正月十五,工地上就得开工,妈就要走。她恨不能天天黏着妈。女孩子大了,有多少话想跟妈悄悄说,有多少烦心事要从妈那里讨主意呢。

可是妈就算回到家也不好意思整天围着孩子转。把家丢给婆婆一年了,到年根儿才回来,可不得好好帮着婆婆多干点活儿。自己屋里也得清扫灰尘拆洗被褥,见天忙得脚不沾地。

一大家子都喜欢奶奶。谁会不喜欢她?吃差的,穿赖的,拖老的,带小的,起得早,睡得晚,家里地里,哪儿都离不开她。她干活多,说话少,不埋怨,从来不像别人家老太太成天唠叨。她老是说,有埋怨攀扯的工夫,活儿早干完了。别人都说她把爷爷惯坏了。爷爷一辈子懒,身体不好。身体不好是他不干活的理由。照隔壁二奶奶的说法,净是装的。可是一旦装成了习惯,就成了真的,天一冷就吭吭咳咳喘得厉害,整天圪蹴着,守着火炉子。天一下雪,他就彻底躺在床上起不来啦。哎哟哎哟直叹气,活像躺着一家子病人似的。奶奶有时候也烦他,说自己给他当了一辈子老丫鬟。

说句不孝敬的话,一家人没一个待见爷爷的,尤其是嘴巴厉害的婶婶,才不会饶了他,跟街坊的婶子大娘们说,这老不死的,一点忙帮不上,净添乱,还不如死了好。连最让爷爷引以为豪的姑姑,一听见他哼哼也是皱眉头。

姑姑长得可好看了。城里女人好像都长得好看,总也不显老。姑姑身上老是香喷喷的。那香味和自己用的大宝润肤露味儿不一样,好闻得很。邻家上大学的姐姐见多识广,说那是外国的香水。

妮子特别盼着姑姑回来。她每次回来都捎些好吃的,名义上是带给奶奶爷爷的,实际上大半让奶奶分给了妮子和大宝。

姑姑一直没有生孩子。妮子偷偷听婶子和妈妈在背地里说,姑姑是鞍形子宫,坐不住胎,先是怀不上,好容易怀上了又老是流产。因为这个姑姑整天不高兴,啥时候见到都怪不耐烦的。

姑父也不高兴。姑父老家离他们村十里地,是一个县的。乡下长大的男人,哪有不喜欢孩子的?不孝有三,无后为大嘛。姑姑生不出孩子,一家人跟着着急,一听说哪儿有治疗不孕不育的偏方,都得千方百计打听来,贡献给姑姑。可这些偏方没有一个奏效,姑姑脸上的不耐烦也越来越浓稠。

5

那天晚上，姑姑急匆匆来了，妮子有模糊的印象。弟弟就是在那天晚上被预订为姑姑的孩子。

那时候她上小学四年级，晚上跟着奶奶睡。奶奶起床去开门，妮子也恍惚醒了。

姑姑一进门就呜呜地哭。娘，我再也受不了了，这次又没能保住胎。建刚他不要脸，在外边有了人。他说要是再不抓紧，这辈子就当不上爹了。我生不出孩子，他就找别人生去。试管婴儿已经做过好几次，我受够了罪，钱也没少扔，还是留不住。医生说我这身体条件，成功的可能性很小。

奶奶陪着姑姑抹眼泪。

要不，领养一个？

领养的能亲吗？他不同意，说是猪肉贴不到羊身上。

那咋办？

这些天我脑子都要想崩了……我听说大嫂也怀了。

怀了。这不，害喜，从工地上回来了。算算日子，比你晚怀上半个月。你嫂子还犯愁呢，没有准孕证，现在计划生育抓得紧，罚款罚得厉害。她正思谋着要不要把孩子给做掉。

别，别做掉。娘，单位里的人都知道我前一段怀孕了，我想请假在咱家住一段，一直到大嫂把孩子生下来。

咋？你想把孩子抱走？

自己娘家侄，再不亲也远不到哪里去。再说，有血缘关系，长相多少总会有些像，别人看起来也像一家人。只是不知道大嫂能不能答应。

那……我跟你嫂子商量商量。唉，自己肚子里掉下来的肉，哪有舍得的……我豁出老脸去求她，说啥也不能让建刚因为这个跟你隔了心。

娘，我想瞒着，就说在家里保胎。

瞒得了旁人，还能瞒得了建刚？

他现在整天不回来，早不把我放在心上了。我不在家碍他的眼，他怕是巴不得哩。

妈妈生下弟弟，真是舍不得了。奶奶咕咚一声跪在地上，妈妈也赶紧跪下来，陪着奶奶掉眼泪。妮子心疼奶奶，恨不能替娘答应了。

奶奶说，是他的亲姑姑，还能亏得了他？要是他姑父因为这个跟他姑姑离了婚，咱们一家人的依靠就没了。咱得用这娃子让建刚收心。再说，城市户口城市人，打小就上城市的学校，将来的前程还会差得了？不比跟着你们在乡下受罪强？你的娃，到啥时候也是你的，等孩子将来大了，懂事了，我做主，告诉他谁是他的亲爹亲娘。

可是……妈妈支吾着。

你放心，芹花说了，不能亏了你。她手里头也攒了几个私房钱，打算在市场上买两间门面房，房本办成我的名字，将来转到孩子名下。你们两口子啥时候不想在工地上干了，就在城里做点小生意，现成的房子，也不用考虑房租，清挣钱。你看中不中？

妈妈只会嘤嘤地哭。

弟弟给姑姑抱走了，在家里捂月子，体体面面办了满月酒，姑姑姑父的朋友和单位的同事都来贺喜，听说光是礼金就收了不少，姑姑替弟弟存起来了，说是留着给他将来上学用。

妮子看得出，姑姑是真心喜欢弟弟。姑父不一样，他的表情里始终带着嫌恶，对孩子不冷不热的。

每次姑姑回来，妈妈都眼巴巴地，想去看看孩子，又怕姑姑多心。还是奶奶会体贴人，说着乖外孙，让姥姥抱喽。抱一会儿，就对着妈妈喊：老大家的，我煮的豆子熟了，你来接着孩子，我捞豆子去。

妈妈不错眼珠地抱着看，泪珠子就挂在睫毛尖上。

奶奶赶紧打圆场，妮子妈，又想你那个没有成的孩子啦？你还年轻，将来你们还能要。

妮子本来担心妈妈生了弟弟会抢了妈妈对自个儿的疼爱，谁知道给姑姑抱走了反倒想得慌，心里怪孤单。逢年过节姑姑带着他回来，看他衣帽整齐，一副小城里人的样子，她又不敢上前去亲近，怕人家跟自己生分。好好的弟弟，咋就变成了旁人？忍不住觉得委屈，一个人躲起来，心里含着一包泪，不敢碰，一碰就一股一股涌出来。

6

爸爸妈妈怎么还不回来？

爷爷的饭量还是那么大，好像会无限期地活下去，妮子却是一天天瘦了。

她觉得爷爷就像童话故事里的妖怪，用咒语控制着她，她无论如何挣扎都无法解脱。

妮子一心想用爷爷手里那两百块钱去买眼下正流行的鸭绒袄。邻家姐姐说，以前要卖四百多呢，现在推出了新款式，这一款搞促销才便宜的。邻家姐姐让她穿上试了试，又轻巧又暖和。

村里好多女孩子都买了，她们大多还没舍得穿，要等到大年初一那天。小玲也买了，特地拿给妮子看，让她隔着塑料袋子摸了摸。小玲的爸爸在外省一个地方修高速公路，天太冷没法施工，早早回来了，一回来就带着小玲到城里买了这件鸭绒袄。小玲高兴得见人就显摆。小玲爸爸回来这段时间，她妈妈脾气好多了，头脸衣裳都收拾得干干净净，看见妮子去找小玲玩也比以前和气了。

越来越多的女孩子在炫耀她们的鸭绒袄。她们要么是在外打工的爸爸带回了活钱，要么是在家的妈妈熬不过她们缠磨终于给买了。别人都有了，妮子也想要。

爷爷以前答应过要把节余出来的钱给她买衣服的。可姑姑上个月没有来，他那两百块钱就成了悬在毛驴鼻子前的胡萝卜，一直吃不到嘴里。

越是得不到，妮子越是想要地坐卧不安。

爸爸妈妈再不回来就来不及了。过几天，城里的商店该关门了，人家谁不过春节？听说专卖店里这款鸭绒袄的颜色和型号已经不齐全了，再晚就赶不上了。

爷爷躺在床上也着急。闺女为啥还不来呢，即使她没空，总可以托人把钱带回来啊。有了钱，妮子就可以买鸭绒袄，也不会再恨他了。

7

起雾了。外面的空气又湿又冷，呛得人嗓子眼难受。可妮子实在不愿回到弥漫着腐败空气的屋子里。

她觉得好像垂死病人的家里都弥漫着这样的空气。

这仿佛是一种信号，一份令人恐惧的死亡通知书。

她厌恶夜晚。每个夜晚，她不得不回到屋子里，在他目光的逼视下躺到自己床上，听他有意加重的仿佛拖曳着锤子般沉滞的喘息，睡过去再醒过来。

他白天有足够的时间睡觉，晚上也有足够的精神打扰她。他要喝水，他要撒尿，他要吃药。他喉咙里仿佛安置了一台风箱，吃力地拉扯着，那拉扯紧张得好像每分钟都可能被挣断。她怕极了，要是爷爷的呼哧声停止时只有自己一个人，将会多么恐怖。

妮子的朋友们都不愿到她家来。嫌她家里有怪味儿，嫌她爷爷像妖怪。

除了小玲。小玲不机灵，成绩不好，她妈妈脾气又坏，经常对去找她玩的女孩子横眉立目，村里女孩子不愿意和她玩。妮子和小玲同病相怜，经常互不嫌弃地待在一起。

每次小玲在门口轻轻喊一声，妮子就急不可耐地匆匆逃离这个垂死的老人，仿佛获得解救一般，一秒钟也不愿意多停留。

外面的空气真好啊。清冷清冷的，带着冬季乡村特有的萧瑟。妮子大口大口畅快地呼吸着，用新鲜的空气赶走满脑子蛮横的怒目而视和呼哧呼哧的哮喘。

可是小玲太爱说话了。

哎，你干吗不买一件鸭绒袄？你爷爷咋老是骂你啊？你姑姑的孩子是不是你弟弟？

小玲的好奇像刚刚从磨刀石上磨出来的刀一样锋利，轻松地在妮子心上划出伤口，渗出一粒一粒血珠子。

妮子终于受不了了，她被小玲的问号赶回村口的风地。

眼泪和着心事冻结在视线里，她要看见爸爸妈妈回来。

妮子盯着苍黄的天边，对每一辆车每一个远方来的人影怀着近乎绝望的幻想。也许提前了呢，王老三拿到了拖欠的工钱，给大家发了，妈妈不用做饭了，爸爸也不用给王老三当司机了。他们不就可以提前回来了。

妮子差不多要冻僵了。那件漂亮的鸭绒袄，像天边的云彩一样可望而不可即。

天已经黑透了，她该回去了。这么晚了还没有做饭，爷爷肯定会用最难听的话咒她吧。

她的脸给没遮没拦的风吹得失去了知觉，她摸摸口袋，没有卫生纸，只好把鼻涕和眼泪擦在袖子上。拖拉着硬邦邦的步子，一步一步挪回家，用不听使唤的手拉开门。

果然，屋子里凶神恶煞的病人积攒了一肚子火气，瞪着枯黄的眼睛骂她，死丫头，你疯到哪里去了？也不知道做饭，你想饿死我啊。

屋子里冷冰冰的，和屋外差不多一样冷。妮子抽开火，看到蜂窝煤已经熄了，要是以往，妮子会到隔壁邻家去换一个燃着的煤球生火，可是今天，绝望的妮子决定表示一点反抗，她扔掉了火钳子。

把一个冷硬的馒头放在爷爷床头，又倒了一碗保温瓶里没有多少余温的开水给他。

那个坏脾气的病人更加恼火了，啪地把馒头扔在地上。你喂猪啊，等你爹妈和你姑姑回来，看我咋跟他们说，让他们打死你这个不孝顺的疯丫头。

打死我倒好，妮子在心里犟嘴。为啥去年走的不是他而是奶奶。要是奶奶在，咱们家也正热热和和准备过年吧。

妮子一声不吭地钻进冰冷的被窝。坏脾气的老头子还在变本加厉地哑着喉咙骂她。无论如何，等到春节姑姑来了，还是求姑姑同意把他送进老年公寓吧，要不，她宁愿死。是的，死。

妮子能想象得到姑姑会怎样皱紧眉头不高兴，但是她再也不要因为姑姑的一句好听话受这样的罪了。

她甚至想，是不是爸爸妈妈也不爱她了。

以前，爸爸妈妈还给她留点钱，要买作业本要买女孩子家用的东西。可是现在，自从她和爷爷生活在一起，她就仿佛不再是他们的孩子了，她的一切开销被认为应当从姑姑给爷爷的两百块钱生活费里解决。那两百块钱被爷爷把得紧紧的，虽然他躺在床上不能动，可是他并不糊涂，他给妮子的每一分钱都记得清清楚楚，哪一块钱买酱油哪一块钱买醋哪一块钱买盐。连去买卫生纸，妮子都得跟爷爷说好话，得他高兴了才会给她三块五块。两百块钱多么不经花啊。爷爷有时候还想抽个烟什么的，妮子不得不胆战心惊地看着钱很快就花光了。

妮子想，自己真傻。她为什么不能像叔叔家的小宝住进姥姥家？就为了姑姑难得的一次和颜悦色？如果住在姥姥家，妈妈一定会给她留下足够的学费书本费生活费。妈妈知道舅妈的脾气，不会让自己作难的。可是现在，她成了姑姑和爸爸叔叔聘用的照顾爷爷的保姆，领不到工资的保姆。

8

妮子每天都在掰着指头盼过年。过年爸爸妈妈就会回来，叔叔婶婶会回来，姑姑也回来。妮子想好了，要让妈妈代表她提出要求，她想住进姥姥家，让爷爷去住老年公寓吧。

姑姑应该会答应吧？

奶奶在的时候，妮子并不喜欢到姥姥家住，姥姥家有舅舅的孩子呢，姥姥得照看他们。可是姥姥家多热闹啊，哪怕姥姥匀给自己的疼爱只有那么一点点，哪怕舅妈的白眼里有些嫌弃，总好过陪着这个垂死的老东西，挨他的责骂。她越来越厌烦爷爷。她感到自己的不愉快都是他带来的。

奶奶走得那么仓促。奶奶劳碌了一辈子，帮衬别人一辈子，她永远体谅孩子们的难处，不给他们增加一点麻烦。连婶婶那样精钻挑剔的人，也不好当人说出奶奶的不是来。连到她走，也没有拖累任何人。儿子媳妇过年在家，不用再请假了。大年初三，儿媳们都走过娘家了。闺女正好还没有回城，省得多跑一趟。她真是替儿女们考虑得周全。

比着奶奶，爷爷越发显得讨人嫌。

爷爷身体一直不好，不知道是真的还是假的。奶奶在世时倒是心疼他，有了好吃的除了留给孙子孙女就是填进他嘴里。他脾气坏，一点不顺心就骂人。孩子们都不亲近他，嫌他死模怪样。

奶奶这一走，问题就出来了。没有人伺候老头子。

要不，就把儿媳妇们留在家里，轮流伺候？

二婶首先反对了。那咋行？娃们要上学房子得翻盖，开支那么大，就孩子爸爸一个人挣钱能行？

妈妈也舍不得。但是她没有说。能在工地上做饭，和男人们一样挣钱，王老三完全是看了小姑子两口的脸面，村里不知道多少人想顶这位置呢，如果舍了这个活儿，以后想再找可就难了。她心里也盼着供妮子上大学，像孩子姑姑一样到城里生活，可上大学得花多少钱啊，她和妮子爸能不拼了命去挣？

要不就妯娌俩轮流伺候？爸爸说。

咱们都在城里打工，要是隔三天过五晌地请假回来，人家老板能答应？婶婶撇着嘴。

总得想个办法吧。姑姑皱起眉头，操着一口与大家拉开明显距离的普通话。

姑姑是全家最有学问的，家里人都有些怕她，遇到事情总得请她拿主意。姑姑很少发脾气，但她只要皱皱眉头，大家就会顺着她的脸色办。

芹花，你说，该咋办？

小时候，爷爷给姑姑取的名字叫芹花，上大学前她自己改成了卿华。家里人习惯了，还是叫她芹花。爸爸在家排行老大，姑姑是老小。可爸爸也得听姑姑的。

要不，把他送到老年公寓吧，听说条件不错，照顾得挺周到。也不贵，一个月六百块，我负担一半，你们兄弟俩均摊另一半。

那咋行？村里人不笑话咱？有儿有女的，给送到那个地方，人家戳咱脊梁骨呢。婶婶立即反对。妮子猜，她恐怕是舍不得花钱吧。婶婶有名的小气，要她拿出钱来比割她的肉还心疼。

姑姑眉头又皱起来。

爸爸赶紧说，实在不行，让妮子和小宝轮流来陪着？乡下饭也平常，不过是熬稀饭煮面条，孩子们都会。

俺们小宝整天在家可是啥也不会干。妮子又灵巧又懂事，让妮子伺候吧。婶婶先把自己儿子撇清了。

女孩子，照顾爷爷不方便。妈妈嗫嚅着。

自家老人。有啥不方便？婶婶舍不得放弃这个对自己有利的提议。

姑姑眼睛里难得有些温和，看着坐在墙角的妮子。要不，就让妮子照顾爷爷？我每个月拿两百，买油盐酱醋。粮食你们兄弟俩出，米面尽着他们俩吃饱。

咋？粮食……二婶想说点什么，发现叔叔瞪她，忙改了口。成，粮食我们两家摊。大哥，你们家这回可是省了一个人的口粮。

妮子向往着姑姑姑父那样干净体面文雅的城里生活。她不敢辜负了姑姑难得的亲切，拼命要表现出识趣懂事的样子来。赶紧笑了笑，算是答应。姑姑舒了口气，老头子的问题终于得到了解决。

9

妮子好瞌睡啊，可是屋子里一直有他呼哧呼哧的喘息声，沉重得好像多年前拉过的风箱。在黑暗中透出瘆人的力量。

她很想说，你别拉了。可是她没有说，她是个性格内向的孩子。

她很想有朋友来找她，但是人家都怕他们家屋子里那股垂死的腐败气息。

爷爷瘦伶伶的骨头尖锐地耸立在皮肤下面，眼睛里闪着精亮的光。他捕捉着来自外面的任何动静，他盼着妮子早些放学，他不希望妮子出去玩，他想让妮子陪他待在屋子里，跟他说话。不说话也成，能有点响动，哪怕只是走来走去，总好过哧溜哧溜跑过的一只只老鼠。

妮子厌恶他，低眉顺眼里透着冷淡。

妮子十四岁了。身体上起了些变化，她变得多愁善感了，动不动就觉得委屈，心里经常空落落的，渴望能有些安慰来填补这些空隙。可是妈妈不在家，奶奶走了，谁能给她安慰呢。

每天一回家，她就开电视。电视很老旧了，是姑姑家前几年淘汰的，遥控器早坏了。妮子用手动调台。屏幕上的影像有些变形，所有的演员都是上身比下身长一些。这些瑕疵没能减损妮子对电视的热情。

她需要电视，电视里的热闹可以帮她忘掉这充满腐败气息的房间和一个老朽的身体，爷爷不懂得外面的任何事情，他只会车轱辘一般翻来覆去讲些陈谷子烂芝麻，妮子对他的絮叨没有一丁点兴趣。她用电视哇啦哇啦的声音遮盖他没完没了的唠叨。

晚上，她很害怕他喊她。妮子，妮子。他的声音尖利得好像能刺透她耳膜。深夜，从甜美的梦中屡屡被唤醒是多么痛苦啊。她痛恨这种叫声。

10

风呼呼地刮着,嗷嗷地在房顶上在窗户外面哭号。妮子蜷缩在冷冰冰的被子里。她没有吃晚饭。她绝望地想,这样的日子,没有朋友,看不见爸爸妈妈,陪着一个垂死的老人,没有和别人一样的鸭绒袄,也许活着还不如死了好。

老东西的叱骂已经停了。

屋里黑洞洞的,妮子迷迷糊糊睡着了。半夜,她被尿憋醒了。妮子躺着不想动。被窝里虽然不暖和,被窝外恐怕更冷。以前奶奶说过,越是冷尿越多。自己并没有喝很多水啊,尿是从哪里来的?

黑暗里,她听到老人沉重的喘息。仿佛一只滞涩的风箱,沉重地拖曳着。推——拉,推——拉。越来越拖曳不动了。

妮子很害怕,她从来没有听爷爷喘得这样恐怖。她紧紧地缩在被子里。胃里因为没有食物而拧成了一团。她使劲揪着自己的肚子,免得它发出咕噜咕噜的声音。

那边喘息的声音更加黏稠滞涩了,仿佛她参加全县初中生万米长跑时越来越迈不开的腿,像被一根无形的牛皮筋拽着,每迈出一步都得付出巨大努力。

呼噜呼噜,一口痰堵在喉咙口上,他剧烈地咳嗽着,终于那口痰好像被赶走了。他沉重的呼吸里透进了一丁点亮光。

“妮子,”他在叫,“妮子……给我口水,妮子……乖妮子……快……给我口热水……妮子……去找医生……”

妮子在被子里发抖。她恨他,他为什么骗她,为什么不像奶奶那样疼爱她。他是她的拖累。没有他,她会像别人一样住进姥姥家。没有他,同学们不会嫌弃她不和她一起玩。偶尔有同学来找妮子,他瞪人家骂人家,怪人家把妮子拐跑了带疯了。

“妮子……好妮子……快……找个人来……”

沉重得仿佛拖曳着大车的喘息声又响起来了。

“妮子……救爷爷啊……”

妮子在被子里抖得厉害，连床板都跟着晃荡起来。她使劲憋住呼吸，缩得更紧了。屋子里黑漆漆的，连窗户的位置也没有一丝光亮。静悄悄的黑暗。平素猖狂的老鼠没有一只出来活动。

“妮子……快……去叫老范……”

老范在村头开了个小诊所，是县上培训过的乡村医生。

妮子假装睡熟了，作为对他欺骗自己和平时责骂的报复。

她在被子里发抖，牙齿嘚嘚嘚地响。

她装不下去了。他是爷爷呢。

她拽了拽床头的开关绳，灯没有亮，她又拽了拽，还是没有亮。停电了。怪不得窗户那里没有一丁点亮光。

她哆嗦着把冰冷的手缩进被窝。不怪她啊，停电了。哪有开水？煤火熄了，要是有电，还可以用电饭锅烧，现在她能到哪里去烧点开水来呢？再说，这样黑的夜，谁敢一个人走过一个村子去找老范？打死她也不敢。

她一声不吭地又钻进被子里。

谁知道她醒着？在这样伸手不见五指的黑夜。她悄悄把手放在自己面前，果然看不见。

妮子把头蒙在被子里。屋子里只剩下老人沉重的喘息和门缝里挤进来的西北风啸叫。

“妮子……你真的忍心不管爷爷啊……妮子……爷爷给你，那两百块钱，爷爷给你行不……”

妮子忽地觉得委屈，眼泪涌出来。她蒙头躲在被子里，可是爷爷沉重的呼吸还是钻进了她耳朵。

“妮子……你真的忍心看爷爷受罪啊……”

妮子知道，在床头桌子的抽屉里有一包蜡烛，也有一个打火机。村里一到刮大风下大雨就会停电，她提前在抽屉里预备下了。但是谁知道她预备了？要是她没有给尿憋醒，就不会听到爷爷叫她，没有听到爷爷叫她，她就不用起床，也不用在这样黑这样冷的夜晚，穿过整个村子，去找老范给爷爷看病。

“妮子……妮子……”

后来，妮子睡着了，她又梦到了妈妈。妈妈搂着她，轻轻地拍她，她越缩越小，小到缩进妈妈怀中的襁褓里。如果她变小了，妈妈就不会跟着爸爸出去打工了。

11

爷爷死于脑溢血。医生说这个冬天干冷，上了年纪的人平时活动少，脑血管出问题的现象很普遍。已经是年根儿了，族里的长辈说要赶在春节前入土，省得大年下的都过不安生。

明天就要举行他的葬礼。

外面正呜呜啦啦地唱着，是他们家请的响器班。村里红白事理事会照过面了，说是要简办。爸爸说，别人家送老人都请了，咱们家不请说不过去。爸爸说着，眼睛红了。

理事会不坚持了。说，上边是这么要求的，不让大操大办，说起来，老爷子苦了一辈子，临了也该有班响器送送。理事会的人揉着眼睛吊了孝，走了。

穿着孝服的妮子和小宝一起给吊孝的人还了礼。

妮子为爷爷守灵。她很担心，他会不会突然从黑漆漆的棺材里跳出来叫，妮子，妮子。

不会的。他已经被烧成了灰，装在爸爸和叔叔从火葬场抱来的骨灰盒里，又放进黑漆漆的棺材里。

妮子没敢告诉任何人，那天晚上，她听到了爷爷的呼救。

她急切地想要摆脱他。爷爷曾经企图收买她，说要给她买鸭绒袄，可他没有兑现。妮子恨爷爷的欺骗。

一切都将结束了。因为要过年，爷爷的灵只停放三天就要下葬。

响器班子在外面唱戏，村里好多人在围着看。

妮子跪坐在灵前，张望着外面看热闹的人们。突然，她看见那件渴望已久的鸭绒袄，两百块钱一件，粉红色，爷爷承诺给她买的。在门口一晃，粉红色的鸭绒袄淹没在人群里。

她想，要是她没有假装睡着，要是她当时就去喊医生，他没准还能看到她穿上粉红鸭绒袄。

她心里一紧，惊慌地看着棺材，担心他从里面跳出来，一迭声地叫："妮子，妮子。"

冬　眠

啪——！她把手里的双麻烧饼砸在对面的窗台上。

什么玩意！越来越没吃头了，狗屁玫瑰馅，不过是在猪油里面裹了一块没有融化的糖。这也叫玫瑰馅？

煎饼也差劲，鸡蛋少，韭菜老，还有些糊了。有这样做鸡蛋煎饼吗？

大中午头上，总该吃点什么吧？

楼下有叫卖豆腐脑胡辣汤的声音。她拉开窗户探出头去，冷冽的空气刺得她一激灵。那个穿白围裙戴白帽子的女人蹬着三轮车慢慢过来了，边走边吆喝着。

她拿起白瓷缸子下了楼迎上去。掀开白布盖子，豆腐脑冒着热乎乎的腥香，胡辣汤的冲味刺激着她的鼻腺。从昨天晚上开始一直疲惫的胃口终于被唤醒了一部分。

那个女人殷勤地招呼着，您今天要纯豆腐脑还是两掺？

两掺吧。

好嘞。女人赶紧拿了勺子去盛。一瞥间，她瞅见那女人长长的手指甲里藏满了黑乎乎的泥垢。

呕！一股子恶心呼地涌到了嗓子眼。

呃，她突然想起来似的。对不住，不能买了，当家的今天要回来吃饭，他最怕闻豆腐脑味。她虚弱地笑着解释。

卖豆腐脑的女人也僵硬地笑了笑。她是老主顾，人家对她的变卦表现出无奈的宽容。

回到家，她不知道该吃些什么。冰箱打开又关上了。食品柜里的零食也无法吸引她的注意，包括她曾经钟爱的德芙巧克力。真正的丝一般香浓柔滑啊，可是今天她却厌恶了那黏唧唧的感觉。

她的胃是空的，可她丧失了饥饿感。以前的中午，是她安逸地躺在沙发上边源源不断地往嘴里输送零食边享受肥皂剧的时间，但是今天她连开电视的兴致都没有。

事情的源头是老公。昨天，他回来了。

他已经很多天没有回来了。这两年，他总是忙。成功的男人哪有不忙的？她宁愿相信他是因为忙才经常夜不归宿的。可是昨天晚上他来了，来之前还特意打了电话要她在家等着。

他进门的时候她正在大吃大嚼。为了他这次难得的回家晚餐，她准备了很多好吃的。可他回得晚，她不得不先填些东西垫垫肚子。这一开始就不容易刹车了。美味是多么难以抵御的诱惑啊！

他进门的一刹那，看到了她的饕餮相。

他没有到餐桌跟前，远远地坐在沙发上，面无表情地抽着烟，说自己吃过了。

吃过了干吗不提前说，害得我等你。她一边抱怨，一边放开胃口对付餐桌上两个人的伙食。

他一直沉默着，等她进餐结束。

她知道自己胖了，以前的尖下巴变成了方的，脂肪在脖子上堆垒了好几层。不光是脸庞，胳膊也粗了，肩膀也厚了，乳下的肥肉满满地顶在秋衣里，已经高过胸了。说到腰，恐怕很难找到了，整个腰身直笼统的，除非你用皮带勉强扎出一条腰来。

好在没有生过孩子，腹部的皮肤不至于太松弛，但她高高隆起的肚子，完全担当得起孕妇般的骄傲。

胖有什么不好？胖也需要资格。男人的宠爱是第一位的，有了男人的疼爱，这胖才可以理直气壮，肆无忌惮。他曾经那么宠她。宠爱的时候，一切都是好的。

她是恃宠而骄吧，婚后她不再约束自己对美食的欲望。是啊，结了婚的女人，有家和爱她的老公，对自己的要求自然就放松了。又不当明星，何必像陈鲁豫那样一天只吃十几粒米，把自己瘦成排骨？

她口袋里有老公赚来的大把钞票，足够她享受喜爱的食物。她在短短几年间膨胀成没有线条的女人。

可是昨天，他提出要和她分开。他说她简直胖成了一头猪——这是他的原话，毫不在乎她听了会多么难受。

哼！胖咋啦？胖是富态，是金贵。“要想富，家里娶个胖媳妇。”老辈人都这么说的。

可是他根本没有和她抬杠的兴趣。他说完就走了，他是特意来告诉她要和她分手的。

他说经济上不会亏了她。房子和一部分存款都会给她。可是房子和存折忽地都变得轻飘飘了。没有了老公，她要这些又有什么意义？

嫁给他的时候，有好多人追她。那时候她多纤巧漂亮！追求者当中许多人比他有钱，有房子有车有存款有高收入的职业。可她选择了他，因为他疼她。他说最喜欢看她吃什么东西都香甜的可爱相。还说他要努力挣很多钱，把世界上所有好吃的都买来给她享用。

我会发胖的。

胖了我也喜欢。当年他是这么说的。她相信他的话。

可是当爱死去，所有的痴恋爱语都像写在水上的誓言漂逝得无影踪。从什么时候开始，她成了他眼里的“猪”？

因为他昨晚那些话，她对所有的食物失去了兴趣。

他当然没有再回来，连电话也没有打一个。他走的时候说过，留给她时间考虑。她窝在沙发里脑子一片空白。

她明白，一旦他走了，她就得重新回到婚姻市场。她曾经是那个市场竞争中的优胜者，可是因为懈怠，她失去了自己的优胜者地位。原来她以为那场竞争是一劳永逸的。现在看来并不是，她又回到了起点，被迫去和那些年轻貌美的女孩子角逐。在这个流行骨感的时代，她明白自己已经完全失掉了优势。

已是初冬了。除了上班，她每天一动不动地窝在沙发里。她成了没人疼爱的女人。夜色阑珊时，她常常忘记了冷，直到差不多要冻僵了，才移动着麻木的双腿把自己塞进冰冷的被窝。

这年冬天是个漫长的季节。一夜一夜，她瞪着黑暗中头顶的天花板等待黎明。

春天来了，她像睡足了一个冬天，刚刚苏醒的狗熊一样豁然开朗。对于怎么也想不通的事情，不如干脆放开，随他去吧。

她感到饿了，打算伸伸懒腰外出觅食时，才发现自己的身体经过长长的冬眠，已将储存几年的脂肪消耗殆尽。

她洗了把脸，用脂粉修饰着因为营养不良而变得憔悴的面颊。

现在的化妆品真好。镜子当中，她又是一个神采奕奕的女人了。

她给他打了电话。说她答应他的条件，也不拒绝他对自己经济上的补偿。在找到下一位合适的丈夫之前，她得用他补偿的钱为自己建立经济后盾。

她冲自己笑笑，镜中的她妩媚纤细。

门铃响了。

他没有用钥匙开门，看来，他已经把自己当成了外人。

他很快可以如愿以偿了，她马上就会在他带来的离婚协议上签字。让他安心娶别的苗条女人吧，结婚前的女人总是窈窕的。

他进来了，他的目光在她身上脸上盘桓了很久，不相信似的上上下下打量着。他的表情很吃惊。

好像多年前第一次见到她，他有些紧张，有些不自信。

他嗫嚅着说，咱们非离婚不可吗？

风清日丽的一天

1

那是风清日丽的一天。从那一天起,一切都改变了。

从那一天到现在,已经差不多一年了。爱人很显老很憔悴很焦躁很疲惫,他知道他也一样。以前她是爱体面好干净的女人,不愿意给别人笑话,哪怕再忙也得把一家三口收拾得干净利落。现在她不管不顾,蓬头垢面地奔波在家和医院之间。以前她好性子有耐心,一看见爷儿俩就笑嘻嘻看不够,现在她固执暴躁,动不动就横眉立目发脾气。他们没有钱,医院天天催着交费,家里能变卖的东西都变卖光了,亲戚朋友能张口的都求告遍了,三十万不是小数目,他这半辈子也没见过那么多钱。

虎子受伤以后再不淘气了,一点不像他名字该有的虎头虎脑样子。以前那个活泼好动淘气得让他着急上火哭笑不得的小老虎不见了。儿子安静地躺在床上,一只眼睛徒劳地翻着眼白,失掉了光明。医生说,因为脑部受伤损害了视觉中枢。

他多想虎子像以前一样搞恶作剧欺负别的孩子,惹得人家家长告到门上来,他没少因为这个扬起巴掌喝呼孩子。他恍惚看见虎子胆怯地躲在门后边,逃避他责骂的样子。现在虎子只会一动不动地躺在弥漫着消毒水气味的病房里,虚弱得仿佛连被子也负担不起。

别人说,他们可以申请再要一个孩子,他也动了这样的心思。他那天郑重地和爱人商量,没想到她的反应会那么激烈。她简直要和他拼命,活像孩子沦落到今天都是他造成的。她扯着喉咙赌咒发誓:我儿子会好的,老天爷长眼,虎子不会有事,不会的! 她咬牙切齿攥紧他的胳膊，把他手脖子都攥青了。

2

都说白衣阁的神仙灵验，有求必应。她从白衣阁请了一尊菩萨供在家里，天天念叨着观世音保佑，观世音保佑。不是说观世音有无量的智慧神通，能普救人间疾苦么，大慈大悲的观世音菩萨啊，求求您一定救救咱们虎子吧。

她在观音面前祈求，让报应都应在我身上吧，我做的孽，我自己受。自从孩子出事后，她一直在反省自己，旮旮旯旯里找遍了可能遭天谴的理由。

"我不该多收老外的钱。那天在公园里，来了一群外国人，要买印着清明上河图虹桥的扇子。都说外国人有钱，买东西不会还价，平时卖十块，那天我卖了十五，那些高鼻子凹眼睛的外国人还觉得怪便宜，一下子买了二十几把。同行们平时也都是这么做的。收摊回家路上我特地拐到超市给孩子买了两个炸鸡腿，这天挣得多嘛。看虎子吃得满嘴流油，我心里头真喜欢啊。我还跟孩子他爸说，老外的钱就是好挣。"

"我不该不孝敬婆婆。我们俩从恋爱到结婚，婆婆一直不满意，嫌我没有正经工作。逢年过节，孩子他爸想多给他爹妈几个钱，我老是唠叨不答应。我说他们老两口有退休金，日子比咱们宽裕，咱们给的多了，他们跟小叔子一起住，还不是便宜了小叔子？都是一个娘肚子里出来的，老两口偏偏喜欢小叔子，看人家啥都好，看咱啥都不好。"

她成天吃斋念佛，神神道道，小心谨慎不敢说错一句话，唯恐有什么不敬招惹神仙不高兴。可她念叨的神仙一直沉默着。神仙没有听到她的祷告吗，孩子怎么没有一点起色。

3

她眼泪都要流干了，她恨自己没有照看好孩子。

她后悔不该占那个小便宜，那天在她摆摊卖旅游纪念品的公园门口，一个新开发的外地景区来做宣传，免费赠送的门票，说是体验游，一个月内有效。她平时在公园摆摊腾不出空闲，又俭省惯了，没带孩子出过远门，觉得这机会挺好，想让孩子长长见识。她特地多领了几张票，是给表姐的。平时表姐没少帮忙，也没有啥能回报人家的。送票那天，表姐说这个星期天刚好有空。人家日子过得好，有私家车，三口坐不满。她正好带着孩子搭表姐的车，就这么着，像是命里赶着，都凑着巧儿。

孩子他爹真不赖，要不是因为孩子这事，日子虽说不算富裕，可也乐乐呵呵。下一辈子，哪怕是吃苦受罪，她都愿意跟他过。结婚这么多年，有啥好吃好玩的，他都尽着她娘儿俩。她带着孩子搭表姐家的车上山去玩，他单位休息，替她在公园里摆摊。

她知道虎子爱闹腾，上车前一再叮嘱他别淘气，别招表姐一家烦。一路上虎子都怪听话。虎子看见大山稀罕得不得了，孩子都十岁了，这还是第一次看见真正的大山。关在车里几个小时可憋坏了，下了车他高兴啊，又蹦又跳。她在后边紧追着，招呼他千万当心。

谁知道会出事。在新修的盘山梯上，孩子急火火朝前跑，一脚踏空了台阶，从山上滚了下去。

那一刻，她死的心都有，她宁愿滚下去的是自己。她疯了一样冲下去救孩子，孩子浑身的血。表姐说，得赶紧找景区主事的，让他们负责任，怪他们的安全设施不健全。

她脑子里只有一个念头，让我的虎子活着，让我的虎子活着！孩子在她的怀里抽搐着，嘴里涌出血沫来。

出事了，出事了，围观的人惊慌地传递着这个消息，猜测孩子是否还有救,也有搭把手帮忙抬孩子的。看热闹的人一会儿就散了,有些掉头就下山去了,也有倔着非要上山的孩子,爹妈都越发叮嘱要格外小心。是啊,虎子不是人家的血肉,对别人来说也就是个教育自家孩子的谈资罢了。

景区的人一直没有露面,表姐夫开车把他们送到医院。自打进了医院,花钱就跟流水一样。医药费很快耗光了他们薄薄的积蓄。去年买房子时已经把家底掏得差不多了,本想把房子转让了,可人家说是经济适用房,五年内不能倒手。家里能卖的都卖了,亲戚朋友能借的都借了,塌了一屁股窟窿。等到缓过神来,表姐说得找个律师好好问问,让景区负点责任。那位律师业务很熟悉,搬着法律条文说得头头是道,建议他们到法院起诉。

可是景区牛得很,对他们明显不屑一顾。“哼,漫山遍野的人都好好的,偏偏你们家出事了,分明是你监护人的责任,你自己没有看好孩子,倒讹上我们了?”这是景区负责人第一次照面就劈头盖脸的责问。

“是,我该死,我没有看好孩子,我该死。”她愣愣怔怔盯着景区负责人说。熟人背地里都说她神经恐怕是出了点问题,整天祥林嫂一样埋怨自己没有照看好孩子,眼神看谁都直勾勾的。

4

男人和女人替换着陪护孩子。男人一下班就来医院替女人,让她回家给孩子做点有营养的。他无精打采地看着躺在床上没有知觉的儿子,把手放在虎子细瘦的脖子上。这会儿身边没有旁人。他想,如果就这么一直压下去,孩子也许就永远不会醒来了,再也不用面对未来痛苦的一生。对于受伤的虎子来说,过于漫长的人生不见得是幸福。

他有过那样的心思,好多次都是趁着老婆不在的时候。他想过拔掉氧气管子,掐住孩子的脖子,然后自己和孩子一道上路。他无法忍受这样看不到尽头的生活,可是他终究下不了手。孩子呼吸得那么安静,他眼前晃着出事前虎子淘气欢快的模样,看见他晚上加班回来虎子和妈妈一起在门口迎接的笑脸。眼泪渐渐模糊了他眼前的笑脸。他不是个能做大事的男人,太优柔寡断。因为这种性格,打小就不受爹妈待见。他捂着脸,眼泪从骨节粗大的指缝里涌出来。

5

那天,医生查房的时候忍不住摘下口罩问,在这儿住了一年多了吧。医生看了看孩子床头桌子上塑料袋里的几个馒头,我听说你们家的情况了,在这里住下去也没有多大帮助,要不你们出院吧,还能节省点费用。

那几个馒头是昨天买的,一块钱四个。这一段时间,两口子都是靠吃馒头就咸菜充饥。儿子需要营养,每天喝点牛奶,有时候炖点鸡汤。夫妻俩收入有限,不得不从牙缝里俭省。

以前女人见天早上都给儿子热牛奶煎鸡蛋。她说,咱儿子肯定长大个子,现在都讲究优生优育呢,咱可不能让孩子输给别人。

儿子才十一岁,以后的日子还长着呢。医生说孩子受的伤不会影响他长个子,可是一个不会说话不能行走的高个子有什么用。儿子个子越高,老两口就越抱不动他。这一年里,他觉得自己老得快,老婆也老得快。两个人都佝偻着背。他们会一天比一天老的,等到他们老了,谁能照顾孩子呢。

他看见爱人眼睛里又亮闪闪的,她的眼泪动不动就朝外冒,像水泵一样抽干了身体的水分,她的脸色一天比一天枯黄萎暗。

6

律师打电话来,说打官司周期会很长。又说对方财大气粗,真的耗下去也未必能占到便宜，让他们有个心理准备。表姐出主意说，如若不行，就找几家媒体呼吁呼吁，再不行就在网络上曝光，骂景区老板为富不仁。他们景区投资那么大，眼下正在宣传推广期，负面新闻肯定会对他们形成压力。

表姐夫在大机关里上班，熟人多。网上的文章是他找一位专业枪手写的，第二天就发在网上了，还配发了虎子受伤前活泼健康一家人幸福美满和现在孩子残疾衰弱父母苍老疲惫的对比照片，极力表现虎子一家的凄惨和景区的冷漠。曝光的效果很是明显，网上跟帖很多，对那个景区骂声一片。

果然，景区和律师联系，要求调解。

两口子以前到景区去找了好多趟，想求他们帮忙解决一点医药费，他们都置之不理，现在影响到景区声誉了，他们主动提出给孩子解决些费用。

律师经验多见识广，劝他们为了孩子不如同意调解。他说对方是生意人，单是景区开发就花了好几个亿，不会在乎给孩子看病的这点钱。如果硬要打官司，人家请得起大牌律师，买得通有关部门，打到底咱们也未必能得到什么好处。不如趁着景区刚开业，不想让孩子摔伤的事传播出去影响人气，更怕输了官司不吉利，可以借机要价高些，对孩子将来也是个补偿。

讨价还价的结果是景区答应补偿孩子看病花掉的三十来万，另外再给二十万做孩子以后的医药营养费。对方的律师一再强调，他们这么做是出于对伤者的同情，并非应该赔付。

但老板提了条件，要求他们对着一个录像机诉说自己的儿子因为意外受伤无力医治，多亏景区老板慷慨救助，十分感谢老板的善行。

几天后他们在电视里看到某个慈善机构采访景区老板。老板衣冠楚楚，侃侃而谈，说自己一贯热心慈善事业，坚持以服务社会为己任。配合着老板字正腔圆的表演，他看见自己在电视上对老板感恩戴德的画面。经过电视台的剪辑加工，他们配合得天衣无缝。

有个朋友看了电视打电话骂他没骨气。他没有辩驳。他想，骨气有什么用，只要能给儿子筹到治病的钱，哪怕是卖身做奴隶呢，他也不会在乎。谁会打心眼里在乎他？怕只有相依为命的老婆，还有躺在床上的儿子。

7

女人不能到公园里卖纪念品了，在家门口的夜市上支个小摊，冷天卖冰糖红梨水，热天卖冰糕汽水，不耽搁照顾孩子。他下了班去蹬三轮车，多少添个进项。日子总得一天天挨着过。

那天晚上，下雨，两口子难得都在家，他们看电视里的名人访谈节目。出场的是那个《北京人在纽约》里的女明星。这么多年过去了，她好像一直没有变老，还那么优雅漂亮。听说她儿子智力低下。她说自己努力拍片子挣钱，是希望若干年后，没有了自己的照顾，儿子的生活质量能得到保证。

他看了爱人一眼，爱人也在看他。他们没人家的本事，怕是攒不下多少钱留给儿子。老天爷未必能让他们比儿子活得更久，他们得想自己的法子。

那天下午他跟单位请了半天假，去计生委咨询过了，人家说如果孩子真的伤残，履行手续后政策上允许再生一个。他回家时骑着自行车斟酌了一路，不知道该怎么给爱人开口。

进门看见女人在家洗儿子的尿布。现在超市里有卖成人纸尿裤的，可她嫌太浪费了。那二十万，他们舍不得用，都存在银行里。儿子要靠这点钱活一辈子呢。

孩子奶奶来看过几次，虽说是亲孙子，可人家看过就走了。老太太说得对，谁的罪孽谁受。她知道婆婆怪她，恨她是扫把星，拖累了这个家。她低下头垂泪，没有跟婆婆吵。

她承认是自己的罪孽。

8

她给他说服了,去计生委办了准孕证。

等咱们老了,他弟弟接着养活他。他说完,伸出胳膊抱紧她。

女人哭了,在他的身体底下瑟瑟地抖,头上有几根白头发硬硬地刺翘着一颤一颤。他感到自己的无力,忽地很沮丧,感觉自己坚硬的身体在一点点萎缩。他咬咬牙,他是男人,没有萎缩的理由,努力支撑着做完,瘫倒在爱人身边。

隔壁的房间里,恍惚有轻轻的一声叹息。那叹息是压抑的,像是怕惊动了别人似的,缓缓从胸腔里逼出来长长的一口气。他看看爱人,爱人也惊慌地看着他。虎子十一岁了,若是好好的,他也该懂事了吧。如今隔壁的他,莫非真的有了知觉?他能懂得爹妈的心思吗?

两口子相对无言。以前他们喜欢躺在床上筹划孩子的未来,现在,还有未来吗?两个人无语躺着。夜真静,睡吧,也许今天播下的就是希望。无论如何,明天将会是新的一天了。

祝你晚安

周黎进门的动静很大。“咣当——”防盗门被重重地摔到墙上之后，在铁制的门框上颤悠悠地发出嗡嗡的声响。这声响是摔给卧室里老公听的。两个人正在怄气。这几年，两个人怄气的频率越来越高。其实也没什么大不了的原则性问题，都是鸡毛蒜皮甚至没有影儿的事，好好地就拌起嘴，一拌嘴就上火，两个人嗓门比赛着往上长，直到都气呼呼喘粗气，一个人抱着被子钻进小卧室为止。一怄气，周黎就会失眠，失眠之后，她的肝火会更旺。一大早，睡不着的她就开始乒乒乓乓地起床，乒乒乓乓地梳洗，乒乒乓乓地开门去医院看病。

这次怄气是从昨天晚上开始的。按说到了周末，孩子上大学又不在家，两个人消消停停地聊点家长里短多好。可就为了他把烟灰缸放在沙发上，盘着腿边看电视边弹烟灰。周黎爱干净，嫌他把烟灰弹到了烟灰缸外边，落在沙发上。就这么着，吵开了。结果和每一次吵架一样，还是他抱着被子钻进小卧室，看他的小电视去了。留下周黎一个人生闷气。

周黎看病是为着自己的老毛病，刚刚在医生那领受了一大堆忠告和恐吓。明知道医生没有不喜欢危言耸听的，可她还是因为这些恐吓感到了压力。她这会儿刚从医院回到家，心里烦得很，胸口上仿佛着了一团火，呼啦啦的燥。

医生说也许会癌变，建议她不如进行微波手术，她谢绝了。医生说手术后至少一个月不能同房。她了解自己的老公，一个月不让他近身，他能受得了？但是由于身体没有得到有效治疗，委屈窝在心里，她觉得自己是为他做出的牺牲，感到他欠了自己的，该给自己补偿。

可偏偏进门的时候，她又听到小卧室里电视节目的声音。不消问，他还赖在床上。每个休息日都是这样，躺在床上稳如磐石，非等到吃午饭才肯起身。

她的恼火突突地在身体里窜来窜去，寻找迸发的出口。可是屋子里没有人来照顾她的情绪。她一个人脚步重重地在屋子里走来走去，最后无聊地钻进厕所，坐在便器上生闷气。他早已懒得看她的脸色了，不光是审美疲劳，恐怕都审美厌倦了。她甚至想，没准儿自己在大街上摔个跟头，他也不会比过路人对自己多一些关心。

肚子里鼓鼓囊囊都是气，却没有找到一丁点便意。厕所里味儿到底不好，要起身的时候，听到电视里在播费玉清的《花心》。

花的心藏在蕊中
空把花期都错过
你的心忘了季节
从不轻易让人懂
为何不牵我的手
共听日月唱首歌
黑夜又白昼
黑夜又白昼
人生悲欢有几何
春去春会来
花谢花会再开
只要你愿意
只要你愿意
让梦划向你心海
……

周黎喜欢费玉清的歌，因为他的歌声永远轻松干净。他唱歌从来没有声嘶力竭过，好像一点不用费劲儿。几十年了，他没有变，不管潮流如何转来转去，他一直都是老样子，永远轻声慢语、温柔体贴。

她这种有洁癖的女人，只会喜欢这样没有瑕疵的歌手。

因为费玉清参加了今年中央台的春节晚会，这段时间媒体介绍费玉清的多起来。但是她喜欢费玉清的歌要早得多。年纪越长越喜欢，喜欢他歌声里的轻灵淡然，喜欢他的和煦笑容跟温文儒雅。更难得的是，他洁身自好，有声音的清爽，更有为人的清洁。

费玉清不年轻了，但总是不显老，永远是干净清爽的样子，甚至没有一个五十岁男人应当有的脂肪肥厚的肚子。

她从网上下载了很多费玉清的歌存在电脑里，还有关于他身世的各种新闻。他生活简单，没有什么绯闻丑闻，就像有些娱乐记者给他的封号——圣人。有一则报道里说，费玉清父母早年离异，在他心灵上造成伤害，所以他一直没有成家。他坚持洁身自好，娱乐圈那么乱，他始终保持完美形象。

她突然有了可能会令费玉清迷们恼火的比喻。费的歌声像没有糜烂困扰的身体，百分百洁净百分百清爽。她甚至纳闷，为什么生产卫浴洗剂清洁用品的厂家那么没眼光，找什么张柏芝，分明应当找费玉清做广告。用这样洁身自好的男人才贴切，才有说服力。

她刚刚去了医院，还是妇科。大夫是许蓝介绍的，妇科的主任。她这样反复去麻烦人家，自己都不好意思了。她满脸羞愧，仿佛做了什么见不得人的事。她查过书，通常不洁性生活或者性伴侣多的人才会这样反复发作。她受过高等教育，在城市生活，卫生习惯良好，不至于不洁，只有一个性伙伴——她老公。可是她的病还是这样反复，为此苦恼不已。

她到许蓝那里诉苦。许蓝笑。有什么呀，都这样。结了婚的女人有几个不发炎的？可以说，宫颈糜烂是已婚女人的职业病。哈哈！

许蓝就是这种马大哈脾气。多大的事，说到她这儿，都没什么大不了的，倒显得诉苦的人大惊小怪。

周黎在妇科主任那里做了检查。大夫说不严重，还是有些炎症,要不让你丈夫和你一块治吧,或者让他多清洁一下,把你取的药给他一块清洗。

没准真的是因为他的卫生习惯问题。他当然不会承认自己的问题。反倒笑话她这样神经质的清洗是有病。

这些不好向人倾诉的不舒服烦恼着她。

她喜欢费玉清还有一个原因,当年的老公和费玉清有些像,都是文绉绉斯文体面的样子。但是今天费玉清仍然显得年轻,老公却老了。

每次去医院都要找许蓝,许蓝是她初中的同学。在中学时也没见得怎么亲近,周黎那时候文静得很,喜欢琼瑶小说里委婉缠绵我见犹怜的女孩子,努力向那个目标看齐。她不喜欢许蓝这样嘻嘻哈哈大大咧咧的性格。

两个人好起来是在初中毕业十年的同学聚会上。两个人在饭桌的位置正好相邻。许蓝对她很关照,招呼她吃这个尝那个,简直把她当成了林黛玉。她笑了,说,我又不是小女孩。

许蓝笑嘻嘻地,怎么不是?你一直就是乖乖女嘛。说罢她又开始吆五喝六地和男同学拼酒。许蓝有这样的本事,无论任何场合,只要有她在,气氛就会分外热闹。许蓝说她在医院办公室工作,大家有什么用得着的地方尽管找她。“虽然我不怕麻烦,还是希望大家不要找我,但凡找我总是有不大好受的事情。”大家都笑了。进了医院,当然不会有什么好事。

周黎从此喜欢上了许蓝,她在许蓝身上看到很多自己缺少的东西。

那时候她和老林的事情正麻烦着。

老林老婆半死不活地瘫在床上。她的病已经拖了多年,一直没有要好的迹象。老林因为对老婆的情无移爱不变赢得了广泛称赞,被誉为这个贵易交、富易妻时代的绝种好男人。

他们的关系一旦公开,老林模范丈夫的好名声就全完蛋了。

当时老林的事业正蒸蒸日上。局长马上要退休了,几个副职都在眼巴巴地盯着。他是班子中最年轻的,几个有望扶正的副局长中他最有希望,年纪轻、学历高、口碑好,当上副局长已经好几年。正因为公认老林希望最大,他毫无悬念地成为众矢之的,竞争者们巴不得他出点什么问题,好把他从竞争圈里踢出去。

周黎很清楚,一旦他们的事情曝光,老林就没戏了。一个男人对权力的欲望,恐怕远远超过女人的想象。无论他忘情时曾经怎样海誓山盟,可是你不能指望这些意乱情迷时的话来提供保证,倘若真的成为他晋升途中的障碍,鬼知道他会不会翻脸不认人。这一点,她在机关里听说过很多类似的例子。但是她难免和别的女人一样,总是怀有一丝侥幸,或者是做过这样的梦,期望自己有超凡脱俗的魅力,能够令他爱她爱到抛弃一切的地步。

亏得老天爷帮忙,没多久,老林久病不愈的老婆终于告别了这个不能再给她多少快乐的世界。

在此之前,老林虽然尽职尽责地到医院去看她,给她买营养品,替她请护工,但是这样久了对谁都是个拖累。所以在老林对着妻子遗体落泪的同时,不能说没有卸掉负担的轻松。

他老婆的娘家人都说,咱家闺女能遇上这样厚道的丈夫已经很不错了。眼下的男人势利得很,你不能对他们指望太高了,闺女跟了人家没两年就开始生病,连一男半女也没能留下,人家没有甩脸子,算够意思了。所以娘家人对后来老林迎娶周黎没有说过一个不字。

周黎是因为他不嫌弃瘫痪老婆对他感兴趣的。那时候她才刚刚毕业,生涩得很,受琼瑶小说流毒颇深,看世界的目光都是过滤后的纯色。她听说过各种版本的关于他忠于爱情的传说,他完全符合琼瑶小说规定的好男人标准,她被感动得无以复加。

她就这样为他着了迷。她想这样的男人是难得的。何况没有女人的照顾,他也做到了衣着体面、工作敬业,下属们加班什么的,他总是陪着,从来没有把家庭原因作为借口。后来,他们结婚以后,周黎猜他当年宁可加班不回家,恐怕是不愿意回去面对一个苟延残喘、自己又无法解除义务的病人吧。

他们结婚那年,周黎二十五岁,老林三十五岁。整整十岁的差距是父母反对的主要理由。但她一贯是要靠别人的反对来证明自己的勇气。她一定得冲破重重阻力才足以展示自己为伟大爱情所做的牺牲。刚开始他们当然很甜蜜。两个人浓情蜜意的时候,他总爱问,你嫌不嫌我老了?她笑他,什么老,我倒觉得你像个大男孩。于是他被激发得异常勇武,一定要在她身上显示出男人的本事来。

男人的心到底是狠的,就像他现在对自己,基本上不管不问,除了每周两次满足他自己。见鬼,他每一次都贼兮兮说是犒劳犒劳我。天,是犒劳他自己吧。

别假装不喜欢了,我知道,女人总是嘴里说不要不要,心里却巴不得呢。

二十年前大约是这样,现在不一样了。用许蓝的话说,结婚二十年了,大多女人会因此开心,庆幸老公对自己还保留着身体上的兴趣。

她不是矫情。真的。她不喜欢。她喜欢费玉清那样清爽到没有身体纠缠的爱。也许,她至今都是理想主义者。男人娶老婆的主要原因大约就是和她们上床,满足他们的欲望。但是一些女人不一样,她们更多地看重精神的交流。

男人比女人是不是进化得晚了一些,他们更接近于动物?周黎很怀疑。

她的苦恼是因为自己的炎症总是好不了,她相信,如果没有他把细菌带到自己体内,大约早就好了。

许蓝说病因是她的洁癖。你对自己清洁得过度了。知道吗,医生说男人身体里分泌出来的东西是天然的杀菌剂,可是你总要清理干净才能睡着,得,不光是把他给你的杀菌剂清理干净了,连自身的天然保护也给洗掉了,你不生病才怪。

这些道理她懂,可是仍然克服不了对那些东西的厌恶,还是要反复清洗才能入睡,所以炎症总是反反复复。

她认为这些痛苦都是他带来的。

许蓝说这说明你老公爱你啊。咱们都这岁数了,即便是曾经天生丽质，如今也人老珠黄。好多四五十岁的两口子都分床了呢。知足吧你。要是我，宁可糜烂也不要守活寡。没有男人的生活，还叫什么生活？

许蓝永远是这副大大咧咧的样子。她为人仗义，心眼儿好，谁的忙都肯帮。性格像大老爷们，说话做事爽快利落。

许蓝结婚比周黎晚了几年，她说结了婚就不自由了，得趁着没结婚好好拣拣。

许蓝的老公是她抢来的。比她小了好几岁，这个男孩子是她蹦迪时认识的，喜欢和她在一起玩，两个人整天一块喝酒打牌旅游什么的。那个男孩子刚上班，工资低，挣的那点钱不到半个月就花光了，她就把自己的工资都贴在他身上，自己不够了再回家问爹妈要。反正爹妈就她这么一个宝贝闺女。

后来，一次喝酒喝多了，他们住在了一块。事后她说是那个男孩子用了强，但是这种事情谁说得清楚？周黎怀疑是她自己愿意。就因为这一晚，许蓝决心和对象分手，要嫁给这个男孩子。

当时许蓝和对象已经处了好几年，房子都装修好了，两边老人也见过面，都商量着准备办喜事了。对象说亲戚朋友都知道咱们要结婚了，有些礼金都收了，你说变卦就变卦，我怎么向人家解释？他说自己丢不起这个人，求她说，别闹了，我可以原谅你，咱们结婚吧。

原谅？你有什么资格原谅我？我干吗要让你原谅？

后来她对象又去找那个男孩子。那个男孩不过是和许蓝玩玩，根本没有要和她结婚的打算，整天缩头乌龟一般躲起来不见她。

五岁啊，你比他大了五岁呢，女人家不经老，到时候他会嫌你的。爹妈苦口婆心地劝，可她油盐不进，一门心思非嫁给这个小帅哥。

谁都拿她没办法，只能由着她。小帅哥不露面，她就天天到他单位去围追堵截，小帅哥躲不掉，只好被她押赴婚礼。

可是这个比她小了五岁的男人从来没有把她当成自己的老

婆，总觉得自己委屈了，整天横头横脑找她的不是，但是她乐哈哈的，不在乎。

最近几次，周黎见到许蓝时发现她越来越瘦，问她是不是减肥过度。当心哪，太瘦了脸上容易长皱纹。

许蓝摸着自己的眼角，笑嘻嘻地。皱纹啊，长就长吧，四十多了还不长皱纹岂不变成妖精？我没减肥，只是例假来得特别多，把肥都流跑了。

会不会是有什么病？你可得赶紧去瞧瞧医生。周黎担心。

能有什么病？只能说明我生理机能旺盛，还没有老。我都四十好几了，还能一次不落地来例假，恐怕停经早的女人都在羡慕我呢。哈哈哈。

许蓝照旧是没心没肺。

周黎拐弯听同学说起，许蓝的情况可没她说的那么好。她的小丈夫现在出息了，在单位也混上了中层，权力部门，官不大，权不小，请他吃喝玩乐的人不少，越发不把许蓝放在眼里。他在家一贯是横草不动竖草不拿，清净当甩手掌柜，油瓶倒了也不扶。

后来生了闺女，他还是照样不帮忙。一句话，嫌我不好就离婚，明明白白地挑衅。一下子就点到了许蓝的命门，她一点办法没有。多亏许蓝妈妈心疼闺女，能帮着她照看小孩。

好在小丈夫的工资本倒是一直在许蓝手里。可是他这样的男人本也花不着工资的，许蓝不能指望管着工资来限制他出轨。他自由得很，听说在外面跟一个女人明铺暗盖也不是一天两天了，可许蓝就是装着不知道，不答应离婚。

她整天在外边嘻嘻哈哈，面儿上看好像啥都不在乎，其实心里不见得畅快。

周黎担心她身体越来越瘦跟心理压力有关。

果然，那天周黎又到单位去找她时她不在，单位同事说她做了子宫切除手术。

周黎脸唰地就白了，转身就去病房找她。

子宫肌瘤。切片检查不太好。医生说得赶紧切。

你自己守着医院,咋能耽搁了?

病早查出来了,我拖着,一天又一天,抱着幻想,总以为自己还能以一个完整女人的身体去做他的老婆。

你这是何苦?

谁说不是呢。要是依着我,就不做这个手术。死了就死了。梅艳芳不也是这个病?宁可死也不要切掉子宫。我没有她的勇气。我有闺女,舍不得。我要死了,闺女靠谁?她亲爹对孩子都没感情,我还能指望她将来的后娘?

周黎搂着她,两个人抱头大哭。

你干吗不早治疗?

迟早都是个切,早一天晚一天都一样。

怎么会一样,要是早治疗,兴许能保留宫颈。

保留了又怎样,反正是被阉割的女人。就像男人里的太监,能算男人吗?女人要没了子宫那不也是女人里的太监?

许蓝大咧咧说着,笑容撑不下去了,嘴角牵扯着,扑到周黎身上号啕大哭起来。

你何苦这么倔强?

是怪我倔。我那时候谁的话都不听,非得嫁给他,就是嫁给了他的那副好皮囊,图他的漂亮脸蛋。可是这么多年我过的叫啥日子啊,他总觉得娶我娶亏了,我得天天求着他供着他,活像一辈子欠了他的债。

我不年轻了,照照镜子我就知道,再高级的化妆品都不管用,再好的美容师都不管用。老了就是老了,连林青霞也会老,连关之琳也会老,何况咱们这些生就平常的女人。还是你好,找个比自己大的,知冷知热的,心疼你。

我知道他嫌我老。女人老得快,他又比我小了五岁。这几年和他一起出门,他都不愿意和我走在一起。真的,看见他还是那么身板挺拔,精神焕发,我整天提心吊胆,恐怕这样的男人留不住。当年就是我的错,不是自己的东西,再怎样使尽手腕夺来了,也是留不到头。现在我做了手术,他更该嫌我了。男人四十来岁,正是好时候呢。我决定放他走,我不想那么辛苦了。我只要闺女,其他的认命。分道扬镳算了。

许蓝真的离了婚。那男人还算仗义,净身出户,说是孩子跟着许蓝,生活费由他负担。

离了婚,许蓝倒胖了些,一门心思放在闺女身上,最近迷上了练健身,气色比以前好多了。她又开始嘻嘻哈哈,看不出是刚刚遭了那些变故。

许蓝的手术使周黎对自己的身体也产生了担心,检查的结果应了她的预感,居然和许蓝一样。她没有许蓝的犹豫,几乎当场就决定了听医生的。她不想再委屈自己的身体,没想到老林居然很支持她手术,还说啥都比不上你的健康。这句话给了周黎多年来没有的安慰。

做手术那段时间,许蓝一直陪着她,说咱俩都成了半拉子女人,我切了你也切了,好了,咱俩总是做伴。

手术很顺利。

老林当然早不和她怄气了,和以前一样,每次怄气都不过三两天。这几天,他向单位里请了假。办手续很繁杂,一项项一趟趟的,跑上跑下,脸上泛出抹了橄榄油一般的光亮。她知道他手头上事儿挺多,完全可以找个年轻人来跑腿帮忙的,可是他没有告诉任何人,一来不希望单位的下属蜂拥过来探视,二来也是要自己忙着,算是替周黎分担了些痛苦。

他给周黎削了个苹果,弯腰一片片放进周黎嘴里。她靠在厚厚的枕垫上,看见他顶上的头发已经很稀薄了。

是啊,自己都四十好几了,他比自己还大了十岁呢,咱又不是明星,不能指望他像费玉清一样青春永驻。

出院那天,他没有叫司机,自己开车接她回家。

去医院之前,他提前做好了饭菜,扣在桌子上,这会儿都凉了,他拿微波炉热了,味道不敢恭维,但是难得他有这份心。

她勉强吃了些。他的表情有些揶揄。

她知道他在想什么,这么差劲的饭菜,要是以往,要是她精神足够好，恐怕又该骂他糟蹋东西了。

她偏不能如了他的意。挣扎出一丝笑容来，夸了一句，你做得不错，比以前进步多了。

看见她笑，老林也笑。

除了在床上，近几年他们的亲近已经很少了。拥抱、接吻，从结婚到现在，这样的场景一年比一年稀疏了。

哪怕是做爱，他们也忽略了接吻这个环节，害羞似的。就像永远不好意思说我爱你。多难为情啊。日子过得太久了，就像有了血缘关系，亲热时有乱伦的感觉。

但是这一次，他抱起她走进卧室，他的肚子和大多这个年纪的人一样肥凸着，他抱着已经发福的她明显很吃力，但是他努力做出兴奋的表情来，笑嘻嘻地："和我的小新娘入洞房喽。"

搂着他的脖子时，她看见染黑的头发根处有些泛白了。周黎说过他好多次，要他别再染头发了，老了就是老了，这样子掩耳盗铃，达到的效果恰恰是欲盖弥彰。何况染发剂伤身体，会致癌的。他都当作耳旁风，还争辩，谁说我老了？

床也铺好了，两个被窝紧挨着。

她知道他是想要她高兴，虽然手段有些生硬。她不能不配合着表现出喜欢来，尽管伤口还在隐隐作痛。

她钻进被窝里，他躺在旁边的另一个被窝里，关了顶灯，打开壁灯，又按下了床头柜上的录音机播放键。这录音机已经好多年没使用了，声音有些沙沙的，是费玉清的歌带。

他的脸上有些羞涩，似乎想要吻她的嘴唇。她不由慌张，脑子里想的居然是自己吃过饭还没有刷牙呢，赶紧转了脸。他的吻错了方位，落在她的额角。

他问，还疼吗？她左手正抚在伤口上，却轻轻摇摇头。告诉他也替不了自己，何苦让他担心呢。

他握着她的右手。不好意思地说，我以后再不用担心了。

担心什么？

人家都说四十多岁的女人，那方面的要求正多，我担心自己满足不了你啊。还真是力不从心呢。所以一想到进卧室我就犯愁，怕自己不争气。隔几天找个岔怄两天气，也是为了给自己放放假呗。嘿嘿。其实这样不是蛮好嘛。他捏紧她的右手，摩挲着，说，还是睡在老婆身边踏实。

傻瓜！她在心里头骂他。也朦朦胧胧地睡着了，耳边是费玉清的《晚安曲》。

让我们互道一声晚安
送走这匆匆的一天
值得怀念的请你珍藏
应该忘记的莫再留恋
……
晚安
晚安
……

原来他和自己一样担心啊。她恍惚间回到了幼儿园时代，那里的厕所不分男女，柱子每次上厕所都要喊上她，因为她灵巧，可以帮柱子擦屁股。

她终于睡着了。睡得很实，一点梦的影子也没有。

偶　然

搁在两天前，要是有人跟老安说一个人因为两根韭菜叶惹上了霉运，打死他也不会相信。

可是两天以后，老安对整个世界的看法都改变了。上升到理论高度，就是说他的世界观变了。这些变化都是因为一个偶然。两天，也就是四十八个小时，具体讲可以分解为两千八百八十分钟，或者十七万两千八百秒。以老安的文化程度，比秒再小的单位他就不知道了。当然也不需要再小，就算以秒为单位，在这十七万两千八百个时间单元里，每一个单元都有可能出现改变他命运的偶然。

你得承认偶然，一个人遇到他妈的什么样的偶然实在太重要了。

在这十七万两千八百秒里，的确发生了一些令老安想破脑袋也没能想明白的事情。早知道会出现后来的结果，说啥也不该抱怨那两根韭菜。不就是韭菜嘛，吃了怕啥？真的不好消化又咋地，大不了吃几片健胃消食片。江中牌，电视上天天做着广告。再不济，加两片吗丁啉，抽屉里常年备着。为他莫名其妙根深蒂固的消化不良，他常年预备着足够的胃动力良药，帮助解决消化问题。反正公费医疗卡里的钱不花白不花。真是鬼迷心窍，他干吗非得为了那两根韭菜和人家老板娘闹呢？照理说，老板娘其实很不错。每次光顾她的生意，她给的菜量都挺足。尤其好的是她们家帮忙的那个女孩子，瘦瘦小小的。这年头流行瘦，电视上的明星一个赛着一个皮包骨头，这姑娘瘦小归瘦小，但是小脸儿光洁圆润，模样一点不比那些明星们差。女孩子嘴巴甜，见了他们就叫大哥。排排年龄，他和老金足够做她的叔叔，可是人家一叫，他们心里头怪舒坦,好像真有本事回到做人家哥哥的年龄似的。每次都很豪气地要酒要菜,乐得老板娘合不拢嘴。个别时候客人多,菜上得晚一会儿,他们也不着急,对着脸东拉西扯些闲淡话,还爱借着酒遮了脸,讲点含荤带素的笑话,有意大声给小姑娘听见,逗得人家女孩子小脸通红。

可是那天晚上女孩子没在,问老板娘,说是家里给她介绍了个对象,回老家订婚去了。

那么小的女孩子就订婚?她才多大?十八九,二十?

二十一啦。乡下嘛,一家有女百家求。姑娘一过二十,介绍对象的就踢着门槛来了。

订过婚还回来吗?

不来了。人家飞上枝头做凤凰喽。女孩子只要脸蛋漂亮,哪用得着吃这份苦?听说她婆家开了个食品加工厂,有钱。婆家让她订了婚就过去管账。姑娘上过会计学校,有会计证呢。

这么一听,老安和老金就有些失落。可是老板娘的笑脸太热情了,要是抬起屁股就走,有些对不住人,他们只好坐下来。

每个月到夜市上喝几回啤酒是他俩惯常的娱乐。通常都是四个菜,一盘焦花生米、一盘酱牛肉、一盘千张丝拼海带丝、一盘葱白烧大肠。两荤两素,啤酒是四瓶四瓶地要,本地产的汴京牌,两块钱一瓶,不像饭店里头乱张口胡要价。一般情况下是两个人喝八瓶,对半开。个人承包个人的,不劝酒,自己倒。两个人也不着急,慢慢地边喝边聊。要的几个菜都挺耐夹,尤其是焦花生米,伸手抓一把,手一撮,红衣就碎了,把白生生咸香的仁儿扔进嘴里,嘎嘣脆,吸一口啤酒,真是滋润得很呢。

两个人不急,老板娘也沉得住气,从来不赶老主顾,添茶倒水伺候得怪周到。喝到中间,往往要找个地方放放水,要不肚子还不胀得慌?喝到临了,要两碗烩面。这两碗烩面只是样子,喝到这程度,两个人都吃不下了。可终归是顿饭,不能耽误了,要过来只是喝口汤,面都丢下了。请客么,没有吃完才透着主家的热情体面,符合待客的规矩。最后,十回有九回是老安结了账,完了两个人骑上车各回各家。

那天，要不是因为老金扯的那个什么偶然，他们也不会感慨万千。不感慨万千，也不会多要四瓶啤酒。以前每人四瓶，从来没有喝多过，骑自行车回家一点不耽搁。可偏偏老金就刚刚从党校漂亮的女老师那里学了点洋词，要到他跟前卖弄。

下午临下班的时候，老安的老婆打电话跟他说晚上有应酬，不回家吃饭了。老安一个人回去冷冷清清没啥意思，就打电话给老金，一块儿到夜市上喝两杯？

老金说自己这几天正在市委党校参加公务员培训。其实那天老金和几个熟识的伙计说好了，打算讹着班上一个同学请客，地儿都订好了，只等着下了课就开过去。可他跟老安啥交情？从穿开裆裤玩到现在，几十年了！一接到老安的电话，他就毫不犹豫推掉了那边的酒场，爽快地答应到夜市上来找老安切磋切磋。

不用说，他们还是在老地方见面。

老板娘热情地招呼他们："大哥，要点啥？"

"老样子，四个菜。先来四瓶啤酒。"

"好嘞。"

菜很快就摆上来了。

就这么着，两个人脸对着脸喝开了。以前为了逗女孩子脸红，他们操心搜寻了些荤段子，可今天小姑娘没在，俩老爷们儿便没了讲段子的兴趣。

总得说点啥吧，两个人很自然地扯到老金今天的课上。

他俩一样的毛病，一沾上酒话就稠。舌头越是发硬越不听使唤，越想对自己的身体造一些反。平时没胆量造反没机会发言，可只要在夜市上灌几瓶啤酒下肚，就是老天爷王大我王二，得好好把没机会说话的委屈给补回来。

老金说这几天他给派到党校进行公务员培训。组织部人事局联合搞的，按比例给各单位分的名额。科里旁人都忙着，科长觉得也就是老金在不在都不影响工作，就派给他了。他本不想去，年纪大了，怕坐在教室里规矩多，禁手禁脚憋屈得慌。可是科长张了口,何况这段时间科里头活儿正紧,不去学习也是忙得四脚朝天,倒不如躲出去几天享享清闲。

哼,提拔重用想不到咱们,培训倒想得到咱们!

说到公务员。老金满肚子牢骚。妈的,熬了半辈子,永远都是员字辈的,那些长字辈跟咱压根不搭界。哼! 从办事员、科员、副主任科员到主任科员,一员就是二十多年。到底也没有和那些长字,什么科长、局长、县长挂上个边,哪怕是副的呢,这些帽子都没咱的份。

嗯,老安哼着。两个人景遇相似,同病相怜,所以才格外投缘。但是对着脸诉苦显然不是他们喝酒的初衷,不顺心更得互相宽慰着点。

老安说,培训好。不用到点上班,到点下班,又是刷卡又是按指纹,关犯人一样,还得受那些个比咱还小的什么长们支派。

嗨,现在党校培训也管得严呢,一进教室就得关手机。其实关不关都一样,教室屏蔽了呢,进门手机就没了信号。现在这些高科技净用来拿捏人啦。还要一天四点名,老师对着名字簿一个一个查,缺课的当场就在电子黑板上曝光。

当然得点名啦,要不你这种混培训的老油条们还不早跑光啦。老安笑着揭短。

这一回哪还敢跑? 不过今儿个那个老师讲得还真不错。是个女教师,年轻,长得挺好看,教务主任介绍说是博士呢。细皮嫩肉的,一口普通话,声音清脆伶俐养耳朵,水漉漉的大鸭梨一样,清甜嘎嘣脆。

嚯,瞧你夸的,还清甜嘎嘣脆,你尝着啦?

尝不着。我坐最后一排,连唾沫星子都没挨着。

光剩流口水了吧。

流口水? 你兄弟没那么下三烂。不过老师讲得真是好呢,我听着怪有道理。你看啊,你是一个球……

你才是一个球。

这是老师打的比方,篮球的球。老金有点着急。

老师说，人好比是一个球。人都有自己的时运，用哲学上的话说叫偶然。你这个球呢，现在假如被老天爷放在一个山顶尖尖上，这尖尖四周都是山谷。这时候，也可能没有起风，你就稳稳当当地待着，只要你小子别犯啥大毛病，就可以君临天下，一览众山小。威风吧！可也有可能，你自己怪老实，忽地刮起一阵风，你当然决定不了这阵风的方向和风力大小，所以你这个球即将被刮到哪面的山谷里就是个偶然。至于这山谷里是高是低，是平坦还是陡峭，是草绿花红还是秃岭乱石，那都是你的命。老师说也叫偶然。

我今天思谋了一下午，可不是这么个理儿！人这一辈子，偶然太多了。净是偶然。你看，从咱们出生就是个偶然，要是那天晚上，咱们爹妈干了点别的，哪会有咱们。要是咱别托生在老百姓家里，要是咱们爹妈也是高级干部，咱小时候哪会吃那么多苦？

要说苦，那年头都差不多，老百姓家里都是孩子多，粮食不够，吃了上顿操心下顿。衣服接了又接，补了又补，家家都一样。

老安边插话边招手要了第二个四瓶啤酒。

俩人是几十年的老伙计。年纪相仿，都是在这老城的胡同里长大，都是兄弟姊妹多，爹妈养活他们像放羊一样粗放式管理，饥了饱了冷了热了，只能顾个大概。好在那时候缺吃短穿是普遍现象，谁也不笑话谁。好歹读到高中毕业，生着法子请客送礼，爹妈领着求爷爷告奶奶送去当了几年兵。因为表现好，在部队都入了党。回来后，又托人走门路安排到机关里工作。

当时没觉得，现在看来，他们可是比那些安排到工厂里的战友们强多了。那几个弟兄们，除了混成厂长的那个，还有下海发了财的赵五海，基本上都下了岗，前几天还有人找他们俩帮忙联系个看大门打扫卫生的临时工作呢。

和他们比较起来，老金和老安还算侥幸。

这就叫偶然。要是咱们那时候一念之差进了工厂，恐怕这会儿也是到处打零工呢。

嗯，老安从鼻子里哼了声表示赞同。和他们相比，咱们还算侥幸。

可是想想机关里的状况，两个人又忍不住动了气。刚进机关的时候兴的是论资排辈，他们是后生晚辈。进门三年是孙子。不光受头头脑脑的气，也受早来了几天的同事气，谁都把他们当孙子使唤。幸好在部队锻炼的好身体，青头小伙子整天颠颠地跑来跑去，力气活脏活重活都是他们的。熬啊熬，总算是熬到了老资格，又开始讲究干部年轻化知识化。他们艰难地上函授上电大进修，好歹拿到了大专文凭，虽说名头比不上全日制的响亮硬气，好在国家承认学历，提拔重用时候都做数的。

等到好容易创造够了条件，熬到科长退了休，本该轮到自己掌控全科大局。局长偏偏赶时髦搞什么竞争上岗。你说就这么三五个人的一个科室，也值当大张旗鼓地竞选演讲？可人家偏偏就要这种新思路新举措。嚯，自己老了，思路不清晰，嘴头不伶俐。年轻小伙子们运道好，嘴皮子管用，叽里呱嗒说得头头是道，就这么着，人家上了，咱没出息，原地踏步。

这也是偶然吧。咋就遇上了爱出新思路的局长呢？要是局长老成守旧，还按着论资排辈的规矩，科长咋着也该轮到咱们了。

命啊，都是命！不，是偶然！偶然！这新学的名词果然精辟。

老金已经喝得进入了状态，舌头有些发硬。坐得久了，小腹发胀。

走，放水去。

中，放水去。

两个人熟门熟路。摸进旁边的胡同里。路灯跟得了白内障似的，迷迷糊糊，只能恍惚看个影。好在鼻子管用，冲着有味儿的地方走，大致不会错。

放着水，膀胱里轻松了，老金又联系上了今天下午的学习内容。这偶然真是无处不在无时不有，就连身上的这个玩意儿，享受个啥样的女人，也得偶然说了算。

当然喽。

老安刚结婚那两年，心里不如老金畅快。人家的媳妇漂亮，脸蛋长得细润。自己媳妇活像男人婆，一天到晚在单位瞎积极，家务事根本不上心。

老安在心里悄悄眼气过老金，人家晚上睡觉搂个俊媳妇，自己搂个粗糙媳妇。粗糙点也算了，关了灯，大差不差。可是连这粗糙媳妇也经常搂不着，她穷表现，为着个不值钱的表扬成天加班加点。

那会儿，的确是老金日子过得美气。

这两年，翻了个。老金老婆从单位下了岗，拿了两年失业补助，现在全靠老金一个人的工资糊口，日子过得紧巴。女人家经不起穷，置备不上好看衣裳，用不上高级化妆品，再水灵的女人也蔫巴了，所以老金媳妇这几年特别显老。

倒是自己媳妇，没有白积极表现。女干部泼辣能干的本来就少，她又是有名的业务尖子，学历人品都不错，顺顺溜溜就当上了副局长。如今车也有了，司机也配上了，每天光鲜体面地进进出出，有空了也知道练练瑜伽做做美容啥的，皮肤居然油光水滑得比年轻时还要细嫩。

老安经济上没有压力，所以两个人聚会基本上都是他主动张罗，买单也是他积极。他知道老金口袋里的钱有数，回到家媳妇盘查得紧。

可人家老金也有自己的优势。老婆没收入，他掌握着经济命脉，在家里占着绝对领导地位，说话丁是丁卯是卯，一句算一句，出门喝酒从来不用请假，啥时间回去老婆都在厅里等着，小心伺候。他老安没这待遇，不光在单位里大会不发言小会不发言，在家也是二等公民。老婆是主导，晚上总是人家的应酬多。这些年孩子念大学走了，他老安一个人在家憋得慌。三天两头约着老金出来喝个小酒，还回回得老婆批准。

放水回来，按照惯例，两人分别把瓶子里的啤酒干掉，就该要主食，准备撤了。可是那天他们的确是谈得兴浓，意犹未尽。

老安冲着老板娘叫，再来四瓶！

吁，喝不了吧？

没事，咱哥儿俩今天得尽兴。

这再喝就耽误得久了。夜市上的食客越来越稀，有些性急的老板已经打点东西准备收摊了。

饭端上来了，老安看到烩面碗里漂着几根韭菜叶子，立马就急了，冲着老板娘嚷开了：妈的，咋放的韭菜啊！老子忌讳这玩意，不吃！知道不？

那边老板娘赶紧道歉。知道他们喝了不少，又是老主顾，所以她没起一点儿脾气。

要不我把韭菜给您拣出来？老板娘想反正他们要了饭也是摆设，只打算和颜悦色把事情解决了也就算了。

那边，老板娘的老公帮着媳妇收摊来了，听到这边儿的嚷嚷声，赶紧过来看个究竟。

老板娘的老公长得人高马大，以前有小姑娘帮忙，他是不来的，所以他不认识这两个喝高了的家伙，以为是他们故意闹事，立即就显出男子汉气概来，挥着拳头要给他们一点厉害。

受到血液里酒精的鼓励，老安老金当然不会示弱。一时间盘子碟子稀里哗啦，老板娘拉了这个拦不住那个，急得都要哭了。

午夜巡逻的警察路过，看到闹事的，不由分说先带走再说。

老婆心急火燎把电话打过来找他时，老安的酒在派出所已经醒得差不多了。

派出所要求他们单位领导来领人，还跟他们单位说要对他严加教育。老婆赶来时，老安单位的领导已经先到了。

老婆看见他们领导脸就红了，尴尬得要命。

一进家门，老婆就变了脸，手指头差点戳到他脸上。

你知道我今天去干啥啦？你成天唠叨自己没有当“长”的命，我听说你们单位老干部科的科长这个月就要退休了，觉得是个机会，去找你们局长，拜托人家关照你。人家说你资格老，人本分，工作踏实，群众反映不错，答应把你调过去任科长。你这么丢人现眼地一闹，单位都知道你出了丑，领导还怎么安排你！

老安后悔啊，不待老婆发威，自己扬手扇了自己一个耳刮子。

事情过去以后，老安把自己倒霉的原因反复分析。要是那天晚上他老实回家熬稀饭看电视多好，何苦找老金喝酒？要是他们说说荤段子开开玩笑多好，扯什么党校培训呢？要是小姑娘在，甜丝丝地叫几声大哥多好，他咋也不至于因为那两根韭菜发脾气啊？

在无数次追悔莫及之后，他心里埋怨：老金学什么不好，干吗非学狗屁偶然呢？

喇　叭

等饭端上来的那会儿，赵志峰目不转睛盯着对面墙上的一幅画。墙壁雪白，木框里的画他在其他地方见过，但总是一眼瞟过，从没坐下来认真打量。画面上是两排挂满黄叶的枝丫茂盛的树，地面铺满了和枝头一样漂亮的黄叶。越往画面里延伸，两排树之间的距离越缩小，直到枝丫和树干连接起来组成一个小小的口字，堵在画面的尽头。倘若从画面里向外看，口字逐渐扩大，仿佛一个喇叭。

"咋还没有去换零钱？我不是交代你啦？"一个老板娘模样的中年女人走进来，粗声大气地责问服务员，好像正在使用对面墙上从画面尽头伸出来的喇叭。

"我下午去了，银行不给换，说他们的零钱刚好没了。"

"银行是干啥的？会没有零钱？"

"他们嫌咱老是去换钱，说他们忙，没空。"

"你不会说自己要坐公交车，自动售票车，没零钱没法坐？"

"说了，人家不信。"服务员的声音越来越小，透着满心委屈，"要不，我明天再去吧。"

赵志峰扭头看了看，这位年轻女服务员长得又高又胖，和她尖细的声音给人的预期形成喜剧性的反差，她正低着头赔小心。

反正银行已经下班，老板娘知道吵也没用，皱着眉头呵斥道："会弄点啥？去干活吧，干活吧！"

服务员一溜烟跑进厨房，去端赵志峰要的凉拌擀面皮。

他并不饿，只是无法硬着头皮在办公室里再待下去。他已经在办公室里闷了一天，又刚刚在领导那里领受了一顿训斥。领导总是不满意。

看来今天晚上加班是躲不过去了。可是面对着电脑屏幕，脑子里一片空白。一直枯坐着也写不出稿子，他起身给媳妇打了个电话，告诉她今天要加班。

“你们有什么可加班的？没看见你们为社会创造一丁点价值，尽是为人作嫁。满纸的官话套话，拾人牙慧，有什么意思？”

赵志峰好脾气地听媳妇在电话那头发牢骚，咋说比忍耐头儿冲自己喷唾沫星子强。

媳妇是他同学，大学同班，两个人都是学生会积极分子，都是农村出来的，吃苦耐劳又机灵懂事，很快地，当班上其他同学开始出双入对的时候，他们也开始约会了。

他们一开始就目的明确，并不仅仅是为了谈谈，积累一些和异性交往的经验，而是希望能修成正果。

冯小刚说，男女之间拉近关系的最好办法是尽快把两个人的关系庸俗化。赵志峰读过一篇采访刘震云夫人的文章，刘震云在大学期间送给她的生日礼物是两朵八毛钱的塑料花和几个蔫吧梨，刘夫人说那些梨特别好吃特别甜。

赵志峰第一次约会送给女朋友的礼物是三百块钱饭票，用他刚领到的家教费换的。她不要，他硬塞进她口袋里。然后俩人到学校门口吃小吃。两块钱一个的煎饼，媳妇，不，当时还是没到手的女朋友，硬给人家还价，三块五买了两个。他们都不是酸文假醋的人，捧着煎饼边走边吃，还喝了两块钱一碗的馄饨，这一回老板坚决不还价，他只好付了四块钱。然后，他又花两块钱买了两块烤红薯，软软的挺烫，透着香甜的味道。

女朋友捧着红薯吃了，他只在手里焐着。

“你咋不吃？”

“我听说女孩子都喜欢吃，给你留着，你吃剩了我再吃。”

女孩子似乎很吃惊，深深地看了他一眼。那一刻眼里有了他，心里也有了他。就是那天，他吻到了女孩子泛着红薯清香的嘴唇。他们的关系就这样定下来了。

后来，两口子开玩笑，他说：“我追你只花了十块钱。”

“不，是九块五，还价便宜了五毛嘛。”

说到这儿两个人就笑。毕业的时候，有一个留校工作的名额，老师说或是给他或是给她。赵志峰说，我出去吧，现在工作不好找，女孩子出去求人免不了受委屈。

一毕业两个人就结了婚，是同学当中结婚最早的，也是同班恋人当中唯一没有分手的。他们考虑得很现实，学校有项优惠政策，允许成了家的教师以几乎免费的价格租用老式公寓，如果单身就只能和别人合住宿舍。他们都不追求虚头巴脑的形式，领个证就算是结了婚，终于可以明目张胆住在一起，省了一份租房子的费用。再说，两个人互相照顾起来也方便些。

当时正赶上公务员考试，赵志峰报了名，很幸运被录取了。当时只求能考上，没考虑选什么单位。上了班才知道，这单位是清水衙门，在所有机关里是条件最差的。因为没有油水可捞，大家工作热情自然不高，每个人都满肚子怨气似的，谁也看不惯谁，头儿指派谁干活都不好使，只有他是刚来的，不得不听话些，于是头儿的恼火有了发泄的渠道，整天对他呼来喝去，嗓门大得赛过对面墙上画里的喇叭。

他拿出手机看了看时间，快七点了，他得赶在七点二十分之前离开，十分钟回到办公室足够了。办公楼每晚七点半准时锁门，晚上看门的是个脾气古怪的老先生。这个楼里有好多单位办公，门卫是最有钱那个单位请的，所以只听那单位的招呼，其他小单位的人若想麻烦人家，总是拉着脸爱搭不理。每一回晚上加班，赵志峰都有些犯怵，所以他晚上加班通常就意味着得在办公室长沙发上留宿，好在刚才已经向媳妇请了假。

又高又胖的服务员用托盘端来他要的凉拌擀面皮，浅浅的阔口碗里红红地浮着一层辣椒油。对了，忘了交代她不要放辣椒。可是即使不交代也不该放这么多呀。

他这会儿没有和人打嘴官司的兴致，盯着眼前的碗，擀面皮硬硬地一根根撅着，估计面里掺了不少食用胶。他懒得说什么。他不是因为饿，在办公室里关了一天早没胃口了，只是想逃离那间屋子，无论到什么地方坐一会儿，把糟糕的心情从脑子里存留的头儿的咆哮声中解放出来，所以才走出门，就在办公大院出门五十米的地方，一家新开的中式快餐店，主营凉皮米皮擀面皮香辣面麻辣烫之类的便餐。

他挑起一根放进嘴里，呀，又咸又辣。辣是一眼就可以看穿的，有了心理准备，这咸居然盖过了辣，活像打死了卖盐的。他有心要求老板给他换一份，抬头遇上服务员可怜巴巴的目光，看上去她年纪不大，有十六七或者十八九的样子，这个年龄不上学，到这儿来打工，给老板呼来喝去的，若是要求换，老板娘的高音喇叭恐怕又要冲她一番咆哮吧。

赵志峰硬起头皮吃着，他在乡下生活了十八年，到城里连读大学带上班也不过七八年，糟蹋粮食的习惯还没有养成。他忍着自己味觉上的不适，就好像在家里，媳妇做饭放错了调料，他都会一声不吭忍着，从来没挑剔过。好在媳妇不是不通情理的人，自己吃出味道不对了，会主动道歉的。这样好过他唠唠叨叨表示不满，媳妇心急火燎满腹委屈。很多家庭矛盾就是因为小事引起的，他们租住学校的青年教师公寓，房子老了，每套都很小，隔音效果也差，只要一家吵架，左邻右舍都听得见。这样因为鸡毛蒜皮的缘故放高音喇叭的情况隔三岔五地上演，但是他们家基本没有。媳妇的同事都夸他性格温和，媳妇很受用地微笑着默认。

赵志峰咬牙切齿终于吃完了那碗擀面皮，嘴里又麻又辣又咸。为了安慰饱受折磨的舌头，临出门时他在老板那里买了一袋酸奶，边走边喝。他看见服务员羞涩地冲着他笑，很感激似的，又好像两个人有了什么同谋。小女孩儿的心思，太单纯了。他想。

回到办公楼时，差一分七点半，还好，表情严肃的门卫已准备好朝门框上套链锁。

赵志峰冲着那张严肃的脸笑了笑，人家没有回应。他不介意这些。走进办公室，打开电脑，调出加密的文件夹里一些从网上下载的美女图片，欣赏了五分钟。家里也可以上网，只是这种穿衣服很少的美女，在家里是不敢看的。虽然媳妇没有明令禁止，他知道她看见了一定不高兴，女人大约总希望爱人心里自己永远是唯一漂亮的。何苦惹她不开心呢。

然后开始工作。稿子已经在层层领导那里颠过来倒过去修改了多次，今天晚上无论如何得按照头儿的意思给完成了。

第二天，稿子交到头儿手里的时候，和往常一样，头儿面无表情地审视了一遍，让他送给市里主管领导的秘书。

照常理，他的稿子是没有机会直接送到市领导手里的。惯例是单位提前报了会，市委办公部门通过了，确定了哪位领导出席，领导如果出席，通常是要讲话的，否则不足以显示对这次会议甚至对这个部门工作的重视。领导的秘书会让他提前把讲话稿发到邮箱里，一来人家修改起来方便些，二来如果稿子里术语数据有什么不准确的地方，这封电子邮件能够证明是错在供稿人，人家不用承担责任。所以领导看到的通常是秘书润色修改，经过分管副秘书长把关的稿子，领导哪里会知道最初起草这稿子的人是谁呢？

赶巧了，那一天要参加会议的市领导临时接到通知，迎接省领导带队突击检查专项工作，急匆匆赶去陪同，秘书当然也跟着去了。那个地方偏远，手机没有信号，当然也没有留下秘书改过的讲话稿。

市里临时换了另一位领导参加会议，为应急只好拿出赵志峰最初写的稿子，领导看了，觉得不错，会议上讲得效果挺好，赢得多次掌声。会后领导问是谁起草的，局长赶紧招呼赵志峰过去向领导报告。领导一看小伙子挺精神，问了几个问题，应对也很得体。便问了他的名字，拍拍他肩膀说，好好干，好好干，将来肯定有出息。

就这样赵志峰在领导那里留下好印象。半年后，那位领导的秘书到一个县里任职去了，把他选过去补位。

朋友们很吃惊，问赵志峰是走了谁的门路，说他看上去不吭不哈的，没想到手眼通天，居然要调到市政府去了。头儿也变了口脸，非常热情地为他饯行，请他经常陪着领导来指导工作。别的同事不消说，都羡慕得红了眼，背地里猜测他究竟有什么背景，和某位上层人士是什么关系。

进了大机关，大家看上去都一样，面沉似水，心里头则各装各的心思。最初赵志峰不大适应。他心里很感激领导的知遇之恩，工作十分卖力。但有时候太用心，劲儿使过了，效果反而不好。领导从来没有疾言厉色批评过他，他偶尔的无心小错也总是帮他弥补。渐渐地，他也悟出点门道，工作越发顺手，体会到在领导身边服务的好处。那位领导学问很好，懂得场面上的规矩，尽可能既坚持原则底线，又灵活运用各种关系资源，左右逢源游刃有余，让赵志峰十分敬服。

赵志峰很快就以他的沉稳谨慎在机关里赢得普遍好评。他未敢张狂，深夜静思，其间固然有自己的努力，更多的怕是得益于领导光环的映射。他发现在领导身边，他的一言一行都会被放大，甚至被视作领导的代言人。他不是那种野心膨胀的人，益发战战兢兢，竭尽所能维护领导的形象。

有天晚上领导难得地腾出空来，带他到夜市地摊上去喝啤酒，就他们俩。领导说，这个世界很大，诱惑也很多，你不可能把所有事情都做到最好，也不必把所有责任都扛在自己肩上，更用不着所有热闹都去凑份子。放松下来，平和心态最重要。这句话说起来容易做起来难，面对灯红酒绿，面对功名利禄，要说完全不动心，得有很大的定力。在机关里工作，不能不谨慎，可是太谨慎了，有些工作又容易不到位。这个度不好把握。

因为喝了酒，领导说话不再讲究平日的逻辑，一个人拉拉杂杂，唠唠叨叨，家常得像个长辈。赵志峰不知道自己是不是真听明白了，只顾昏头涨脑地跟着点头，他脑子里忽地跳出多年前在原单位门口小店里吃饭时看见的那幅画。他想，自己的位置是不是也像喇叭，优点和缺点都会被放大。

“这是一个人人手里都有扩音器的时代，谁都可以发言，可谓众声喧哗。”那天临结束，领导和他碰最后一杯酒时说。

后来，领导的一位外地客人来访，领导日程排得太满，抽不出身来，让赵志峰安排接待。那位客人临走的时候，塞给他两条烟，赵志峰知道这烟的价格，一再婉言谢绝，可人家满副不在乎的样子，如果过于坚持就显得小气了，他只好暂时拿着，第二天交给领导。领导笑笑让他留着自己抽吧。赵志峰自视为妻管严，媳妇最烦他身上有烟味，他平时基本不抽烟。想想留在办公室也不合适，就顺手带回家放在书架上，准备过节时孝敬老丈人。

不久后，大学同班聚会，大家有钱出钱有力出力。老公在人人羡慕的政府机关上班，自己不能不做点贡献，媳妇找来找去不知道带什么好，看到书架上的两条烟，反正他也不抽，就自作主张带了过去。一位有网瘾的同学在聚会上拍了好多照片放到博客里，还介绍了每位出席者的情况。这个同学本是无意，可偏偏有留心的人，把什么天价烟和赵志峰在所谓重要部门工作联系了起来。居然引发网上骂声一片，甚至波及他服务的那位领导。

后来，领导找赵志峰谈话，他知道这样的过失百口莫辩。领导没有责怪他，可是，领导的担忧令他无地自容。他请求，要不，我离开这儿吧？

你想去哪里？

我原来的单位行不行？那里清净，业务也熟悉。

也好，你的任职经历合适，那个单位正好缺个副职。

赵志峰回原单位上任那天，特地留心找了找，原来吃擀面皮的小快餐店已经换了招牌，不知道墙上那幅画还在不在。

拾 漏 儿

城老，故事就多。到老城老胡同里转转，老门楼里老人家靠着墙根坐马扎上云山雾海天南地北讲古的也多。甭以为人家纯是胡说，大都有根有源有来由，典籍里头说不定在哪儿是有这根线头的，至于说到底扯了多远夸张了多少倍，咱就甭考究了。

老城里老玩意儿多，喜欢老玩意儿的人也多。老韩就是生活在老城的一个小古董店老板，虽说生意做得不算大，养家糊口倒也绰绰有余。老韩最看重的有两样。一是他的宝贝闺女，二是他的古董收藏。他打小就喜欢收集破铜烂罐儿，整天对着书本到处淘换老玩意儿。直到家里老人催得紧才成了家，要孩子也晚，快四十岁才得了个小妞妞。小妞妞聪明乖巧，顺顺当当上大学，顺顺当当考公务员，工作也干得顺手，一点不用他费心。朋友们都眼气他从哪儿修来这么好的福分。

老韩见天嘚瑟个没完，见人就夸自家闺女。可是最近，老韩和闺女较上了劲，噘嘴赌气谁都不让步，老伴儿两头和稀泥也不管用。

清早一睁眼，老韩就感觉眼皮直跳，莫非今天要碰上大玩意？他怀着心事，先到寺门口喝了碗羊肉汤，又打电话到古董店，交代店员好好守着，自己打算到工地上拾漏儿去。

城市的新陈代谢是自然规律，新的要来，就会挤掉老的。这几年，棚户区改造如火如荼，到处是轰鸣的建筑机械声。有人高高兴兴等着改善条件住进新房子，也有人骂骂咧咧认为毁了真文物建起假文物，各有各的想法。老百姓的想法起不了决定作用，不管咱高兴还是不高兴，人家该改造还是要改造的，大拆大建，到哪个城市都一样。

拆迁户等着回楼呢，得赶工期，顶着大热天儿大太阳，施工不能停。建设工地上，出入着好些民间古董爱好者，他们一个个揣着淘宝的幻想，期待能有所收获。当然，市文物队已经勘探过了，这块地方历史上一直是贫民区，应该不会藏着啥宝贝。不过，谁说得准呢。

同行当中，听说还真有拾了漏儿的。谁叫咱汴梁城是八朝古都，给黄河水淹过多少回，河水指不定把好东西冲到哪儿啦，都说这天子脚下埋着数不清的好玩意儿。以前在别人房子底下，再多宝贝也没机会瞅瞅，如今政府主导着开发，又有挖掘机帮忙，没准真能有所收获。

老韩就是怀着这种想法来的。老韩长相憨厚，人们开玩笑叫他老憨，其实精明得很。他有个拜把子兄弟在这个开发公司承揽了开挖土方的活儿，给他提供了最大便利，随便他在工地上转悠。至于能不能得着宝贝，那得看他自己的运气和眼力。眼拙的就是宝贝堆在跟前也认不出来，运气差的即使挖到宝贝，没准也叫挖掘机给毁罢了。

在这块工地，老韩已经瞪大眼睛盯了好几天，除了捡到几块残破瓦当和十来枚锈蚀铜钱，没啥大收获。今天，他精神抖擞，一再交代工人们有啥发现要通知他。

果然，快中午的时候，挖掘机刨出来个木盒子。盒子沤糟了，轻轻一碰就碎，里面是个圆碌碌的东西，有人眼睛尖，认出是颗完整的头骨。

旁边工人有胆小的，吓得大呼小叫："老天爷，这是谁家的房子，咋会盖在人家坟上？"

有人纠正说："什么坟上？分明前后左右就是宅子，老辈子规矩，要不埋在祖坟要不埋在乱坟岗，没有埋在家里的。再说，埋人哪有只埋一颗头的，好歹得有个全尸。那边不是现成的专家嘛，请过来问问就知道啦。"

老韩正埋头寻宝贝，听到有人喊他，赶紧跑过来。他拿软毛刷子轻轻扫掉上边的泥土。这头骨上刷着漆，漆上刻着字。

“我哩天爷！”老韩腾地一下子坐到地上，“这可不就是传说中的雕花头骨？”

“雕花头骨？”大家伙眼睛瞪得溜圆，想听个究竟。

那边工头也过来了，一听有故事，也挺起劲，招呼工人们说，“忙啦一上午，要不，咱就提前一会儿收工，请韩老兄给咱们讲讲这个故事？”

老韩看看头顶上热辣辣的太阳，擦了一把头上的汗，说：“午时三刻，古时候杀人都要挑这个时候，这会儿阳气最盛，小鬼妖魔啥不干净的东西都不敢出来作祟，我也斗胆给大家伙讲讲这个传说。

“民国年间，日本人发动侵华战争之前，当年的开封城有个第四巷，位置就在今天的生产街。第四巷跟北京的八大胡同一样，是老城头等妓院集中的地方。第四巷的宝翠苑有个头牌姑娘，名字叫金楼，不光模样好歌声甜，琴棋书画样样精通，开封城不知道多少男人喜欢她，为博她一笑不在乎花多少钱。可是挣钱再多，都是老鸨的，金楼只能落个吃穿。当时在省立师范学校，有个浙江来的学生，姓叶，对金楼十分着迷，省吃俭用只为见她一面，金楼也喜欢他。叶先生心疼金楼，想替她赎身。可那老鸨把金楼当成摇钱树，不愿放她走，狮子大张口，开出的身价高得离谱。叶先生自己念书还得跟家里要学费，哪能筹到那么多钱。

“欢场上的女人，好日子短啊，几年过去，金楼就像开败的花，整个人都残了，门前冷落鞍马稀，没了生意，老鸨变脸比翻牌还快，收了人家三百块银圆，把她卖到会馆胡同一个二等窑子里。

“叶先生那时已经毕业，在一所学校里找了个国文教员的工作，也有了点收入。他去看金楼，许诺给她赎身娶她进门。金楼想着自己的苦日子可要盼出头了，谁知道叶先生禀告母亲后，老太太坚决不同意，骂金楼出身娼门，千人踏万人踩，叶家是书香门第，娶了她就是辱没祖宗，老太太恨叶先生不思进取，沉迷妓馆，荒谬不孝，一怒之下把他逐出了家门。叶先生回到老城后，没勇气去见金楼姑娘，也再不敢进会馆胡同。金楼千方百计托人打听，终于得知原委后，伤心欲绝，她看不到活着的希望，自暴自弃，不久就身染沉疴，无钱医治，苦闷中喝大烟膏自杀身亡，死后被窑子里相好的姐妹凑钱埋在宋门外东郊的荒地。

“叶先生听说以后，也绝了活下去的念头，成天失魂落魄，书教不成了，饭碗也丢了。他孤身一个人，当时就赁间小房子住在这条街上。有一天深夜，他孤身一人跑到东郊荒地，刨开孤坟，把金楼的头骨挖了出来，带回家洗干净，涂上红漆，白天晚上抱在怀里，把这些年他写给金楼的诗一笔一画刻在上面，刻满再漆，漆干再刻，一会儿哭一会儿笑，这条街上的人都说他疯了。后来有个浙江同乡可怜他，想办法通知了他家老太太，叶家人到老城把疯疯癫癫的他带回了绍兴原籍，听说回家没多长时间，他就死了。咱们今儿个看见的，应该是当年叶先生回绍兴时，把金楼姑娘的头骨埋在了这儿。

“这个事啊，早年间流传很广，版本不一，老城文化界前辈陈雨门先生，最喜欢收集民间传说，他采访了很多人，把这个故事的不同版本整理后，收进政协的文史资料汇编里。我曾经在图书馆读过这个故事。”

暑气似乎都消散了。大家沉浸在故事里，再看那颗头骨，不但不觉得恐怖，反倒是有情有义，令人同情。

“这应该不算是文物吧。既然叶先生把她埋在这儿，肯定有他的道理，咱们还是不要惊扰了她吧。老辈人说逝者为大，就是请她入土为安吧。”老韩从口袋里掏出四支烟，代替香火，点燃了冲着那只破碎的盒子拜了拜，连同雕花头骨装进一只木箱子，在发现她的位置深深埋入地下。几天后这里就要奠基，将会建起一片新的街区。

这时候，老韩手机响了，是老伴儿打来的。闺女和她摊牌了，说即使那个穷小子没有房子，他们也要结婚，大不了租房子住呗。

这段时间，老韩和闺女怄气，正是因为她的男朋友没有房子，怕闺女跟着男孩子吃苦，坚持反对孩子的婚事。今天，他突然想开了，不愿再干涉孩子的选择，说：“她要真喜欢那小子，那小子也对她好，就遂了她的愿吧。日子是她自己过，苦乐总是她乐意。再不济，跟着咱俩住。咱俩老了，俩年轻人不是还能替咱跑个腿嘛。”

“老头子，你答应啦。哈哈哈，快，妮子，恁爸还是拗不过你，他答应了。快，快，给那小子打电话。”电话那头，老婆敞开大嗓门叫着。

老韩望望头顶的太阳，笑了。

幸亏没发财

她心情烦躁，皱着眉头要了大碗胡辣汤，五块钱一份的。平时她喝两块钱一份的，两块钱的汤稀，没有牛肉丁。

“要油饼还是煎包？”收款员抬起头问。

“两块钱油饼。”平时她不要，因为所有女人都在减肥。其实她挺喜欢吃油炸的东西，小时候也只有过节时候家里才支上油锅，由着她敞开了吃个肚圆，过过瘾。

可是医生都说，油炸食物热量太高，是减肥者的死敌。不过今儿个，她带着点不过了的劲儿，妈的，不省钱了，也不减肥了，管他奶奶的，就算是世界末日，关老娘屁事。

她恶狠狠地揪了一团所谓的餐巾纸，其实就是一卷劣质手纸，灰不溜丢的。她狠狠地在痕迹可疑的桌子上擦着，纸上立即浸满了黑黄的油渍。

兔孙！就算是地沟油，也是花钱买的，总该心疼着点儿用。路边店这帮没出息货们，一个个像打劫了卖油郎，舍了命地搁油。

胡辣汤得拿着票自己去端。她看见穿着黑乎乎白大褂的年轻厨师急着想下班，恨不能赶紧把锅底那点胡辣汤卖光，递给她时拇指浸在满得不能再满的大个儿汤碗里。

油饼也被另一个厨师啪啪啪地剁成了几块，咣当一声扔在一张油光光磕扁了的不锈钢盘子里，等着她自己去领。

她觉得老天爷净跟自己作对。心里烦得很。以前她不爱想事，没工夫，见天从睁眼忙到熄灯。有个外国人说，人一思考，上帝就发笑。她忙得够呛，哪有工夫逗上帝发笑。

狗屁理论家们说，忙于生计的人是没有时间去思考人生、思考命运、思考未来的。她这半辈子一直都在忙于生计。上小学、上初中，念职业中专，然后上班、谈恋爱、结婚、生孩子、带孩子，一边上班一边送孩子上学，照顾一家老小。她的每一天都在精打细算和忙忙碌碌中度过。她没工夫考虑别的，她已经太累了，她猜那些哼哼唧唧无病呻吟的人都是闲出来的，叫她们到工地上搬砖提泥，肯定啥毛病都能给治好喽。

可是现在，她也有了心事。

早已过了吃午饭的时候，汤已经凉了，店里没几个人。一个穿粉色睡衣裤抱着孩子的女人正把孩子摁在腿上换纸尿裤。

店里为数不多的几个食客一个个无精打采的，注意力都放在已经没有多少热气的食物上，没有人抬起头来看一眼。平头老百姓，各操各的心，没精神搭理旁人。

说来也是，这个时间才来吃饭，拿凉胡辣汤当伙食的人，谁还顾得上计较环境，他们只要求尽可能便宜地填饱肚子。

好在胡辣汤味重，够辣够咸，热不热都能喝出一头汗，正适合他们重体力劳动之后需要好好刺激一下的味蕾。

她咬牙切齿嚼着嘴里的油饼，恨不能为二十多年前的选择扇自己一巴掌。

郊区离城市就那么点距离，可城里就是城里，乡下就是乡下，当年城里姑娘看人的眼光都显得高人一等。

她自小好强。那年初中毕业，因为职业中专能带着户口进城，她跟爹娘要求坚决不上高中，无论如何要跳离“农门”。中专毕业分到市里的工厂，她如愿当上城里人。那时候每次回乡下，头都扬得格外高。

谁知道后来工厂不景气，东捣鼓西捣鼓都破产变成了私人的产业。他们两口子本是光荣的产业工人，一度沦落为政府门口集体静坐要求安置就业的上访群众。好在两口子不钻牛角，肯吃苦，又有点小技术，找点活儿干倒也不难。虽说收入不高，养家糊口没有问题。

以前住的是厂里的宿舍，厂子没了，宿舍也没了，两口子多年省吃俭用倒是攒了点钱，可这点儿钱在城里只能买个窝屈窄巴的二手房。也是她的主意，思谋着花同样的钱，住在郊区比在市里能宽绰得多，反正小城市，下班也不过多骑车十几分钟，就下决心在娘家村里买了个小院子，回到她曾经努力要离开的乡下。刚开始，闺女还抱怨上学远不方便，后来习惯了，孩子在院儿里跳绳踢毽子还挺方便。

再后来，城市越来越发展，他们所在的村子已经被附近的高楼大厦包围了。大势所趋，政府要改造城中村。政策已经公布了，有村里户口的可以按面积补偿，没有村里户口的外来户，三平方才能换一平方，他们家的小院子只能换一套一百二十平方的单元房。

"你说我这是图的啥？早知道，就不该把户口迁到城里。一样的房子，一样的院子，就因为人家户口在村里，就能补偿好几套房子，咱家倒霉，那么大个院子换这么套小房子。"老公心眼儿大一直劝她，谁也没有长前后眼，哪能预先都想到。

她就为这个生气，怨自己点儿背，大房子换了小房子。以前过得不如她的乡下邻居们都发了拆迁财，听说有些人自己家住一套，其他的置换房都卖掉了，一下子到手几百万。以前住隔壁的那一家，女人不是打牌就是美容，再不就是网上购物，男人开着新买的小汽车整天到处洗澡钓鱼，连班也不用上了，儿子更阔气，一身名牌，手机都是用的苹果最新款。

"有钱！花不完哩钱！谁让咱命好！这辈子不愁吃不愁穿。"那家女人在麻将桌上炫耀。

她能不生气吗？心性怪高，可命里不赶趟。别人都能得的好处，让自己白白给扔了。

老公安慰她："生啥气？咱闺女争气，考高中全市前几名，重点学校抢着要，不光免交学费，连食宿费也全免，你算算，三年下来，光这一项闺女就替咱省了好几万。"

老公说得在理，老天爷也不完全站在对立面，给了咱一个好闺女。

搬进小区住惯了，也觉得不错。两口子老老实实地上班下班，回到家一起做饭洗衣服，天气好的话，两个人还下楼散散步。老公宽她心："新小区就是好，你看种的花呀草呀，又有物业管理，到处干干净净，比以前住在乡下鸡飞狗跳强多了。"

有一天，在楼下碰到原来村里的长辈，拉着她说悄悄话："他大姐，咱村乔老二你记得不，这一改造忽地发了财，不知道该咋烧包了，不要脸孙不学好，倒学会在城里找小姐，丢人不说还染上丑病。刘家那个大狗子，才吃过几天饱饭？忘本啦，包了个二奶，闹离婚，野女人都打上门来啦，他媳妇生气喝了敌敌畏，这会儿还在医院住着哪。还有俺对门那个半桩孩子，亮亮，自从家里买了电脑，就玩上了瘾，整天大门不出二门不迈，一天到晚打游戏，眼睛都快玩瞎了。"

她突然觉得老天爷挺照顾，幸亏没让自己发拆迁财。

馍 头 家

咱开封城，年纪大的都知道老辈儿的规矩，两个熟人，半道上碰见了，总要打声招呼。

“哟，您最近身体好啊？家里都好哇？”

“好，好。您府上都好吧？上回您可是帮大忙啦，我欠着哥哥的人情哪，中午哥儿俩喝两盅？”偏巧，那位今儿个还要忙别的事，俩人分手的时候，指定得说：“那就改天，咱哥儿俩说准了到馍头家好好喝一顿儿。”

“好，改天去馍头家喝酒。”

馍头家干啥的？是个拉面馆，就开在相国寺东偏院，火神庙对面。1949年以前，那可是咱开封城最有名的吃饭地儿。要说高档，倒也算不上，可人气旺得很，从开门到打烊，人来人往，没个歇气的时候。饭馆后头搭着圈席棚子，见天坐得满满当当。

相国寺那一片是当年开封城最热闹的去处，除了日本人占领那七年多，寺里不住和尚，没有大门，也没有院墙，四通八达一个大市场，三教九流在这块儿谋食的熙熙攘攘。说书的、算命的、唱戏的、赌博的、耍杂技的、骂大会的、卖狗皮膏药的、拉二胡唱小曲的、要饭的、瞧稀罕儿的，五行八作，干啥的都有。

开封城里有钱人都爱上相国寺，这儿有商场、有电影院、有戏台子、有饭馆、有赌场、有妓院，只要口袋里揣着钱，金山都能在这儿挥霍空喽。

中等人家也得来相国寺。油盐酱醋、洋油蜡烛、针头线脑、笔墨纸砚、布匹衣裳、日用百货、寻医问药，数这儿最齐全。手里凑巧攒了俩闲钱，想吃点好的，喝个闲酒，答谢人情，消遣娱乐，也是这儿最方便。

穷人更离不开相国寺。城里不耕田不种地，多数人养家糊口得靠做点生意打点零工，要么耍嘴皮要么卖力气，相国寺当年是和北京天桥、天津劝业场、南京夫子庙、郑州老坟岗齐名的江湖大道场，这地界的吃饭辙儿多了去了。

相国寺东院的火神庙，汇聚着各路丐帮弟兄。他们白天在热闹场上要饭，晚上住庙里捉虱子陪神仙。

馍头家拉面馆原名叫萧记拉面馆，是我萧爷爷开的。萧爷爷是谁？那得从头说起，光绪年间，萧爷爷带着萧奶奶从外地来到开封城卖吃食。有人考证说拉面是从伊斯兰传过来的，所以当年卖拉面的回民多，汉民做不好。我萧爷爷偏不服这个邪，用心琢磨，掌握了拉面的诀窍，成为开封城汉民拉面的头一份。萧爷爷和萧奶奶店里生意好，忙不过来，就得使唤伙计。1912 年，也就是民国元年，我爹被城里的亲戚领着，来到开封城，做了萧爷爷的徒弟。

我爹大号王国柱，小名馍头。陈留县董桥村人。他出身苦啊，光绪二十六年腊月初七生的。历史上有名的庚子事件就发生在这一年，咱大清国可是出了大丑啦。自光绪二十四年戊戌变法失败以后，慈禧皇太后叶赫那拉氏就恨透了外国人，嫌他们管闲事，成天对着大清国的事务指手画脚，刚好山东一带的义和拳闹腾得欢实，宣称要“扶清灭洋”，传说能飞檐走壁、刀枪不入，现在听这种传言简直就是荒诞不经，可当时人愚昧呗，竟然以讹传讹，好多人都信以为真。朝臣当中有人揣摩太后的心思，撺掇着让义和拳打外国人，慈禧老佛爷还真相信了，意气风发地支持拳民打洋人。谁知道义和拳是纸糊的神仙，遇到真枪真炮就稀里哗啦漏底儿啦。八国联军打进北京城，慈禧太后带着皇上溥仪连夜化装逃了出来，连滚带爬一口气跑到西安，大年下都是在西安过的。满朝文武官员不思对敌，全兔子一样跟着太后皇上跑到西安啦，还美其名曰勤王。清史资料上的官方说法叫“西狩”。狩个屁啊，西安城里能有啥猎物可狩的？你说，咱们的皇太后皇上都狼狈成那样，老百姓还能有啥好日子过？

馍头家穷得很，上边三个姐姐一个哥哥，全靠他爹在村头一家砖窑上脱坯，下的骡马力气，一滴汗摔八瓣挣俩血汗钱，勉强糊口。穷人家孩子不金贵，眼看着又添了一张嘴，爹娘指望不高，只求着孩子能有个馍头吃，好歹成人。那时候，小娃们儿成活率低，乡下人喜欢给孩儿取个贱名字，指望老天爷听了不待见，不会把孩子收走。馍头长到十二岁上，听村里的读书人说皇上退位啦，如今是民国啦，老百姓见官都不用磕头啦。莫非世道要变？爹娘看他也长得大半人高啦，想替他谋个吃饭的门路，托人介绍到开封城里做学徒。学啥好？亲戚们都说学厨子好。再穷，饿不着厨子。就为了吃饱肚子，馍头来到萧记面馆。

萧记面馆掌柜的两口子也不是本地人，没儿没女，用开封老话说，是双料绝户头。两口子待徒弟不像有些做掌柜的那么刻薄，饭让徒弟吃饱，手艺也用心教。

馍头学得用心，有眼色，能吃苦，不怕受委屈。干活不藏奸不耍滑，死心塌地跟着掌柜的做生意，掌柜的咋管教他都不犯犟。这也是自小吃苦受罪磨出来的忍性，能吃饱饭是天大的事，咋着都比在老家饿肚子强。

馍头一天天长大，年轻小伙子身体结实，办事聪明，能吃苦肯下力。掌柜两口子打心眼里喜欢。他们年纪大了，得找个可靠的人接下这产业，将来给老俩口养老送终。到民国十六年，我爹已经在拉面馆呆了十五个年头，不单学会了萧爷爷的全套本事，里里外外做生意打点应酬也全靠他。二老终于下了决心，给他成了家，娶了媳妇梁氏，就是我娘，那年她才十八岁。小两口继承了萧爷爷的这间面馆。

后来我读历史，民国十六年发生的大事挺多，不光是我爹娶了我娘。政治上中国共产党发动八一南昌起义，文艺上尚小云主演的《摩登伽女》轰动京城，八卦新闻关注的是蒋介石跟宋美龄在上海举行婚礼。冯玉祥第二次掌管河南也是那年。他可是个二百五脾气，下令拆毁佛像，驱逐僧人，停止佛事活动，把大相国寺改成中山市场，附近一带成为当时河南最大的休闲娱乐餐饮文化中心，这给我爹的拉面馆带来了最重要的发展机遇。随着中华民国黄金十年的脚步，我爹的黄金十年也开始了。从那时候开始，我爹在我娘的协助下施展开手脚，拉面馆渐渐成了气候，从一间门面扩展到六间楼上楼下，加上后院搭的棚子，能同时开上二十桌酒席，待二百多客人，这在当时已经是了不起的规模，成为开封城老百姓眼里最有名的饭店。有人写文章在报纸上夸馍头家拉面“色如美玉，滑若凝脂，酱香浓郁，口感筋道”，号称“开封一绝”。我爹好琢磨，有道传统豫菜叫“鲤鱼焙面”，他把细如发丝的拉面扯成网状，炸得金黄，代替手切面盖在糖醋软熘鲤鱼上，有高人见了，给这菜换了个雅名叫“黄袍加身”，成为馍头家的创举，大受顾客欢迎。据说当年北京最有名的豫菜馆厚德福饭庄也要定期派伙计专程乘火车来开封取我爹加工好的焙面。

当年饭店牌匾上明明写着“王和盛”，可老百姓不管你起了个啥名，还是喜欢叫“馍头家”。为啥哩？我自己寻思，因为亲切。一来是馍头这个当掌柜的，没有掌柜的做派，啥时候都乐乐呵呵。二来是他卖的多是家常菜，以拉面、韭头菜盒、鸡蛋灌饼为主打，好吃又实惠。咱们老城啊，顶喜欢的就是串亲戚访朋友，不论穷富，来了客人总要招待点好吃的好喝的，改善改善。来馍头家吃饭也有走亲戚看朋友的气氛。这么着，馍头家就叫开了。为啥生意那么好哩？我自己开饭店以后才明白，是定位准，价格适中，面向大众。有钱人来了不觉得掉价；一般人家来了挺有面子；对只有一碗面钱的穷人，也不嫌弃，能吃饱。这就是我爹做生意成功的法宝。

我爹为人和气，在谁跟前儿都不装大。虽说开着大饭店，当了掌柜，家里宽裕了，脾气禀性没有变。他是个知足的人，从前吃过苦，如今只要能吃饱，就感谢老天爷啦，所以格外惜福，平素吃饭，最喜欢鲤鱼穿沙。啥叫鲤鱼穿沙？卖吃食儿的都讲究个名字好听，就是小米粥里下把碎面条。咱不是挨着黄河嘛，鲤鱼、黄沙，都是黄河给咱开封人的宝贝。这鲤鱼穿沙算他老人家的发明。我娘说他穷命头，他也认啦。

我爹不抽不嫖不赌。有了钱干啥？行好。这是土话，现在应该叫作慈善事业。他识字不多，大道理不会讲，做事都是本着自己的良心。

爹性子绵，我娘在世时，大事都听我娘哩。我爹相信善恶有报，这可能正是他一辈子积德行善的出发点。我娘也信佛，初一十五都要烧香。

没有我的时候，我娘看着我那两个姐姐发愁。啥时候才能盼来个儿哩？我娘这辈子没少遭儿女罪，她先后生了十个孩子，就成了仨。那时候四六风厉害，孩子夭折的多，好好的说没就没了。除了长大的两个姐姐，我上头还有六个哥姐没成人。

眼瞅着我爹四十好几啦还没儿子，我娘急啊，三天两头去救苦庙拜佛求子，买窝窝票送给没饭吃的。大和尚说了，佛祖保佑善人，我娘三十八岁那年才添的我。那时候人身体不像现在，女人一过三十五，要孩子的希望就很小了，郎中都摇头哩，可我娘相信观世音菩萨会保佑她。可不是？菩萨真把我给送来啦。

我娘是 1947 年去世的，她怀着最后一个孩子，得了产前子痫，我爹慌啦，赶紧把她送到寺后街妇产医院，也没能救回来。我一岁零俩月，就成了没娘孩儿啦。

见过我娘的人都说她大本事，要是搁现在，得是个女强人女企业家没问题。她没有上过学，可是脑子好使，跟着账房先生学会双手打算盘。当年萧家爷爷奶奶选中她进门，也是想让她帮我爹做生意哩。我娘生孩子稠，从我大姐开始，到要了我娘命的那个弟弟，将近二十年，我娘的肚子一直没闲着，好多食客觉得我娘咋老是挺着大肚子。那时候的孕妇可不像现在的女人，怀了孩子就娇气的这也不敢干那也不敢干，她啥活儿都没耽搁，整天在店里忙活。

那年头的女人真辛苦啊。有人说，我娘在千手观音面前许过愿。我上辈子欠了王家的，这辈子当牛做马来还。等我生下个儿，给老王家留条根儿，就还清啦，让我也消停消停。她惯常是挺着七八个月的身子，还站在柜台跟前双手打算盘，等伙计报完，娘也算完了，来吃饭的人都说这女人不简单。

唉！娘走啦，姐姐们像娘一样疼我，把我当成心头肉。那时候除了已成家的大姐，民国三十二年我爹收养的三个干闺女，还有比我大八岁的二姐，一家人把我当眼珠子看。

小时候，姐姐们抱着我出门寻百家奶，求百家衣，家家都认识老王家这个宝贝疙瘩。怕留不住我，姐姐在我的后脑勺上留一撮头发，梳了个小辫儿，算是揪住了小尾巴，不叫老天爷哄我走哩。我上学了还留着，一直留到十二岁，我爹说算是成人了，才剪掉。

在这条街上，人人心疼我，我爹招呼那些没饭吃的，人家有了饭吃，也都招呼着我哩。

我大一点，成天在门口玩，听见街坊们说，这是王掌柜两口子积德行善才落下这条根儿。那时候不像现在的孩子，爹娘看那么紧，怕丢喽。我爹不怕，大街上人人都认识我。馍头家的小尾巴，谁不知道？

我爹对要饭的人格外好，为啥哩？他自己要过饭，知道肚饥的滋味。俺家饭店对面就是火神庙。天一冷，火神庙里住满要饭的，指望着火神给人暖和哩。

我爹见天晚上打烊前叫伙计到面条铺买十斤碎面条，把面条汤烧开了，下面条，倒进去一天剩下的杂菜，不拘稀稠，熬上一大锅，放火上一直热着。

哪个爷们白天没要着饭肚里饥，回火神庙睡觉前先来盛一碗，热乎乎地喝下再走。我爹说，大冷天儿，这碗饭能救命哩。他说的是实话，年年冬天，开封城路边倒毙的不在少数。我爹从来不嫌弃他们，有时候他自己睡得晚了，看见来吃饭的，跟自家人一样，打个招呼，自己也盛半碗，喝得一身热乎乎去睡，身上就不冷了。我爹是饿过肚子的，最见不得别人吃不上饭。他说积德行善，大不过让饥人吃饱。

馍头爱行好的名声在外，得帮人处且帮人，左近街坊有事都来找他。他心软，听不得人家求他。他说，人不求人一般高，人家张嘴之前在心里不知道掂量过几掂量，既然说出来啦，咱就不能给撂地上。

早些年听我爹讲，日本人来以前，国民党统治时候，相国寺北边西边都没有围墙，老百姓进进出出做买卖很方便。有一阵儿，政府说相国寺市场上太乱，就在藏经楼那边修了道墙，把进市场的道儿给堵住啦。鱼池沿儿，三拐儿，都进不了市场做不了买卖啦。做小生意的穷人多，挣一顿吃一顿，市场堵上哪还有活路。大家伙儿找我爹想办法。我爹叫账房取出五百块银圆，装上满满一大布袋，叫伙计背上跟着自己，去找主事儿的，把那道墙买了下来，大家伙儿齐心合力给推倒喽，市场这才救活了，生意人照常开张啦。

国民党统治时期，实行保甲制，有保长有甲长，我爹是大家推举的甲长。当了甲长就得代表政府收税，有些人投机钻营，谋这个小职务只为自己有利可图，沦为当权者的爪牙，老百姓恨他们。可我爹一直在街坊间口碑很好。为啥？街坊们能缴上的就缴上，缴不上的他垫上。人心换人心，谁会恨他？不光不恨，街坊邻居还感激他哩，有了机会，人家也会报答他。现在社会上仇富，过去人也仇富。可我爹没有结仇。到 1949 年后三反五反，公私合营，“文化大革命”批斗资本家，他都没有受到冲击，因为街坊们都护着他。

小日本祸害人哪，1937 年发动侵华战争，一路打过来，老百姓原指望着咱们的军队能顶得住。到 1938 年 5 月，徐州也沦陷了，开封的军队和政府机关都跑了。各种消息跟开封城一到春天就没完没了的大风一样，刮得满地跑，老百姓越听越害怕，政府不管咱啦，得各人想各人的办法。凡是家里头有俩钱，爱惜自个儿性命的，都收拾行李投靠亲友跑啦。

我二姑家在巩县山里，爹叫个伙计先去送了信儿，打算带上我娘和两个姐姐到山里避避。我娘舍不得丢下家业。兵荒马乱的，咱们一走，家还不得让人给抢光啦。

丐帮的爷儿们晚上来喝汤，听我爹娘正商量着拿不定主意，说：“王掌柜，你要放心，只管走吧，俺弟儿们给你看门。”

我爹说："你不怕日本人？"

"咱要饭哩命不值钱，反正到哪都是找口饭吃，日本人来啦，也不能不让咱要饭。"

我爹这才下了决心，让伙计给俺家大缸里装满面，灌好油，让火神庙里的爷们该吃吃，该喝喝。然后带上家小走啦。

在巩县，我爹跟我娘住得不踏实，这样子在亲戚家坐吃山空也不是办法。他三天两头去火车站打探消息。

几个月后，听开封来的人说，前一阵儿，国民军跟日本人打仗，郑州花园口黄河给扒开啦，大水都淹到中牟啦，城里乱成了一锅粥。现在日本人占领了开封城，大面儿上稳定啦。日本人孬，可是他们也得吃饭，怕开封变成一座空城，现在已经做出亲善的姿态，鼓励着五行八作都开业呢。

我娘说，哪儿都比不上自家好。看形势，日本人一时半会儿也赶不走，可咱们一家老小不能不吃饭啊。这么着，我爹带着家小又回来啦。

在巩县车站等火车的时候，姐姐饿啦，要吃的。我爹看见对面站台上有卖吃食，想买点给她们路上吃。谁知道过铁道的时候一不小心掉下去了，刚好有辆火车忽地开过来。站台上的人嗷嗷叫，都说不中啦，肯定没命啦。我娘和两个姐姐吓得哇哇哭。

谁知道等火车过去，我爹囫囵囵儿从轨道上站了起来。原来他正好趴在两根轨道之间，一根毫毛也没少。我娘擦着泪直念阿弥陀佛，说真不亏咱初一十五去烧香，观音菩萨保佑哩。我爹也说这叫善恶有报，老天爷不亏心。

回到开封，听说好多做生意的人家都被抢啦，俺家有丐帮的弟兄们看着，啥都好好的，一样没少。

日本人占领开封的时候，我爹照常做他的生意。他不是国民党，也不是共产党，就一个安分守己老百姓，凭着一双手勤勤恳恳给一家老小挣饭吃，也给店里的师傅伙计们谋个饭碗。

日本人的宪兵司令部就在现在的振河商场那一片，那帮孬孙好吃冷面，可咱开封没有卖冷面的，他们就变通吃馍头家拉面。我大师兄说，孬孙们买东西倒还守规矩，不赖账，照价付钱。他们经常派人来买面。有时候要得急，晚上得加班，一夜加工好几袋面。他们吃法跟咱不一样，面条煮熟了在清水里淘淘，拌上佐料吃。做法类似于今天说的朝鲜面，当年开封人没那样吃的。

你说日本人坏不坏？真坏。可咱老百姓指啥跟拿着枪的他们对抗啊？我爹的原则是尽量不惹是非。你说他狭隘？他老人家的确没有多么高的觉悟，普救众生是观音菩萨的事，不是咱凡夫俗子能做到的。咱们给国家交粮纳税养活了那么多国民党军队都打不过日本人，能指望一个手无寸铁的平头百姓去跟日本人斗？那不是拿鸡蛋碰石头？

我爹也恨这些欺负到咱家门口的东洋鬼子，想办法护着左近的街坊们别摊上事儿，他还救过共产党的侦察员哩。1949 年后，武汉空军的大领导来开封做报告时说，民族资产阶级也有他的革命性，举的就是我爹王国柱的例子。

为啥这么说？有一回，共产党的侦察员，那时候叫共军的探子，装成个要饭的，在鼓楼一带打探消息，让日本人给抓住啦，弄到宪兵司令部审问。侦察员非说自己是要饭的，不承认是共产党。日军的翻译是个中国人，也想给他个机会，就说："是不是要饭的，得问馍头家王掌柜，他常年养活一大群要饭哩，问他认不认识就知道啦。"

那日本宪兵队进去容易，活着出来可难。宪兵队的前门在鼓楼街，后门对着现在的青年宫，也就是当年馍头拉面馆后门。日本人为巩固他们在开封的统治，没少作害人。经常是前门把人带进去，后门麻包装着尸体出来，整汽车往外拉。

日本兵带着我爹往司令部走，边走我爹边想："咱可不能坏良心，千万要想好。不然孬孙日本人肯定会怀疑，人家可就没命啦。"路上打好了腹稿，一到了司令部，见面劈头给那年轻人一巴掌："你这孩儿，不要命啦，这几天跑哪儿啦？这儿是你玩哩地儿？"

这么一说，日本人真相信啦，叫他把人领回去。

那年轻人被我爹救了以后，以为我爹是他们组织内的人。多次神神秘秘来见我爹，又是说密语又是对暗号，谁知道我爹俩眼一抹黑啥也对不上，这才意识到我爹不是他要找的人。后来，他经常去相国寺藏经楼东山墙外估书店，找一位姓张的老板，1949 年后才知道，那位张老板才是联络站站长。

我长大了问我爹，那天在宪兵司令部，怕不怕露馅了日本人收拾他。他说咋不怕，怕也得挺着，人命关天哪。我爹就是依着他的本性，救人一命胜造七级浮屠。他是中国人，我也是中国人，不能叫日本人白白给杀喽。

“文化大革命”时候，当年的侦察员还给相国寺后街居委会来了封信，说王国柱在抗日期间救过我们的同志，立过功，替我爹说话。

还有一回，也怪吓人。

日伪时期，开封用电灯的人家还不普遍。我们家隔壁楼上，有家姓盛的，刚得了个小孩，事儿多，夜里一会儿拉屎一会儿尿尿再一会儿又要喂奶。所以晚上他们家的灯一会儿开一会儿关。他们家房子高，窗户小，刚好对着日本宪兵司令部。那边看见一明一灭的，起了疑心，非说这是有人用手电筒给国军打暗号。

宪兵半夜出动，要搜查，挨着的几家楼房都要搜。搜啥？手电筒。那时候手电筒也算是贵重的家用电器啦。老开封有句骂人的话：穷玩鋈子富玩表，玩手电哩是傻屌。玩手电筒当时也是时尚，现在年轻人听了当个笑话。

搜到馍头家饭店。饭店里年轻没成家的伙计们晚上都在楼上住，有二三十号人。日本人一进来，就让伙计们都跪下。这帮龟儿子翻箱倒柜地搜，搜来搜去也没找着手电筒，咱家本来就没有嘛。日本兵揪住一个老表，当时还小哩，十几岁，揪住喝唬，家里有手电筒没？他说没有。这才算是拉倒，龟儿子们气哼哼走了。

看他们滚蛋了，我爹跟伙计们说，幸亏咱家不烧包，没买手电筒,要是有个手电筒,咋说清楚?抓到宪兵司令部可就没命啦。那时候,胶皮鞋、手电筒、留声机都是高消费,凡是哪家好面子的,都要买个手电筒留声机啥的,摆阔气呗。我爹不撵那个时髦,对自己对家人都很俭省,有吃有穿就知足啦,那回倒是占了俭省的便宜。

我爹行好越多,关于他的传说也越多。1945 年,日本人叫咱中国人撵走啦,共产党和国民党又开始打仗。解放开封的时候,鼓楼上的砖头瓦片让子弹炸得迸多远,街坊们说,砖头蛋儿都是隔着王掌柜家门口蹦过去哩。你说这是迷信?我觉得是街坊们带着感情,用自己的方式来理解事物的偶然性。

那时候仗一打就是几天,子弹没长眼,谁没事敢到大街上去?啥生意都停了。大多人家都是当天做生意,当天挣俩钱,然后扤着笸斗,买个二三斤面,现买现吃,没有隔夜粮。一打仗生意做不成啦,没有钱,没有吃的。咋办?央告到我爹这儿,我爹向来好说话,咱家面多,自己去缸里挖吧。

当年条件差,开饭店都是前边盖楼,后边是苇子席搭成棚。相国寺市场里做生意也都是在席棚底下,条件好的,加上一层油毛毡。连剧院也是。也就永安舞台、醒豫舞台、鼓楼俱乐部高档些,盖了瓦房,其他的河南大舞台、和平剧院、老相国寺戏院都是席棚。

国民党共产党对阵开战,炮火乱飞,把鼓楼炸着火了。引着了周边的房屋,我家酒店后边搭的是席棚,离那么近,却偏偏一点儿没着。大家伙都说稀罕。后来街坊们说,这是王掌柜平常行好,佛祖保佑哩。

我是 1946 年生的。我前头,六个哥姐都没成。家里怕我也留不住,请算命先儿看看。先儿说,得有三样破破:一是得认一百个干大,二是得吃百家饭,三是得穿百家衣。办到了,才能成人。

我小时候,身上穿的坎肩、鞋子,都是用要饭的帮忙东一家西一家找来的布头,对在一块缝的,花花绿绿的。穿百家衣呗。

吃百家饭咋办?我爹让我跟着火神庙住的爷们儿去要饭,其实也是领着玩儿,算吃百家饭啦。

认一百个老干大。这个有点难。算命先儿说,认干大得找命苦命硬的人。越是命苦能生存的人命才硬,才能降得住。我认的干大有和尚、有要饭的、有唱戏的,其中就有河南省曲剧鼻祖李金波。火神庙里头有个剧院,叫永安舞台。他就在那儿唱戏。当年唱戏的苦啊,只要你还没出名,跟个要饭的差不多,晚上也是住在火神庙。常香玉后来全国闻名啦,当年从县里到开封唱第一出戏,就是在永安舞台演的。

1947年,我娘撒手走的。馍头家办事哩,大街上传开了。一个人捎着再告诉另一个人,馍头家办事哩,馍头家办事哩。半个开封城都知道啦,都来吊唁。我爹说,来的好些人,有认识哩,也有不认识哩。

我那时候才一岁多,是个傻小子,大姐把我抱在怀里哭啊哭,我还不知道她哭啥哩。

老开封的规矩,去人家家里吊唁的人不兴空着手,得带着幛布。相国寺市场上的布都卖空了。卖布的掌柜一听买布的是去馍头家,掌柜的说,咱今儿个不赚钱啦,照本卖。

这是当年开封城的一个怪现象。你说要饭的穷不穷?可是连要饭的都凑钱买了成匹的幛布。我爹要饭的朋友有多少啊?没数过。只知道把我母亲送到地里,我爹在饭店答谢亲朋,单是要饭的就摆了十桌。

我娘去世以后,爹挣钱干事业的心也淡了。

我干大李金波跟地下党有联系,这是1949年后才知道的。他把形势看得很清楚,劝我爹把饭店改成股份制,名字也改成公记饭馆。让每个工人都参加股份,大家伙轮流当掌柜。

你说伙计们哪来的股金?过去开饭店不用下本儿,只要有地方有家伙就能开张。房屋家伙儿都是我爹出的。咱馍头家信誉好,柴米油盐菜肉调料,都有卖货的送来,先赊账,卖过了再给人家结账。伙计们工资很低,都是拿面顶,一个灶头老师儿的工资也不过一个月两袋儿面。但是小费是天天分账。

中华人民共和国刚成立那会儿，公私合营以前，相国寺附近做生意还跟1949年前一样，有钱人吃饭兴给小费，讲排场。我小时候在店里还见过。放小费的是个细长的木桶，半人多高，伸手摸不到底儿，到晚上才能把钱倒出来。

赏钱的主顾过去称作"佬儿"。举例子说，张佬儿或者李佬儿，吃完了饭，堂倌送他出去，顺手赏了小费，堂倌接过来，丢进木桶里，高喊："某佬儿小费某某元。谢了！"吆喝的声音很大，老远都能听得见。其他伙计们听了，也要齐声跟着喊："谢了！"为啥呢？讲阔气，有面子。

见天晚上打烊时候，店里全体人员要分小费。咋分哩？普通老师儿一份，坐柜先儿两份，堂头两份，灶头两份，大徒弟半份账，小徒弟牙份。再少的没法分的零钱叫掐份，留给小徒弟当零花。

多年以后，有好多人说，馍头家精啊，1949年前就把酒店改成公记，要不，1949年后划阶级成分可就麻烦啦。

其实，不光是城里的买卖，我娘在世时，我爹开饭店攒的钱还在老家置了些地，有庄稼地，也有果园。可是中华人民共和国成立后我家并没有被划成地主，为啥哩？我爹不贪财。他的地都交给一个姓的本家种，谁种谁吃。有些家富裕些，新鲜的粮食果蔬下来了送点给我爹尝尝鲜，有些家人口多，收的还不够自己吃，没来送，我爹也不计较。

后来划家庭成分，老家的亲戚们证明，虽说地契上写的是我爹的名字，可他既没有种地也没有收租，不能算地主。结果给我家定了个小土地出租的成分，好多没咱家地多的都定了地主呢。要说我爹精，这也算一条。

我爹自己的孩子九个只成了三个。别人家的孩子没少养。

民国三十二年，不成景儿，旱灾连着蝗灾，农村不收庄稼，卖儿卖女求个活路的人很多。

开封有个人贩子，从乡下买了仨闺女，叫政府给逮住了，这仨闺女家里人都逃荒去啦，没地儿去。这咋办啊？办案的那个人常来馍头家吃饭，跟我爹商量，王掌柜爱行好，给你当闺女吧。

这么着，仨闺女都认到我爹娘跟前。后来一个个养大，备了嫁妆打发出门。这仨干姐姐跟我那俩亲姐一样，在我父母面前孝顺得很，年节都来往走动。

鱼池沿儿有个黄家，男人不争气吸大烟，穷得揭不开锅，把儿子给卖了，老黄嫂哭着来找我爹帮忙，赶紧拿了钱追上人贩子，把孩子赎回来。后来这孩子考上大学，在兰州当了工程师。这种事儿，我爹干的多啦。

拉面馆从萧爷爷交到我爹手里，换了好几个名字。先叫王和盛，1949 年前后改成公记，“文化大革命”期间叫东升食堂，“文化大革命”后又叫开封拉面馆。这些名字都没叫开，可是一说馍头家，人人知道。改革开放后，我继承父业，重新开饭店，取的名字还是“王馍头”。

过　河

河堤村，这个村名取得省事，就因为在河边上呗。

每年冬天，村口的桥墩子上都坐着些晒暖的人。

有人说，到这儿晒暖的人，离过河不远了。他说过河的时候，扬手指了指村子南边那片地，那里种着村里的庄稼，也是村里的祖坟。高高低低的坟头一大片，都是一门一姓的。有些出了五服，也有五服内的，总归都是一个姓，往上数几代，都是一个祖上。

他说的没有错，到河对岸阎王爷府上报到的人，只要能行动得了，无例外都要先到这里预约。冬天冰凉的桥墩子仿佛是阎王爷的侯客厅。

三大爷这阵子身体不好。其实他的日子过得不错，有退休金，只要一直活着就一直有，不用看孩子们脸色，完全可以过得滋滋润润。

可是，他居然也要走了，可能比桥墩子上的老哥们更优先。因为他已经坐不住桥墩子了，半躺在一张破椅子上，每天早上，或者是三大娘，或者是儿媳妇，或者是哪天不忙在家的儿子，总归得有个人，一手拉着那张他年轻时置下的帆布躺椅，一手搀着他来到桥头，和老哥们坐在一块，他的身体越来越瓤了，桥墩子太硬，他瘦巴巴的一身骨头和桥墩子较劲，硌得慌，不如靠在椅子上好受点。

三大娘不想让他来。说是晒暖，哪有什么太阳，冬天的太阳看上去明光光其实没有一点热量。那太阳出来都是哄人呢，一晃就没了，哪胜在屋子里围着火炉子暖和？可他倔了一辈子，这会子脾气也没改好，他要干啥就得干啥，不识劝，那就由着他吧。

有时候，老家伙们也会慢腾腾地在桥头的河边拢一堆火，柴火是现成的，不拘在谁家门口的柴火堆上抱来一捆。现在家家都不烧地锅了，柴火没有地儿处理，嫌在院子里碍事，就堆在门口。也有时候，会有镇上的人开着拖拉机来收购，三分不值二分的，年轻人也都不在乎，人家在工地上打小工一天能挣一百多，当上匠人的一天二百多，连妇女们提灰包的也一天七八十，谁还在乎卖柴火这几个钱。话说，地里出的东西是越来越不值钱了，也没有人愿意在地里下功夫，分的责任田，当然还都种着，只是不如老一坌那么精心了，反正种收都有机器，只要出了工钱，不费啥劲。

种地能收入几个钱？吃饭能花几个钱？跟自己的儿孙一样，晚辈们越来越不听劝，一个个有主意得很，没人在乎老家伙们的意见喽。三大爷听见老哥们的抱怨，忍不住和他们一道长长地叹息。

他们越来越不认识这个世界了。电脑、电视、手机。连桥头这帮老家伙口袋里也人人装着手机，像是身上拴了根能把人拽回去的绳子，便利是便利，可是听着声音挺近，人却是越来越远了。

三大爷想孙子，在无锡呢。孩子高中毕业上的是职业技术学院，入学前学校就打包票能找到工作的，人家说这是订单教育，教材和学习内容都和南方的工厂协商好了，学制三年，书念两年，第三年在工厂里实习。

这不，孩子到无锡上班都三年半了，平时不回来，过年回。哪怕路上再艰难，孩子还是要回来。

“不回家咋办？一天又一天，流水线上的生活，跟个机器人一样，工资倒是不低，可人见天在那样的环境里要崩溃的。一到过年回家那几天，感觉整个人又活过来了。”

看到电视上说，这种流水线上的工人自杀率特别高。三大爷打电话问孙子：“这是咋啦？”

孙子在电话里说：“烦呗，工作单调乏味，重复再重复，没有尽头，能不绝望吗。是，有吃有喝，收入也还行，可人成什么了，成了流水线上的一个机器零件。”

“那就回来呗，跟你爹在咱家门口做点生意，不愁吃不愁穿，不是也怪好。”他想趁机把孙子拐回来。可人家不同意，就算在外面再吃苦也不回来。小鸟翅膀硬了就想飞，不愿窝在屋檐下了。

他真想孙子啊，就这么一个金蛋蛋。家里人口稀。他是倒插门进来的，改了老丈人的姓，接了老丈人的班，到城里工作，生了一儿一女，丈母娘高兴得天天在家烧香。到儿子这一辈，计划生育，只能生一个，好在第一胎就是男孩。孙子出世时，丈母娘已经过世了，烧香的人换成了老伴儿。

他想要孙子留在附近找个工作，可是孩子大了，心野，只想跑的远一些，摆脱老人的束缚。

孙子在无锡的工厂里交了一个女朋友，他看过孙子手机上拍的照片，浓眉大眼的，好看。可她家远得很，在广西。

“那可咋办？将来成家了逢到过年，到底回她家还是来咱家？”三大爷不放心。

“俺俩商量了，一年来咱家，一年去她家。”

“那咋中？他是咱家媳妇，得来咱家祭祖。”

“人家爹娘就不是爹娘啊，人家也是独生女，就一个。”

上一个春节，孙子走的时候还因为这个有些不高兴。

孙子倒不跟爷爷记仇，还是隔三岔五打电话回来。他在电话里问过，和那女孩子的事咋样了，你姑姑还有表婶都操心给你介绍对象哩。听说这姑娘也在外头工作，要是你愿意，就约人家过年回来见见面呗。要是看着中，就跟那个广西女孩分开吧。孙子不同意，说他一打电话就唠叨，烦不烦，还说他老封建。

最近他没力气再唠叨了，心思倒是通了，想跟孙子说，要是真喜欢，就那个女孩子吧，不过，婚事得来咱家办，不能倒插门。自己这一辈子，因为倒插门更名改姓，受了多少气。

今年冬天格外冷，村里的老人走了好几个。

他到底等来了孙子。他去世那天晚上，儿子打电话到无锡，孙子带着广西女孩一起来了。孩子们哭得伤心，披麻戴孝地送他到河对岸。

前　妻

他爱喝酒，学喝的时候还年轻，刚上班，他们厂效益好，收入高，见月领了钱干啥？吃点喝点呗。在好多老开封眼里，这不算啥毛病，自古以来就这样，咱这城挨着黄河，没有屏障，战火挡不住，水祸抗不过。历史上多少回，战火一烧，大堤一决口，啥都没了，你攒钱把房子修得再漂亮也白搭，有钱人没钱人一抹平。老祖宗把咱生在这儿就让咱这么过的，能吃点就吃点，能喝点就喝点，装到肚子里最划算。

他年轻时还好些，谁知道酒瘾也是惯出来的，越惯脾气越长，越喝越想喝，慢慢就刹不住车了，一天三顿都离不开。月月一发下工资，先得到代销点去搬几箱酒。喝酒必得吃肉。俗话说，吃肉不喝酒，只在肚里粮；喝酒不吃肉，白从肚里流。咱不能让肉粮了，也不能让酒白溜走。

他的工资都贡献给酒肉店啦。媳妇咋会没有怨言，说孩子要花钱呢，你不能成天泡在酒缸里。最初他答应过要戒，可酒瘾哪是说断就能断的。有人说，他是酒精中毒了。脸色看上去不对劲。人也没精神，干活不上心，一天到晚净想着喝酒啦。媳妇心疼他，能不唠叨吗？唠叨多了他就烦，急了还打人。

他真不是不待见自己媳妇。她长得好，脾气又绵，眼气他的男人多了。可只要喝醉了，他就忘了马王爷三只眼啦，忘了当年是咋着承诺要对她好的，不要命地打她，还打孩子。数不清多少回，酒醒之后，他跪在地上求她原谅，可下一次醉了，他还是那副德行。狗改不了吃屎，他这人没指望啦。

媳妇狠下心要和他离婚，一个人带着闺女，不要他一分钱。好在当年厂里福利好，有房子，她跟闺女赤手空拳地，总算还有个窝巢。

那时候,一个离了婚的女人几乎是没有出路的。若非绝望,她不会走这条路。

离了婚还不够,他喝醉了还来缠她。她想逃,可是她能逃到哪里去?她的户口在这儿,工作在这儿。那年月,人就像庄稼,牢牢种植在脚底的土地上,没有迁徙的自由。离开这儿,离开单位,她就成了盲流,没户口没工作没收入,她跟孩子靠啥生活?所以,她只有忍受。

他被酒精烧坏了脑子,他管不住自己。他恨她不要他了,一喝醉就在外面败坏她的名声,讲她闺房里的私事,在酒桌上对着一屋子男人描述她身体上的特征,别人越起哄他越讲得来劲。

厂里所有人都知道了。男人们用那种眼光看她,她像赤裸裸一般,没有穿衣服。

厂里的女人把她当成荡妇,看见她就赶紧拽牢自家男人,活像一不小心就会给她勾走。她沉默寡言,不跟那些把她当作肥肉、谁都能咬一口的男人说话,也不跟小心提防她、把她当成敌人的女人说话。

死是容易的。她想过死。无数次,她准备好了结实的绳子,都踩到凳子上了。她买了市面上最毒的农药1059,攒了整瓶的安定片。可是,闺女怎么办?孩子那么聪明,那么懂事,那么贴心,鲜艳的小脸儿像花儿一样。老天爷不厚待孩子,给孩子那样一个不长进的爹已经够苦的了,不能让孩子连娘也指靠不上。

她到相国寺拜佛,从佛祖悲悯的目光里,她看见自己身上背着的罪孽,分明是上一世欠了他的,要这一世来还。

她苦行僧一般,常年穿着工厂里发的工作服,终日拼命地做活,仿佛卑微的贱民,比任何人都不如。她不挑不拣,不管工头派给她的活儿再脏再累,她不诉苦不求告。她认定都是命里该的,是为自己前世赎罪。

亏得有观世音菩萨安慰她。要不,她真不知道该怎么撑着把闺女养大。

到九十年代后期，工厂里的活儿越来越少，再后来就破产改制了，人家都找公家去上访，她不去。她反正是不合群的，给她点什么活她就干什么活，没有活，她就自己去找，有手有脚的，她不信养活不了自己。现在和早些年不一样，需要人干活的地方多了，只要你能吃苦，肯下力。找不着长期的活，她就干临时的，反正不闲着。

再不济，她在家里一针一线绣花。老城是八朝古都，旅游业很繁荣，来旅游的人总喜欢捎些纪念品回去，汴绣是很好的选择，景区门口汴绣店一家挨着一家。她又不懒，手脚麻利细发，得闲时候，做刺绣补贴收入，给闺女交学费。就这样，她一个人带着孩子的日子倒比那些高不成低不就闲在家里的老同事们强些。

老城人爱吃，街上早市夜市有那么多摆摊卖吃食的，他们总需要人手。她看准一家早上卖豆沫煎包胡辣汤的，人实诚，生意好，两口子忙不过来。她跟人家说愿意去帮忙，工钱最初是一个月二百，后来随着物价涨，三百、五百，现在已经涨到一千了。她人勤快，干活不惜力，不跟客人斗嘴，不多话，谁的事都不掺和。别的摊主开玩笑说要把她挖走，她笑，老板也笑，不搭腔。老板两口子喜欢她不搅和是非，怕别的摊主挖走她，每次都是随行就市，主动给她加工资。她年纪大了，瞌睡少，见天从早起五点多准备出摊到九点多钟收拾完毕。早市收了，她顺手捎上一把青菜，权当是早起晨练，回家接着绣自己的东西，啥都不耽误。

大家还在老厂区的家属院儿住着，低头不见抬头见的，原先一个厂上班的女人们大都闲下来了，成天聚在院子里打麻将，她没闲工夫，进进出出不吭不哈走自己的路。前些年，院子里的女人们一看见她还爱交头接耳，她知道，不过是说她和那个酒鬼男人的闲话，可她不在乎。闺女争气，成绩好，考上了重点大学，是这院子里头一个。她跟着闺女扬眉吐气。这些年厂子没了，各人过各人的，谁那么无聊成天操心旁人？

那个醉鬼前两年还来闹过她，找她要钱买酒喝。她不理。闺女说得对，不能由着他剥削。她现在不像从前那么怕事，用棉花塞住耳朵，随便他在门口咋呼，自己该干啥干啥。她手艺好，绣出来的东西汴绣厂敞开了收，一幅绣品给两千。这种活要说累不算累说轻也不轻，全靠一双手，一针一线耗工夫，赶不得，年轻人坐不住，非得她这样的年纪，手脚麻利，又能耐得下性子。她一个月多则绣一幅半，少则一幅，加上她早市跟人家打工，两年前市里统一给他们厂到龄的老职工办了退休手续，一个月退休金也有一千多。她吃饭简单，能花销几个钱？早几年一心供闺女念书，孩子大学毕业想考研，又怕她还得多辛苦几年。她说考吧，妈供得起，我年轻时候要是有今天这条件，也能多念点书，早抬抬腿走得远远的，何苦守着这个破厂子，受你爸的气，你是赶上好时候了。

闺女读了硕士又读博士，毕业后进了大城市的大企业上班，一个月收入抵得过她辛苦巴巴起早贪黑干一年。闺女想让她跟着自己一起住，她不去，怕大地方开销大，增加闺女的负担。

闺女心疼她苦了一辈子，跟她说了好多回，叫她别打工，也别再赶着绣东西啦，净心享清福。她自己闲不住，还说就喜欢活到老干到老，一天到晚光吃饭不干活混日子等死，活着还有啥意思？

酒鬼男人现在闹不了她了，半身不遂，成天靠在轮椅上，他兄弟用他的退休金缴费，把他送进了养老院。她去看过他，还给他买了把儿香蕉，她记得他好吃这个，剥了皮递给他。

他靠在轮椅上，嘴里呜里哇啦，说不清楚，满脸的泪，是接茬想喝口酒，还是对不住她母女俩表示忏悔？

她跟他说闺女有出息，闺女去美国出差时带来的深海鱼油，能软化血管，对老年人好，捎给他吃。这是瞎话，闺女恨他，哪会捎给他？是带给她的。她说家常便饭最养人，自己舍不得吃，交代养老院的服务员见天拿给他吃。

她想，他这一辈子，跟自己比，还是不值啊。有啥意思呢？除了喝酒除了吃肉，就是祸害别人。不过他老了，再怨他又能咋地，倒不如就此放下吧。咋着都是一辈子。

她想，以后的绣品，不用赶得那么急了，能绣多少绣多少，反正闺女自己能养活自己，咱也得养好身体，省得将来累出病来拖累孩子。闺女劝她多少回啦，人来到世上，有吃苦受累的时候，也得有享福的时候，自己受累大半辈子，该享享福啦。

闺女有个中学同学在旅行社当导游，专带老年团，孩子托人家给她安排了一个星期的旅行，去看大海。孩子小时候她就念叨过，真想看看电视里的大海呢。这一回，闺女说趁着她能跑得动，让她多出去走走。她本来心疼钱，不想去，可是闺女已经从上海把钱打到旅行社账户里啦，她要是坚持不去，闺女该使性子噘嘴哩。

最近，市里要进行棚户区改造。其实前几年就有人说国家有政策，这一片列入了棚户区要改造，可是吵吵了好几年，干打雷不下雨，据说好多开发公司都来看过了，嫌院儿里乱搭乱建的房子多，这一带临近航道，楼房限高，人家算算账不赚钱，都打了退堂鼓。不过最近，眼看要动真格的啦，政府的公告里说，一平方旧房子换一平方新房子，每户还有几平方米的面积补贴。新房子有面积大的，也有小的，随个人自愿，换大的得自己补钱。好几个多年没上门的老同事登门拜访，说是串联起来要好好讹讹开发商，一平方旧房子要换两平方新房子。她只是听，不插嘴，也不参与。她不信开发商能答应他们要求的条件。开发商也会算账，人家是要盖房子赚钱的，又没说要做慈善。若答应了他们开的条件，那些开发商岂不是赔本赚吆喝？

家属院儿里这段时间乱糟糟的，沸反盈天，都说是拆了现在的多层房，将来住进带电梯的小高层，好是好，可是钱也花得多了，物业费高，开支大，好多人都顾虑重重。

最初，她也不想搬，主要是怕麻烦。自己住着好好的，虽说房子旧了些，环境差了些，可自己都这把年纪了，有个窝儿就成，要啥新房子？还得重新装修换家具，净折腾。可是组织改造的人说，当年这院儿里只图着少花钱多盖房子，建设标准低，排水不畅，抗震能力差，要统一改造，建成高层住宅，有电梯，还有专门的物业公司管理。她想人家说的有理，就像自己闺女的话，生存不是苟活，得活得有质量，活出精气神来，将来住上高楼，搬进漂亮的小区，总比现在这大杂院强吧，一下雨，污水排不出去，院门口成了臭水沟子，有啥好？

以前只求有个地儿容身，哪有能力讲究舒服，她住的房子面积很小。规划新建的房子标准高，看设计图，中意的户型比她现在的房子大了不少，刨除政府补贴的面积，还得缴十几平方的差额。不过她不怯。这些年她一直没闲着，也没惹上啥灾呀病的，挣的钱都攒着。闺女从上班到现在，按月给她寄钱，她一分没花也都存着。调换个大点儿的房子也好，眼下她唯一的心事是闺女都三十啦还不说结婚，将来万一闺女带了男朋友回来，看看她娘的住处，能宽敞些体面些，不至于小瞧了咱孩子。

旅行社通知了，下周一就要出发，她不想带着心事去旅游，第一个在搬迁协议上签了字。

出发前，她又去养老院看那个酒鬼。半辈子的冤家，她不待见他，可他到底是闺女的爹。临出来的时候，她想，前边大半辈子都给这个男人耽误了，后边这半辈子，她得为自己活。

这么一想，心里畅亮了，脚底下也轻快了，以后的日子，总是一天比一天更好吧。

从祭灶到破五

引子：显德六年二月，五季英主周世宗柴荣亲征契丹。五月，夺回燕云十六州之莫、瀛、易三州，中途因病返汴。六月，赵匡胤升任殿前都点检。未几，世宗病逝。七月，冲龄皇子柴宗训即位。冬月，大周朝野弥漫着主少国疑的空气。中原人最重春节，一入腊月，街上就该忙了，做买做卖，买东买西，熙来攘往。可是今年，有些异样。从祭灶到破五，对大多人来说，只是过个年。对柴赵二姓，则是换了人间。

腊月二十三

一大早，开封城大街上清冷的空气里，稀稀拉拉来往着办年货的人们。

赵普一脸悠闲，慢笃笃地在大街上闲逛。早年间，他的腿受过伤，想走快也快不了。没准儿，他能沉住气的性子就是这么磨出来的。

衣着破旧的殿中侍御史郑起，骑着头老骡子，在街上晃晃荡荡，郑起嫌它走得慢，抡起鞭子想抽，又叹口气放下了。这么老的骡子，能快得了吗？赵普远远望见了，跟他打招呼："郑大人早啊。"

郑起仰着脸，斜瞥他一眼，爱答不理，从鼻子里"哼"了一声。

郑起恃才傲物，这在京城里是出了名的，赵普自然不和他计较，摇摇头笑了笑，慢笃笃走自己的。

小贩张三正在路边摆放货物，招徕生意："客官，要过年了，买些果子待客吧。"

赵普很和气，问："今年生意可好？"

小贩张三："跟往年没法比，唉！"

几辆车拉着些箱子吱吱呀呀从他身边经过，骑着马押车的几位小吏穿着蜀国的衣服，看上去疲惫不堪。赵普瞄了眼车上的箱子。

年轻小吏带着四川口音，问那位年长的："哎，乔大哥，前几年也是您来中原进的供奉，往年也像今年这么冷清？"

乔大哥说："前几年热闹得多。中原一马平川，地肥民富，历来是豪杰必争之地。唐末以来，连年征战，各方势力你争我夺，待到周世宗柴荣登基，才算安定下来。听说这位周世宗睿达英武，算得上一代明君，可惜命薄福浅，半年前一命归西。继位的是他儿子，才七岁，恐怕晚上睡觉还要尿床哩。监国的太后也年轻，一个大门不出二门不迈的妇道人家，能知道什么治国理政？咱们驻汴的进奉使带来消息，说大周朝野人心惶惶，怕是连过年的精神也打不起来喽。"

坐在车上的长吏撩开帘子，骂道："磨了一路嘴皮子还没过瘾！待会儿就要见官了，别不知咸淡地胡吣，惹了祸没人替你们担待。"

年轻小吏缩缩脖子，冲乔大哥笑了笑，不再说话。

一行人来到蜀国进奉使驻地。

进奉使看看寒酸的几辆车子，瞪大眼睛，问："怎么？今年就这点东西？"

押车长吏说："咱不过是押车的，听命行事，这是清单，您找人点验签押吧。"

年轻小吏没敢说话，好奇地东张西望着。

押车长吏说："别净贼眉鼠眼的，想看看中原的京城，待会儿交清了供奉，留两日让你们俩在汴京城逛逛，看看比不比得上咱蜀国的满城锦绣。只是带着眼睛耳朵就行了，嘴巴得缝上。"

年轻小吏龇着牙腼腆地笑了笑。

茶馆门口。赵普与一个衣着华丽的年轻公子一阵窃窃私语，然后仿佛不认识一般，一前一后走进茶馆。

茶馆内已经坐着不少人，有人在谈买卖，有人在下棋，也有人在山南地北吹牛皮。蜀国两位小吏在一张不起眼的桌子上看热闹。

衣着朴素的赵普悄悄找了张角落里的桌子坐下。

衣着华丽的年轻公子进去之后，大咧咧坐在一张人多的桌子旁。

"呦，李公子，您来啦。"茶客们纷纷和他打招呼。也有不熟悉的悄声打听，有人告诉他，这小子在京里赫赫有名，是赵点检家极得信赖的幕客李处耘。

店小二也跑过来招呼："敢问公子，今儿个来点什么茶？店里有新到的六安瓜片，有上好的信阳毛尖，还有苏州的碧螺春。"

李公子挥挥袖子，说："你那好茶自个儿留着吧，咱家今儿个自备。"说着从袖子里掏出一个漆黑瓦亮的抹釉茶叶罐，掀开盖子，说："这是正宗杭州狮峰的明前龙井，皇家贡品，每一片都是清明前找那些个十五六岁没开苞的小女孩一根根采得的嫩芽，炒好了封起来藏在地窖里，不能冷着不能热着，大家伙儿看看，一斤茶得有三万六千个以上芽头才算上品。这种茶一年也采不了二十斤，都得送到宫里孝敬太后和皇上。听说连太后也喝得仔细，一天只泡一杯。咱家老爷战功赫赫，太后亲自把贡茶分了一半赐给我家老爷。来呀，小二，把茶沏上一壶，给各位爷们都尝尝稀罕儿。"

店小二笑嘻嘻地："好嘞，照公子的吩咐。"

桌子旁的人听了，都啧啧称奇。一个说："你们家老爷那才叫柱国之臣。先帝爷在时最倚重的就是点检大人。"他的声音分明低下来，"照我说，先帝殡天前特地把点检放到这个位置上，分明就是要托国呀。"

"那还用说，明眼人都看得清楚。"

"我也听说啦，前一阵子城北的庙里，有人看见过点检做天子的天书啊。莫非，老天有意……"

"那，赵点检岂不是要……"

不待他说完，李公子说："这种话可不能让别人给听去了，政事堂里的老爷们听见了，怕是要……”他用长长的小指甲在脖子上画了个圈，比画出杀头的动作。

身边众人心领神会，纷纷诡秘地递眼色，住了口。

蜀国的两个小吏对视一眼，举杯喝茶。

店小二端着一壶新沏的龙井走过来，为桌上每人斟了一杯。

李公子说：“来来来，各位请。”

围坐在桌旁的人们端起杯子放在鼻子下，纷纷做陶醉状，夸赞道：“嚯，果然清新宜人，不一般，不一般。”

李公子得意地笑了，与赵普交换了一个眼色。

赵普低下头，喝了口茶，将茶钱留在桌子上，满意地离开了茶馆。

背后传来李公子的声音：“我听说，赵点检出生之时，就红霞满天，香气满室……”

有人搭腔：“那可是天子降生的祥瑞……”

北汉皇宫正殿，一副凋敝破败之相。

北汉主刘钧正与大臣们朝议。

刘钧：“我与周有不共戴天之仇，郭雀儿这个窃国狗贼，柴荣更是来路不明。实乃上苍助我，让他早早归西。如今，一个乳臭小儿坐在朝堂上，还不是个摆设。哼，我得把刘家失掉的江山夺回来。快，上表给契丹国贺新岁。”

宰相郭无为问：“贺新岁须得准备些礼物，可国力疲乏，朝臣们已经多时没领到俸禄了……”

刘钧一脸怒色：“量我大汉之物力，献于大辽，我要借他之力，光复中原，扬我大汉国威。”

宰相郭无为问：“这称谓……”

刘钧沉默片刻，切齿道：“能怎样？姑且……照例称‘父皇帝’吧……”他脸上阴晴变幻，冷冷地：“总有一天，寡人会把今天失去的都讨回来。”

郭无为正欲拟表，刘钧又说：“加一条，儿皇帝钧伏惟启父皇，欲乘中原伪主乳臭未干，朝臣离心之际，挥师南下，一举歼之，跪乞父皇援手。”

南汉富丽奢华的宫殿里，御座前设着酒宴，侍立在旁的宰相战战兢兢地向刘鋹进奏道：“陛下，春节在望，往年我们要供奉些珍奇异物到中原。今年，您看备些什么好？”

“中原？”刘鋹一阵冷笑，“那柴荣不是已经死了么？还要什么供奉？寡人哪天高兴，进驻中原，把小皇帝一刀砍作两截，岂不痛快。听说柴荣小子死前立的那个皇后还不错，我倒可以把她收来看看比不比得上咱家媚猪。是不是，小美人儿？”

坐他身旁的媚猪推了他一把，撒娇道：“陛下，臣妾想……”

刘鋹：“好好好，退朝退朝。”

朝臣们面面相觑，看到刘鋹和妃子宫女们已经转身走了。

潞州昭仪节度使官邸。

朝廷派去的监军：“李将军，依例，新春前夕当上表致贺的，况且幼主继位要改元，潞州路远，还是早些准备为好。”

李筠：“哼！柴荣死了！死得好！当初我本以为他能视我为兄弟，没想到他根本就是在利用我。我替他守着北边大门，他却猜忌我，申饬我不该私自招兵买马。啊呸！没有兵马，我拿什么打仗？”

监军大惊失色，说：“李将军，这样犯上的话可是要遭灭门的。”

李筠：“灭门？老子今天先灭了你！”

屏风后，其母李太夫人轻呼：“筠儿，筠儿。”

李筠素来顺从母亲，只好改口说：“太夫人吃斋念佛，有好生之德，今天算你走运，看在太夫人份上，姑且饶你一条狗命。来啊，把他给押起来。”

身边侍卫拥上去把监军拖了下去。

监军挣扎着大声呼叫：“我是朝廷派来的监军，你怎敢如此待我？你怎敢如此待我？”

李筠鼻子里哼了一声，说：“既然他提出来了，样子还是要做做的。书记官,拟份贺表,查查库房里有什么派不上用场的东西,拾掇些随贺表送进京去。”

政事堂。

宰相范质、王溥等人坐在前堂处理各地呈上来的奏章。

范质:“眼看要春节了。这是户部呈上来的账册,今年各方镇的供奉比往年要少得多。”

王溥:“可不是?一个个尽是诉苦,都说自己日子不好过,我看他们分明是欺上。先帝在日,他们哪个敢这样?”

范质:“各路官员向皇上朝贺新年的奏折有不少至今未到,他们眼里还有没有太后,有没有皇上?可恶!可恶!”

王溥叹了口气,跟着摇了摇头。

“再等两日看看,天冷路冻,许是各地的供奉已经在路上了,尚未到京吧。”

腊月二十四

万岁殿内。文武大臣分两列侍立。文左武右。范质和赵匡胤分列文武队首。

范质奏:“蜀国、南唐、吴越的进奉使已经在殿外等候,各地的节度使们也派人觐见皇上,恭贺新年,请皇上恩准。”

小皇上一摇一晃地坐在龙椅上,背后塞了个黄色的大圆枕,脚下垫着黄绸裹着的脚踏,冠冕上的璎珞一荡一荡晃得他眼晕,一副想打瞌睡的样子。符太后在帘子后面,担心地看着他。

正打瞌睡的小皇帝根本没听明白下面在说什么,符太后只好替他答道:“准奏,命他们觐见吧。”

传令内侍大声道:“宣蜀国、南唐、吴越进奉使觐见,宣各路节度使觐见。”

蜀国、南唐、吴越的进奉使鱼贯而入,纷纷在大殿上哭穷。西蜀和北汉的使臣尤为可恶，说他们路途遥远、国力困乏，以后不能再向朝廷进贡了。

宰相范质怒不可遏，斥责道："先帝尸骨未寒，尔等就欺我大周少主，是何居心？"

宰相王溥道："皇帝虽然年幼，但大周有忠心耿耿的文臣武将，有英勇善战的三十万勇士！"

正打瞌睡的小皇上被大人们的疾声厉色给吓坏了，嘴一咧，差点哭出来。

垂帘听政的符太后急匆匆宣布退朝。

符太后拉着哭哭啼啼的七岁小皇帝回到寝宫永福殿，忍不住也落下泪来。

范质、王溥赶来向太后请罪。

范质："都是臣等无能，才使这些蕞尔小国放胆，臣等一定对他们严加申饬。"

王溥："万请太后和圣上保重御体，不必与那些小人计较。"

符太后看着宫中柴荣的画像，长长叹了口气，说："两位爱卿忠君爱民，先皇遗命两爱卿为顾命重臣。万岁年幼，哀家又深居宫中，有心无力。辅佐幼帝，处置政事，还请两位爱卿多多费心。"

范质和王溥施礼："谨遵太后教诲。"

范质自朝廷返宅途中，看到大街上有几个小孩在游戏，大声唱着儿歌：

"点检做天子呀，

百姓无饥荒啊。

点检做天子呀，

四海得太平啊。"

范质轰然变色，急忙命轿夫落脚，拉住一个儿童问道："这儿歌是谁教的？"

儿童答道："前几日有个骑着毛驴的癫道士唱的。"

“他现在哪里?”

“是个游方道士,早不知哪里去了。”

身边侍从喝令道:“不许唱了,再唱要杀头的。”

几个小儿一听,哇地吓哭了。

范质说:“别吓坏了娃娃。”冲他们挥挥衣袖,欲走却又转过身来,自袖子里摸出几文钱,拉住一个小孩,说:“去,和他们几个一起买果子吃,以后不许再唱了。”

范质一副忧心忡忡的样子,也不上轿,步履沉重地往回走。

“相爷……”一个侍从想提醒他上轿。

另一个侍卫悄悄阻止了他,让轿夫慢慢跟在范质身后。

腊月二十五

政事堂内。小吏急匆匆送来个黑漆木盒,盒子正面雕着一条威风凛凛的狮子,背面是只上古异兽,木盒开口处用火漆封着,火漆上盖有印章。

小吏朗声道:“禀两位丞相,殿中侍御史郑起、右拾遗杨徽之联名急奏。”

范质和王溥不由神色凛然,范质接过木盒,取一柄切纸刀割开封印,取出里面的奏折,打开一开,不由皱起了眉头。他看了王溥一眼,将奏章递给他:“王相,您看该如何处理?”

王溥匆匆一翻,面有怒色,说:“这个郑起,已经参劾赵点检多次,皆系口说无凭,尽属捕风捉影。莫非他与赵点检有什么过节?这次居然还拉上了杨徽之。范相,我看,这份奏章还和以往一样,不必理他。”

范质:“他这次参劾与以往不同,所举之人、事俱在,不可轻心。近日,我也听说市井间点检做天子的浮言四起,虽说赵点检为人忠厚仁义,可先帝命你我为顾命大臣,大意不得啊。要不,找郑起来问问?”

王溥："悉听首相吩咐。"

范质："来啊，宣殿中侍御史郑起。"

范质："郑起，你说殿前都点检赵匡胤结党营私，上下联络，拉拢朝中文臣武将，近日更是活动频繁，形迹可疑。这些可有真凭实据？"

郑起："此事朝野之间，谁人不知，哪个不晓？"

范质："风闻言事，未免过于草率吧。"

郑起："如今点检做天子之说风声四起，京城人心惶惶。禁军乃皇上与社稷安危之所系，赵匡胤有谋逆之嫌，不宜再掌禁军……"

王溥："赵点检追随先帝多年，披肝沥胆，出生入死，战功赫赫，实为辅佐大周江山永固之栋梁，岂容你肆意毁谤？"

郑起："没错，他不光战功赫赫，而且外表谦和，居功不傲，暗里结交文武官员，以义社十兄弟为核心结党，其幕僚赵普、李处耘为他出谋划策、制造舆论。其母也不简单，以南阳郡太夫人身份游走于朝臣内宅，又令次子赵匡义娶了节度使符彦卿幼女，和当朝符太后攀上亲戚。种种非常之举，足以证明其怀有不臣之心。如今，禁军将领多系赵匡胤的兄弟故吏，大周的国柄已有半数握在赵匡胤手中，岌岌可危啊。"

王溥："妄议国政，危言耸听。"

郑起："尔等糊涂啊，我要见太后，向太后面奏。"

范质："太后也是你见的！如此狂妄，我看你这个殿中侍御史也不必做了。"

王溥："不如，派他到陈桥驿守驿站吧。"

永福殿内。

范质和王溥躬身向符太后禀报："御史郑起等人上书，认为殿前都点检赵匡胤战功显赫，权重位荣，将士归心，恐其心怀异志，不宜再用其掌管禁军。"

符太后说："先皇微时即与赵点检交厚。他追随先皇拓疆守土，平定天下，立下不世之功，威望日隆也是必然。卿等以为赵点检有异心？"

范质："皇上年幼，太后深居内宫，政事有臣下与王相共理，军务多决于点检。臣以为赵点检受先皇知遇厚恩，今虽处权要而能谦谨，应能效忠于太后和圣上。只是，他权势过重，臣也不免担心。"

王溥："以臣所见，目下各藩镇节度使欺我主年幼，坐拥自大，怠慢朝令，契丹、北汉、西蜀、南唐各国虎视眈眈，伺机出动，不容小觑。值此用人之际……臣以为，赵点检感佩先皇，为人忠厚，该不会贰心于周室。"

符太后："两爱卿忠君爱民，赵点检英武忠厚，实为大周之福。先皇遗命两爱卿为顾命重臣，与赵点检共辅幼帝。国家大事，卿等还需时时在意才好。"

范质和王溥施礼："太后圣明，臣领旨。"

韩通家。

其子韩微自幼因病致驼，人称"橐驼儿"，智谋过人。

韩橐驼儿说："如今浮言四起，父亲可有耳闻？"

韩通："你都听到些什么怪论？"

韩橐驼儿："皇上刚过七龄，太后年纪尚轻。两位顾命宰相不过是文弱老朽。先皇主持的北伐大业无以为续，大周何去何从，朝野惶惶啊。都城谣言甚盛，坊间'天下无主''点检做天子'的说法复卷重来。再说，赵匡胤威权过盛，素来会笼络人，先皇晏驾后，他与朝中文武官员暗通款曲，私下结党，怕早已怀有不臣之心。"

韩通："主少国疑，历来如此。可这大周朝不是他赵匡胤的天下，只要有我韩瞪眼在，他赵匡胤甭想如何。哼，黄口小儿，何德何能？当年我跟张永德齐头并肩时，他尚是张永德的马前卒。凭着运气好，打了几场胜仗，居然也当上了殿前都点检、检校太尉，跟我平起平坐了。哼！"

韩橐驼儿："父亲何不向太后和皇上进言，削夺赵匡胤权力，灭掉他的嚣张气焰。父亲若准允，孩儿这就去草拟。"

韩通："有何不可！我儿快快写来，明天我就去面呈宰相。"

韩橐驼儿挑挑眉，歪着嘴得意地一笑，扭头叫道："红袖，研磨！"

腊月二十六

政事堂内。

王溥看到韩通弹劾赵匡胤的奏折，没放在心上，说："韩通与赵点检一向不睦，找借口泄愤也有可能。"

范质说："以韩瞪眼的脾气，谁能跟他和睦？"

王溥说："以范相之见，这份折子该如何处置。"

范质说："且放一放吧。"

永福殿内。

符太后面色焦虑地在宫里走来走去，突然驻足，下令道："快，派人去赵府请巧娘即刻进宫。"

御前小太监黄承恩在帘子后侧耳倾听。之后偷偷去见内殿直侯赵匡义，与其在屋后窃窃私语。赵匡义神色紧张，从袖子里摸出一块银子塞给黄承恩。

符太后端坐在宫内花园小亭子里，视线不时望向园子入口。赵匡义夫人巧娘在宫女的引领下匆匆赶来。

巧娘行礼道："给太后请安。"

符太后示意身边人都退下，拉着她的手说："妹妹不必拘礼。"

巧娘问："姐姐急着召妹妹进宫，为的何事？"

符太后忧心忡忡地说："有臣子上书说，赵点检掌管禁军，位高权重，担心他势力积蓄过盛，一旦胸怀异图……"

巧娘急得满面通红，辩解道："姐姐多虑了，赵家合府上下，无不盼着大周福祚万年。"

符太后落泪道："我哪里愿意相信这些闲话？先皇待咱符家，宠遇之恩山高海深。姐姐早逝，先皇召我入宫照顾训儿，又册我为后。可是他正值英年，撒手而去，留下我领着训儿战战兢兢。如今训儿才登基半年，各地藩镇虎视眈眈，不把朝廷放在眼里，周边小国又寻机滋事，没个安生的时候。这当口接到这样的奏章，姐姐我是又惊又怕啊。"

巧娘说："那班子谏官倒也干点正经事去，这样骨肉相连的亲戚，还能有什么异心？我见天在家里，从未见到什么异常，点检为人最是谦和稳重，一再叮嘱你妹婿身为皇亲更应为朝廷分忧，做人万勿张扬。最近，我婆婆见天操心着给妹妹云儿找婆家，还张罗着要改建旧宅呢。"

符太后长吁一口气，说："如此就好。来，宫里有蜀国新进的锦缎，你带两匹回去，给家里孩子们做衣服吧。"

黄昏，赵匡胤府杜夫人房间内。

巧娘向婆婆杜夫人禀报："适才太后急着召儿媳进宫说话，说起有几位朝臣受流言迷惑，上书请朝廷削夺点检兵权。为媳已奏请太后万不可轻信旁人妖言挑拨。"

杜夫人眼神一惊，面上却不动声色，和颜道："太后久居深宫，难免寂寞，你这做妹妹的，该多到宫里看她，陪她说说话解解闷。"

巧娘："太后还赐了两匹蜀缎，吩咐给孩子们做衣服。"

杜夫人温言道："赵家多年受朝廷恩宠，更思报效太后和皇上。你今天也累了，早些歇息去吧。等匡义当值回来，叫他来见我。"

巧娘："是。"

看着儿媳的背影，杜夫人脸色渐渐凝重，她吩咐贴身丫鬟："让李四儿快快去请赵书记，你马上叫匡胤来见我。"

深夜，赵府佛堂内，杜夫人与赵匡胤、赵普、赵匡义分析形势。

杜夫人："为今之计，已经不容再拖了。"

赵匡胤为难地说："先帝对我恩重如山，临终前将孤儿寡母托付与我，我若乘机夺位，不只愧对先帝，也必为后世唾骂。这事，匡胤做不得？"

赵普："点检若忠于先帝，当秉其遗志安抚四海，平定胡虏，浑一中华，拯救天下黎民苍生，此乃大忠，千秋万代之后史家自有公议。至于先帝遗孤，只要善待周室，确保柴氏家族永享荣华富贵，对先帝何愧之有？"

赵匡胤沉默无语。

杜夫人劝儿子："柴家江山明摆着是保不住了，即使你不取之，四方节镇哪个是省心的？一旦引起纷争，遭殃的还不是老百姓？赵家代周，绝不是为我一门一姓之富贵，是要为天下众生谋太平，让百姓安居乐业，不再受战乱之苦。你若迟疑不决，他人捷足先登，社稷神器被奸佞小人窃取，致使天下苍生再陷水深火热，不只辜负了世宗遗愿，恐怕连柴氏家族也难保全。我儿岂可因爱惜名声而铸成千古大错？"

赵匡胤沉默片刻，道："此事干系重大，务须缜密策划。书记以为何时为宜？"

赵普："春节喜庆，绝妙良机。"

赵匡胤："此事不宜在京城。韩通尚掌有侍卫马步军，若禁军互相厮杀，必然殃及黎民。"

赵匡义："那该如何？"

赵匡胤："我等可以效仿前朝故事。"

赵普："卑职明白，将军十年前曾为周太祖黄旗加身。咱们也可设局，以北边来犯为名，掌握军权。"

赵匡胤微微点头。

赵普："那就定在正月十五起事。"

赵匡胤："只是北边何时来犯，不是你我能决定的。"

赵普："此事不劳将军挂心，悉由卑职办理，将军只管调兵遣将就是。"

杜夫人："匡胤，你要向赵家的列祖列宗起誓，要再造盛唐，开万世太平。"

赵匡胤跪在祖宗灵位前："匡胤一旦黄袍加身，决不效五代以来的乱世国君，匆匆来去。匡胤定要扫平天下，收复燕云十六州，统一寰宇，为天下百姓再造一个太平盛世！"

杜夫人热泪盈眶，赵普默默退出。

腊月二十七

京师侍卫马步军副指挥使韩通闯入政事堂，向两位宰相大吼道："赵匡胤拉拢他的下属结拜兄弟，心怀不轨，两位宰相再不下令收拾他，我就要自己动手了。"

范质面露不悦："韩将军不可无理取闹，败损重臣声誉。"

王溥："我看韩将军是不服气赵点检年纪轻轻屡立战功，心存嫉妒吧。"

韩通暴跳如雷，痛斥道："尔等酸腐书生，实在麻木愚钝！庸人误国，有负先帝。我要面见太后，若是太后也不管，我就干脆解甲归田。眼不见，心不烦。"

范质忍不住动怒："韩通！你这是无事生非，挟威自重！"

韩通毫不示弱："你们都替他说话，难不成是赵贼同党？"

王溥一拍桌子，道："你韩瞪眼怎能逮谁咬谁？真正要谋逆的该不会是你吧？"

韩通："你，你，你……"他急得说不出话来，怒冲冲拂袖而去。

禁军官署。

赵匡胤与北面行营都指挥使高怀德密议："务必在正月十五将北疆的镇、定二州契丹入侵的军情急报送进京城，利用北上抗敌的机会得到集结军队之权。"

高怀德："将军放心，末将已派出密使前往北边。"

赵匡胤府邸内。

杜夫人提醒赵普说："满朝都知道，能与契丹打仗的，除了赵匡胤就是符彦卿。如果镇、定二州的急报来了，太后和宰相们推举符彦卿挂帅出征怎么办？"

赵普："太夫人放心，军报一旦进京，必然十万火急，符彦卿远在大名府，远水不解近渴。"

深夜，赵府密室。

赵匡胤与结义十兄弟密谈。

殿前都虞侯石守信、王审琦，安国军节度使李继勋，左领军卫上将军韩重斌，以及杨光义、刘庆义、刘守忠、刘廷让、王政忠等诸位少将军在座。

赵普带来他的莫逆之交，侍卫马军都指挥使韩令坤和殿前副都点检慕容延钊。

赵匡胤说："我是来请诸兄弟和我一起替天行道，为百姓开个万世太平……"

赵普说："点检更是带我们去谋一场泼天富贵！"

赵匡义与王彦升在院里警戒，隐隐听见室内的声音。

李重进京城宅邸内。

后周先皇的表哥，开国老臣，淮南节度使李重进因进贡回京。吩咐下人："在京里置备的年货都打点好了吧，收拾好车辆，明日一早就起程回淮南。"

忽听到门外有争吵声。

门人的声音："将军已经歇息了，说过谁也不见。"

韩通的大嗓门："谁也不见？李将军不会不见我，我跟着将军征战多年，是刀尖上攒下的情义。"

李重进听见他在大门外吆喝，说："这个韩瞪眼，还是老脾气。"

门人进来通报："侍卫马步军副指挥使韩通求见。"

回头看到韩通父子已经跟了进来。

门人委屈地:“将军,小人拦不住他……”

李重进冲他挥挥手:“进来就进来吧。”

门人瞪韩通父子一眼退了出去。

李重进:“说吧,能有多大的事,半夜三更来折腾老子?”

韩通:“将军,天大的事啊,关乎大周社稷。现在整个京师都被他迷惑了,您可不能不管啊。”

李重进:“到底是个啥事?”

韩橐驼儿:“赵匡胤阴谋篡逆,万请将军进宫禀明太后,请旨拿下这个叛贼,趁早砍了,以绝后患。”

李重进大吃一惊:“细细说来。”

韩橐驼儿:“依我观察,赵匡胤绝非池中之物,久蓄夺位之谋,如今先帝驾崩,幼主即位,可谓是天赐良机,他岂肯安分?他妖言惑主,说服宰相和太后将能与之抗衡的张永德将军和您调出京城,正是为自己阴谋夺权做准备。”

“嗯?”李重进面色阴郁,沉吟道:“我知道了。”

韩橐驼儿:“我有一计献给将军。您身为皇伯,赵匡胤是您的旧部下属,何不召他来见,埋伏三百刀斧手,选准时机,一声令下,将其就地斩草除根。”

李重进沉吟道:“赵匡胤身为朝廷重臣,并非无名草芥,岂能滥杀?就算赵匡胤有不臣之心,你我有何证据?”

韩橐驼儿:“那就奏明圣上,请了太后懿旨,以谋反之名除掉他。”

李重进看看韩通父子,并未决定。

腊月二十八

凌晨,李重进京城宅邸内。

他在屋子里踱来踱去,犹豫不决。

下人问:“将军,咱们几时动身?”

李重进说："今天，咱不走了。进宫。"

永福殿内。

符太后坐在案前，抚摸着柴荣的旧龙袍，自言自语："你走了，把孩子和偌大江山丢给我，这岂是俺一个女人家该做的难？这满朝文武，到底哪个值得依靠？"

宫女来报："淮南节度使请求觐见太后。"

符太后："叫他进来吧。"说着她收起了那件龙袍。

李重进环视殿内，一片清寂之气。他面色凝重，叩首道："臣李重进给太后请安。"

符太后："李将军请起。赐座。"

李重进："谢太后。"

他沉默了片刻，说："太后，有件事，臣不知当讲不当讲？"

符太后："但讲无妨。"

李重进："这一向，臣听到一些流言，是关乎赵点检的，如今点检做天子之论甚嚣尘上。有人说他权高位重，私下结交朝臣，邀买人心，手里又掌握着禁军，怀疑他包藏祸心。"

符太后脸色大变，拿不准主意，张皇地看着他，说："您是皇上的伯父，对赵匡胤也知根知底，这赵点检是该杀还是该留，全凭您的主张。"

帘外，御前太监黄承恩的身影一晃而过。

李重进回到宅邸，叫来了当年的部下石守信，询问赵匡胤形迹。石守信说："我与赵点检同在禁军，朝夕相处，他忠厚仁宅，岂会有篡逆野心？再说，他虽是都点检，禁军兵权是由四位将领共同掌握，非他一个人能说了算的。"

但这番话令李重进对他也生了疑，冷笑道："唔，难怪。你们是义社兄弟。"

赵府。

赵匡义报告了从黄承恩处得来的消息。

赵匡胤:“我要去见李重进。”

赵普:“不可,李重进杀心重,见他恐怕凶多吉少。”

赵匡胤:“不见他更凶险。”

赵匡义:“怕什么?咱们手里也不是没有人马。”

赵匡胤:“决不能重启纷争杀戮,我非去见他不可。”

杜夫人说:“去吧!既然上天选定了我儿,就没有人能杀得了你。”

李重进京城宅邸内。

李重进朝石守信大吼大叫:“你知道吗?我是奉旨办逆!你红口白牙替赵匡胤说好听的,分明是已经入了他那一党!”

此时,赵匡胤闯了进来,身无片甲。李重进大惊。

赵匡胤施礼道:“赵某今日本为给将军送行,不想未进门就听到将军发威。赵某来的正是时候。若您疑我赵匡胤反叛,不如即刻把赵某打杀在这厅堂上,岂不利索。”

李重进看着赵匡胤,示意亲兵侍卫列队。

呼啦啦,满脸凶气的刀枪二队列在堂上,一个个对赵匡胤怒目而视。

赵匡胤毫无惧色,走到桌边,为李重进斟满一碗酒,双手高高捧起,敬至李重进面前,又倒了一碗,自己双手捧起,长叹道:“匡胤一向敬服将军,今日,主上年幼,四邻窥伺,朝中文武各怀心思。匡胤自忖何能,竟蒙先帝信任,不敢不日夜以国事为重,奈何位高见妒,难免遭人猜忌。匡胤与将军皆国家肺腑,俱掌重兵,实应内外同心,共保大周安稳。匡胤行止若有不妥之处,老将军尽可当面教诲,何苦同室操戈,如此猜疑?若将军不肯信我,这碗酒就算将军为我送行吧!”说完,一饮而尽。

赵匡胤的坦荡磊落令李重进面色尴尬。他也举碗饮而尽,说:“赵点检多年为周室效力,我等相与戮力,同奖王室,我怎敢猜疑点检?只是,最近坊间关于点检的传闻颇多,太后不安,嘱咐本将与点检交心罢了。”

李重进回视身后手持兵器的亲兵们,厉声喝道:“干什么,还不赶紧退下去?”

又吩咐侍从:“快为赵将军设座。交代厨上准备几个小菜,我与赵将军多日未见,今日要喝个痛快。”说完,拉着赵匡胤在桌子旁坐定,石守信侧身作陪。

赵匡胤:“将军公忠体国,耿耿为民,声威素著,朝野谁不敬服。显德元年高平之战,末将在您麾下听命,将军身先士卒,拼死当敌,以一当十,力挽颓势,令汉军攻势锐减,溃退如倒,周军乘胜进击,大获全胜。大战之余,将军研习军书,悉心治军,善抚将士,能审时度势,通观全局,匡胤向以将军为武人之楷模。”他高举酒杯过顶,说:“来,末将敬您。”

李重进:“当年先帝欲平南唐,唐主李璟为离间君臣,收买朝臣屡谏皇上,称老夫有夺位之心,好在圣上明鉴,信我清白。今日老夫糊涂,怎么就看不出有人嫉妒贤弟,竟给别人当了枪使?来,喝酒,老夫给你赔不是,喝酒。”

一碗碗酒喝下去,两个人越说越热乎。

直到两人都酒酣耳热,面目通红,李重进送赵匡胤走出府门。赵匡胤翻身上马,拱手道:“末将告辞。”策马而去。

深夜,韩通府内。

韩橐驼儿跌脚叹息:“此人一去,犹如龙潜大海、虎归深山,大周朝从此危矣。”

韩通有些不以为然:“哼,翻不了天。”

腊月二十九

政事堂内。

范质:“这韩通到底要干吗?居然搬动了李重进,还设计杀赵点检？简直不像话。这李重进也是，身为皇伯，本该老成持重，怎可如此鲁莽？”

王溥：“韩通一个粗人，除了瞪眼，有何心机。我看，一定是他家橐驼儿的主意。”

范质：“这父子二人为何非除掉赵点检不可？莫非……要反的是他？”

两人惊愕对视。

王溥：“这个韩瞪眼迟早要反！朝中文武谁不知他飞扬跋扈，目中无人，更不把你我放在眼里，听说他私下与人议论你我把持朝政，说皇上幼龄，太后年轻，这朝里当家的不过是你我。”

范质腾地站起来，来回踱步。“不如就调符太后的父亲魏王，天雄军节度使符彦卿进京，任开封府尹，以防生变。”

王溥：“符彦卿出身武将世家，一门忠烈，兄弟九人均镇守一方，威望素著。他是太后至亲，若能来坐镇，自然是最好不过。只是大名府作为北边门户，他镇守多年，一旦调离，谁堪当此重任？”

中书门下平章事魏仁浦赶来，听到他俩议论，插言道：“余以为不可。外戚进京，恐非福事。符彦卿三朝封王，久历节镇，又是当今太后父亲，若再任开封府尹，一旦肘腋生变，定是一呼百应。”

范质叹道：“本朝武人只有赵匡胤和符彦卿最可放心，若赵、符二人都不可信，这大周……唉！”

夜，赵府。

符彦卿可能进京的消息被告知赵匡胤。

赵匡胤、杜夫人、赵普皆惊。

赵普：“符彦卿一旦入京，领军北上抵抗契丹的统帅就一定是他，点检就没机会集结军队，我们的所有计划都将落空。”

杜夫人说：“不能拖了，计划得提前。”

赵匡胤还在犹豫，说：“先皇待我……”

杜夫人开解道：“先皇固然雄才伟略，一代英主，可天不佑周，今上年幼，难以慑服天下，四方藩镇，虎视眈眈。我儿岂愿再陷苍生于水火？天欲降大任于我儿，我儿岂可再有顾虑。”

赵普：“天下者，天下人之天下。点检此举乃为天下计，非谋一姓之私。他日功成，善待太后幼主，便是不负周室。”

赵匡胤终于下了决心：“那就定在五日后起事，也就是正月初四，一定得赶在符彦卿进京之前。”

赵匡义频频点头，说：“既然日程提前，诸多细节恐怕还要仔细谋划，不敢有一丝差池。”

四人身影越靠越近，声音也越来越小。

一会儿，赵匡义走出密室，领进一个黑衣人。

赵普和赵匡义与黑衣人窃窃耳语。黑衣人自赵普手中接过一粒蜡丸，悄无声息地走出去，骑马飞驰而去。

密室内。赵匡胤、慕容延钊、石守信、李继勋、王审琦、韩重赟、王彦升、李处耘等人在座。

赵匡胤：“你我兄弟，结识于行伍之中，今日欲为天下生民请命……”

赵普搬来酒坛、酒碗，赵匡胤刺破手指，滴血入瓮，众兄弟歃血盟誓：“奉天举事，休戚与共，天地神明，共鉴予心。”

腊月三十

京城东北四十里的陈桥驿站。

郑起因屡次上奏被遣至驿站当差。他骑着一匹老瘦的骡子晃晃悠悠来到驿站门口，笨手笨脚自骡子身上下，牵着骡子走进来，把牲口拴在马桩上。

驿站当值的驿丞甲看见他，一副不爱搭理的样子。

驿丞乙冲他喊道：“干什么的？咱这儿可不是客店，不是什么人都能随便进来的，出去出去！”

郑起拱手说：“鄙人也是朝廷命官，非过路旅客。”

驿丞乙斜着眼睛说："就你这穷酸相，还朝廷命官？"

郑起未与他计较，从怀里掏出公文递上。

驿丞乙看了一眼，递给驿丞甲。

驿丞甲翻来覆去看了又看，又看看其貌不扬的郑起，问："您果然是郑起大人？"他急忙拉驿丞乙一起施礼："小的有眼无珠，参见郑大人。"

郑起："免礼免礼。以后与两位一起替圣上效力。你我还需协力同心为好。"

驿丞乙忙掀起帘子，说："郑大人快请进屋暖和暖和，外面冷。眼看要过年了，今儿个该不会有人来吧。"

陈桥驿站外的官道上，远远地，一队轻骑疾驰在冻得硬邦邦的路面上，渐渐近了，带队的是侍卫马军都指挥使高怀德。

驿丞甲先跑了出来："嚯，这不是高指挥使吗，眼看要过年了，您老人家还领了差事？"

高怀德自马上跃下，拱手道："奉赵点检之命，进驻驿站，严密关注北边消息，谨防契丹贼趁着过年不安生啊。"

说着，回头吩咐手下："都拴了马，歇着吧。"

驿站营房里，正斜躺在火炉旁的郑起腾地坐起："高怀德来啦？赵匡胤派他的亲信来这儿干吗？"

驿丞乙也打着帘子走了出来："吆，高大人辛苦啦，快快请进。您瞧瞧，这大过年儿的，您也亲自办差哪？"

高怀德呵呵一笑："嚯，你小子！爷爷不亲自办差，莫非这北面行营的差事都让你替爷办了？"

高怀德随他走进屋去。

郑起躺在炕上，对他不理不睬。

高怀德揣着明白装糊涂，打招呼说："吆，郑大人，您不是在御史台做谏官吗？怎么不骑着您的高头大骡在京里找茬子，动不动参人一本，跑这儿干吗？"

郑起哼了一声，不理他。

驿丞甲嘴快，说："郑大人改任驿站长，昨日刚到任……"

驿丞乙瞪了他一眼，他赶紧住了口，尴尬地笑着搓了搓手，改口说："高大人请里边坐，来，火盆边上暖和。"

万岁殿内。

明天是大年初一，范质等人拟旨举国同庆，所有官员封印放假过大年。

文武百官喜气洋洋，纷纷向太后和幼帝预贺新元。

幼帝无聊地坐在宽大的龙椅上，偷偷从袖子里摸出一个泥娃娃。

立在下面的朝臣有人拿笏板遮了脸偷偷扫了一眼，赶忙低下头，假装没看见。

坐在帘子后的符太后："万象更新，普天同庆，各位爱卿若无他事，就退朝吧。"

赵匡胤府邸内。

杜夫人带着儿媳和孙子们在给自家园子的蜡梅树上扎红丝带，门口几个佣人在挂红灯笼。

赵匡胤的儿子德昭说："奶奶，娘说，新衣服明天才能穿，孙儿今天就想穿穿呢。"

杜夫人笑呵呵地："好啊，乖孙子，今儿就穿上，欢欢喜喜过年喽。待会儿贴了春联，咱包饺子去。"

阖府上下一派平和安宁的气氛。

杜夫人眼睛不经意地瞥向院子角落那间密室。

密室里，赵匡胤正焦灼地走来走去，等待着辽国入侵的消息。

赵匡胤："赵书记，莫非路上出了什么岔子？"

赵普："点检少安毋躁，如若不行，我们就……"

他贴近赵匡胤耳朵，窃窃私语。

赵匡胤有些疑虑，问："这能行吗？"

赵普："诸葛有锦囊妙计三条，属下也有妙计三条。一则不行有二，二则不行有三，确保无失。点检少安，至今夜，若消息仍不能进城，我等可用妙计二。"

暮色渐沉，通往陈桥驿的官道上，一个黑衣人骑着一匹骏马疾驰而过，马蹄声孤独而清脆。

傍晚，永福殿内。

范质、王溥送来一大摞奏折。

符太后拿起一本，随便翻开看了一眼，问："还是那些贺皇上新纪元的吗？放下吧。两位相爷为国事操劳一年了，也歇一歇，和家人团聚去吧。"

范质、王溥两人："谢太后！"

弓腰退了几步，转身欲走。

太后温言道："慢着，大过年的，宫里有些各地贡上来的稀罕物件，我和皇上让他们给两位准备了礼物，到内务司领了去吧。"

回头看看旁边的内侍黄承恩，吩咐道："撤了这支金莲烛，照个亮，送两位宰相慢走。"一面说，一面拉着小皇帝的手转入内室去了。

范质、王溥扑通跪倒在地，声音哽咽道："谢太后隆恩！谢皇上隆恩！"

黄承恩一手捧着蜡烛，一手护着烛苗，引导范质、王溥走出内殿。

夜晚，赵匡胤不安地走来走去，赵普脸上强作镇定。他盯着眼前的沙漏，眉头越皱越紧。

德昭轻轻推门走了进来："爹爹，赵书记，奶奶说，没有翻不过的山，没有过不了的年，吃饺子要紧。"

赵普站起身，故作轻松地问赵匡胤："要不，先吃饺子去。"

赵匡胤推开门，听到大厅里杜夫人轻快地给孩子们分点心果子的声音，又吩咐："云儿，和你嫂子下饺子去。"

赵普感慨地说："太夫人的心胸，非我等能比啊。"

德昭高兴地跑在前边，欢叫道："过新年喽，吃果子喽。"

夜，陈桥驿站营房。

高怀德在黑暗中睁着眼睛，听着外面嘚嘚的马蹄声，不由竖起了耳朵。

马蹄声越来越紧促。

一队快马载着六名河北专使边情的军校由远方驰来。

军校滚鞍下马，高喊："五百里加急！边关急报！五百里加急！快开门，快开门！"

军校边喊边砸门。

驿丞甲被吵醒，点起蜡烛，嘟嘟囔囔地说："大过年的，叫魂啊。"

他发现几位军校都是生面孔，一愣，皱着眉头问："怎么，换人啦？"说着接过驿单凑在蜡烛前查看。

高怀德忙起身来看。

郑起也一跃而起，伸手夺了过来，眼睛死死地盯在关防章处。

高怀德面色紧张，对着驿丞催促道："既是五百里加急！应立即送到京里。快盖了章，火速进京。"

郑起扬手制止："慢。这份军报关防章可疑！"他狐疑地盯着高怀德。

六名军校呼啦围了过来："边关战事正紧，你居然怀疑军情有假，前方将士苦苦死守，无时不盼着朝廷派兵增援，你居然怀疑军报，用心何在！"

高怀德劈手夺了军报，交给驿丞："快，交割驿单，给他们换马，连夜进京，军情如火，耽搁不得。"

郑起大怒："我是驿站长！还轮不到别人发号施令。"

驿丞甲、驿丞乙左右为难。

六名军校也大声呵斥道："贻误战机的责任你担得起吗?"

高怀德带来的人马也围了上来："你担得起吗?"

驿丞甲、驿丞乙一脸苦色，求告道："郑大人，贻误军情，依律小的们性命难保啊，大人给小的们留条生路吧。"

郑起又急又恼，甩着手团团转，驿丞甲、驿丞乙拉着他的衣服不停求告："大人给小的们留条生路吧。"郑起无奈地冲驿丞甲点了点头。

高怀德面色稍缓，舒了口气。

他命令随从："赵柱、李龙，到马棚里挑腿脚好的，给这几位换了，周老四，带几个人，护送他们星夜赶路，即刻进京!"

六名军校和护送人员飞身上马，向着京城的方向疾驰而去。

随后，高怀德也带着剩下的人马奔往京城。

深夜，陈桥驿站营房内。

驿丞甲看着郑起怒冲冲的脸色，小心地说："郑大人，甭和这帮子兵痞计较，他们说话一向就这样咋咋呼呼。再说了，军情是真是假，关咱们屁事，可要耽误了军机，咱们可就吃不了兜着走。"

驿丞乙："郑大人，您是驿站长，我得听您的。可要论起来，我到底长了几岁。我自十七岁在这陈桥驿当差，快三十年了，说句您不爱听的话，主子换了几茬，可咱照样在这儿当差吃粮。为啥?不管谁的天下，咱只管当好咱的差，别的么，嗨!"

郑起瞟了他一眼，鼻子里哼了一声，不搭茬。

驿丞甲："说的是，其实，我也觉得怪，今儿个来的这六个军校我一个也不认识，跟往常来的那几个不一样……"

"嗯?"郑起瞪大了眼睛，"你是说，军校有诈?"

他夺过驿丞手里的驿单册翻来覆去看，然后披上衣服，冲出门外。

驿丞甲吃惊地掀开帘子，看着他牵出自己那头老骡子，连夜进京。

驿丞乙一动未动，露出一丝嗤笑。

大年初一

清晨，京城大街小巷张灯结彩，热闹非凡，人来人往，大家喜气洋洋，互贺新年。

开封府开放关扑三天。街巷中，到处可见用食物、应用器具、干果糕点悬做彩头，招徕人们前来博戏。干道两边，结扎彩棚，沿街都铺排陈列着冠帽梳篦，珍珠翡翠，各种衣着、花朵、领巾饰物、鞋靴等物，一扫世宗去世以来朝野的晦暗气息。

忽地，几匹快马穿过躲闪的人群，直奔皇宫而去。

永福殿内，宫人们纷纷向太后贺新年。赵匡义在殿前值守。

符太后："大过年的，咱们也不能让孩子们白磕了头。来，翠儿，把昨个儿准备的玩意儿都拿来吧。"赏赐诸人。

诸人纷纷磕头："谢太后恩赏。"

符太后看到殿门外值班的赵匡义，令人叫他进来。

赵匡义忙跪拜："给太后拜年。"

符太后："赵家一门忠臣，替皇上分忧，来啊，把官窑新进的宝瓶拿来，有赵家在，就有咱大周的太平安宁啊。"

只见那只宝瓶青如天、明如镜，仿佛玉石雕成一般。

赵匡义慌忙辞谢："如此贵重的宝瓶，臣愧不敢受。"

太后："物件再贵重，也贵不过人心。区区一只瓶子，有什么不敢的？"

太后亲手拿起宝瓶要交给赵匡义，赵匡义正要伸手，忽听得噼啦啪啦，殿外一阵爆响，太后一惊，宝瓶啪地一声掉在地上，摔碎了。

赵匡义吓得脸色煞白，扑倒请罪。"臣该死，臣该死。"

周围的黄承恩等太监、宫女也一起跪地赔罪。

小皇帝兴冲冲跑进来，高兴地喊："母后，我放的炮响吧？"

太后面色沉郁，俄顷不语，转而笑道："碎了就碎了吧，岁岁平安嘛。是吉兆啊。"

黄承恩、翠儿等连忙附和说："对，对，是吉兆，是吉兆。"

太后未再言语，挥了挥手。

赵匡义战战兢兢地退出。

黄承恩努努嘴，让小太监和宫女们赶紧收拾打碎的宝瓶碎片。

大殿里静极了，只有晶莹剔透的碎瓷片互相撞击的轻微脆响。

太后沉默半晌，转身来到墙上挂着的柴荣画像前，长长叹息。

皇城门前悬灯结彩，一派新年吉庆之象。

快马驰来，滚鞍下马的军校高擎右手大叫道："五百里加急！边关急报！"

禁军侍卫接过急报，高举着奔入宫内，高喊道："边关急报！"

赵匡胤府邸书房内。他与赵普斜倚在坐榻上，像是一夜未睡，眼睛里布满血丝。

赵匡义领着高怀德急匆匆走进来。

赵匡胤与赵普腾地站了起来。

高怀德："赵将军，北边告急的消息已经进京了"

赵匡胤与赵普长长出了口气，相顾点头。

赵普："眼下，还要确保领兵出征的任务落到点检您身上。"

赵匡义："眼下朝廷里威望最高、最有把握打胜仗的唯有哥哥，何况哥哥这些年韬光养晦，在朝里笼络了大批人，王相、魏相应当都会替哥哥说话。朝廷遣将，首选应是哥哥。不过，韩通能甘心吗？"

杜夫人走了进来，手里端着一只托盘，是她亲手煮的饺子："孩子们，来，吃饱了才好做事。"

赵普和高怀德急忙施礼："谢太夫人！"

杜夫人："此事不能有一丝疏忽。匡胤年轻，万不可自以为是，要多与赵书记、高将军一同谋划。"

赵普皱着眉头，说："首先，我们得把韩通剔除。"

茶馆里，李处耘与一帮子茶客交头接耳："听说，韩瞪眼私下里联络一些武人，要借着这次北边不宁的机会，夺得军权……"

茶客甲："那这江山可就危险啦。"

茶客乙："早听说他自以为功高，目无朝廷，对下倨傲，对上不恭，果然图谋不轨啊。"

范质家。

门客："坊间关于韩通的议论很多，相爷不可不防啊。"

范质面色凝重。

太监送来符太后懿旨，令他火速入宫。

王溥正在家中饮酒作乐。

太监送来符太后懿旨，令他火速入宫。

皇宫内，太监、宫女穿着新衣陪幼帝柴宗训玩耍。

宰相范质、王溥、魏仁浦匆匆忙忙赶往后宫。

永福殿里。

巧娘在跟太后说话。

"姐姐，您可要拿定主意啊，那韩通爷儿俩可不是什么好东西。"

"唉，我能有什么主意？战场上打呀杀呀调兵遣将的，我懂什么？"说着低头拭泪说："先帝能在就好了。哪怕爹爹在京里也好啊，好歹能帮我拿个主意。他老人家远在大名府。再说，他也上了年岁，让花甲老人去替外孙子打仗，叫做女儿的于心何安？现如今，朝里头，随先帝爷攻城略地、调兵遣将的也只有韩通和赵匡胤了。赵点检为人宽容谦逊，老成持重，自是没有问题，可这朝里一直有官员参劾，说点检他……人言可畏啊。"

“姐姐,这谣言还不都是韩瞪眼放出去的风?他嫉恨点检比他功劳大、人缘好,朝野敬服。他那个驼儿子也是一肚子坏水。去年,韩家托人来提亲,我家云儿哪看得上他,这下子算是得罪了这爷儿俩,他们这么做分明是恶意诬告,挟私泄愤。”

“我心里有数,你先去吧。”

“姐姐,妹妹打心里替你着急。你妹婿在宫里当值,有什么事,自己人总是一条心……”她还要说什么,侍立在旁的赵匡义使了个眼色。

巧娘又说:“姐姐,您如今是千金之体,可要自己保重啊,妹妹先去了。”

她退出殿外,看见匆匆赶来的几位宰相。

永福殿内。

符太后:“镇、定二州来的军报,称契丹十万人马已与北汉军联合,举兵南下,击镇、定二州,犯我疆土,请朝廷火速增兵北上御敌。你们都看看吧!”说着,她将边关急报递给了范质。

范质展开边报。

太后看到院子里嬉闹的小皇帝,皱着眉头吩咐说:“请皇上也进来吧。”

看见母后愁眉苦脸的样子,小皇帝也吓得眼泪汪汪,永福殿里的节日气氛荡然无存。

范质:“北汉与契丹此次联合举兵南下,意在图我中原。镇、定二州无力抵挡,请朝廷火速调兵增援。太后、皇上莫慌,所谓兵来将挡、水来土掩。以老臣愚见,尽快派得力干将率军北上拒敌就是。”

符太后:“依诸位之见,谁堪当此重任?”

王溥:“臣以为,殿前都点检赵匡胤智勇双全,充当北上御敌的统帅甚为合适。”

范质:“可令赵点检做统帅,副点检慕容延钊为先锋。同时再命各镇汇集北征,悉由赵匡胤统领节制,可保江山无虞。”

魏仁浦则主张："魏王符彦卿身在大名府，何不令其就近迎敌。"

范质："符彦卿不过节镇之兵而非王师，恐不足以威慑四方。"

符太后看他们说的各有道理，吩咐道："不如，请群臣来议议吧！"

初一下午，韩通家，他正在丫鬟的伺候下穿朝服。

韩橐驼儿说："父亲，您一定要力争自己带兵，万不可使二十万大军落到赵匡胤手里。否则，这江山就会改姓，咱们韩家的好日子也要到头了。"

通往皇宫的大道上。

两位穿着朝服的官员遇见，互相打招呼。一个悄悄问道："李大人，过年不是休朝吗，何故急匆匆召我等前来？"

"听说北汉主刘钧联合契丹进犯，边关来了急报，要求增援呢。"

"那，依您看，朝廷会派谁去？"

"现在朝中能领兵打仗的也只有赵点检和韩瞪眼啦。至于派谁，天心难测啊。"

"什么天心难测，还不都是几位宰相的主张。"

跟在后边的陶谷紧了几步赶上来说："我敢打赌，一定是……"他做了一个"赵"的口型。

"噢？"两人一副惊讶相。

陶谷得意地摇头晃脑先走了。

后面李大人冷冷地嗤笑着小声说："仁兄可知道三国时杨修怎么死的？"

另一位官员会心一笑。

百官在万岁殿前候旨，忍不住小声议论。

"听说契丹人要南下啦。"

"还不是刘钧欺我主年轻，想借着过年之际中原人不愿开战，讨些便宜呗。"

韩通昂着头，满脸嘚瑟地走了过来。有人与他打招呼："韩将军！"

他高昂着头，从鼻子里哼出一声，一副爱理不理的样子。

又有人问："听说北汉联合契丹人犯我北边，韩将军您……"

韩通："朝廷用人之际，我等自是主动请缨，立功于沙场，省得怀有不臣之心者借机滋事。"说着，他瞥了一眼默然站立一旁的赵匡胤。

这时一位内侍走出来说："各位大人，请吧。"

宰相范质神色肃穆地押班上朝。

皇城外，郑起赶不动那头倔强的老骡子，干脆扔下它，连滚带爬一身泥土地直奔皇宫而来，被侍卫拦在门口。

他大声喊道："我是朝廷命官，我要面见太后，你凭什么拦我？"

"就你？还朝廷命官？叫花子吧？"

吵闹声被黄承恩听到，赶了过来。

"哟，这不是郑大人吗？"

郑起像抓住了救命稻草，赶紧说："黄公公，你快跟他们说说。他们嫌我一身泥水不让我进。我有急事要面见太后。"

"郑大人，不是杂家说您，这一身泥一身水的，有失官体啊。他们若放您进去，上面怪罪下来，他们也吃罪不起啊。"

"事出紧迫，这也是不得已啊。我连夜从陈桥驿赶过来的，那匹老骡子走得慢，我心里急，打它两鞭子，这畜生还发脾气哩，把我摔下来好几回，这才弄得一身泥土。你快带我去见太后吧。"

"这……"黄承恩眼珠子一转，从袖子里塞给侍卫一个东西，悄声说："这个请兄弟拿去喝酒。郑大人既然有急事，不如我先带他去换了衣服，梳洗过后，禀报太后能不能见。上边怪罪下来，都记在我头上。"

侍卫："既然黄公公吩咐了，那就请郑大人进去吧。"

皇城内甬道上。

郑起连连道谢："今天多亏遇到公公。"他看到路越走越深，地处隐蔽，问道："黄公公，这是去哪儿呀？"

"刚才不说了吗，你这身打扮怎能见皇上和太后，杂家找个地儿给你梳洗换衣。"

"那……那……那就快些吧……事出紧急，还请公公快些，昨夜送进京的军报有假，我一定要赶紧见太后，耽误了会要惹出天大祸端。"

"哦？"黄承恩看了他一眼，"杂家这就领你去。"

黄承恩把郑起带到一间空屋子里，说："郑大人且歇息片刻，待我去禀明太后。"说完退出去关上了门。

郑起擦了擦脸上的汗，左右看看，发觉不对劲，赶紧去拉门，发现门已经锁上了。他急了，大叫："军报有诈，我要见太后！我要见太后！"

郑起不停地喊叫着，可是门外只有一片萧瑟的枯树。

皇宫一个角落里，黄承恩与赵匡义窃窃私语。赵匡义不住点头。

不一会儿，赵匡义和黄承恩招来几个精壮汉子，抬着一架行床，面无表情地来到门前，低头对他们密语一番，然后打开门。

郑起："快带我去见太后……"

不待他说完，为首的人一把揪住他，拿黑巾塞住他的嘴，郑起拼命挣扎不过，又被蒙了眼睛，拖出去捆在行床上，拿被子蒙得严严实实，抬起就走。

在宫里甬道上，遇到一个侍卫。他问："哟，这是咋啦？"

赵匡义在他耳边说："前些日子刚进来的一个小太监，也不知道在外面染的什么病，出了一身的脓包水泡，看样子是没救了，上头说别在宫里传染了旁人，让抬出去扔了，自生自灭吧。"

侍卫一听，急忙闪避让路。

他们越走越偏，走到地窖后把郑起扔了进去，锁上门要走。黄承恩有些不忍,从怀里掏出一包吃的扔了进去,匆匆离开了。

万岁殿内,文武百官分两列立定。

韩通主动请缨:“臣愿北上御敌,倘不能退敌,臣愿以死谢罪。”说完横了赵匡胤一眼。

赵匡胤也请命道:“臣受朝廷重恩,日夜思报,今北边不定,万姓不安,若不能杀敌于沙场,拒敌于域外,是臣之失职。臣愿领兵出征。”

符太后看看他俩,说:“韩将军、赵将军忠心可嘉。北边天寒地冻的,赵点检到底年轻了几岁,我看就你挂帅吧。京里也离不了人,韩将军驻守京城。战事不等人,今明两日准备,初三就发兵吧!”

韩通还要争辩:“太后,不可……”

范质看了他一眼,问:“韩将军,难道你要抗旨?”

韩通急得满头大汗,又看了看平日与自己关系还行的同僚,但他们都低着头,一声不吭。

陶谷更是一副预言得中的得意相。

符太后示意:“那就拟旨吧,派殿前都点检赵匡胤率兵二十万北上御敌,慕容延钊为先锋,各路军队,悉从赵点检调遣节制,违令者斩。”

赵匡胤毕恭毕敬地叩头:“臣谨遵圣命。”

正月初二

清晨,殿前司公署。

赵匡胤调兵遣将:“殿前副点检、镇宁节度使慕容延钊,本帅任你为北面行营都虞侯,率领先遣部队两万人,即刻整军,午时出发,屯兵驻守真定,与韩令坤共镇北边。”

慕容延钊:“末将领命。”

赵匡胤："殿前都指挥使、义成军节度使石守信，殿前都虞侯、睦州防御使王审琦，本帅命你二人统帅所部留守京畿。"

石守信、王审琦："末将领命。"

赵匡胤："其余各部，各自整军，明日辰时随本帅出发。"

赵府密室。

杜夫人、赵匡胤、赵普、赵匡义、石守信、王审琦、王彦升在座。

"石守信、王审琦留守京城，坚守城门，维护京师安定。确保大军返回时'街上有人，店铺开门，不准枉杀一人'。"

王彦升："若有人反抗怎么办？"

赵匡胤："我等决不能滥开杀戮劫掠。否则，与那些乱政贼子有什么区别。"

赵匡义对着王彦升使了个颜色，王彦升咽下了要说的话。赵匡义偷偷对他做了个砍头的动作，王彦升心领神会地点头。

赵匡胤："二弟负责宫室和家眷。"

赵普："卑职已与定力院主持智信大师安排妥当，那里有几间隐蔽的地窖，里面储有半个月用的衣食用品，大军出发之后，由匡义陪太夫人带领女眷和孩子悄悄进驻定力院躲几天，以防万一。智信大师很可靠，若有变故，他会把家眷送到安全的地方。"

杜夫人笑道："老身身历乱世近六十年，无日不盼着天下太平。试看今日之宇中，谁能定四方安百姓？我儿与诸位挺身自立，救民于水火，实现世宗遗愿，谋求万姓福祉，老身无时无刻不祷祝事成。若苍天不佑，老身岂有独存之理？"

杜夫人房内。

赵匡义一副不满意的样子："娘，哥哥莫非看我这个亲兄弟还不如那些两姓旁人？别个都领了命，跟着他出征，倒安排我留在京里。是不是信不过我？"

杜夫人："傻孩子，咋不明白你哥哥的用心。留守京城可不是小事。一来，自家眷属怎好托给别人。二来，你在宫里当差，又与当今太后是至亲，由你来保护太后和皇上，最合适不过。太后和皇上若是出了意外，社稷公器无主，必然引起群雄逐鹿，天下大乱……家里有我在，还有百十个仆夫壮丁在，你大可放心。宫里那边，务必要照护妥帖，太后和皇上一根汗毛也不可伤。你说，这么重的差事，你哥哥能放心交给别人？”

“哥哥真是这么想的？”赵匡义转恼为喜。

赵府绣房。

赵匡胤夫人王氏和巧娘坐在一起做针线活儿，云儿走了进来。问：“两位嫂嫂忙什么呢？”

二嫂巧娘逗她说：“给你准备嫁妆呗。听说这些日子来给云妹提亲的人多得很，什么指挥使的儿子、太尉的外甥、宰相的侄子，都快把家里门槛踏破了。”

云娘噘着嘴说：“我才不稀罕谁来提亲。要由着我，就一辈子留在家里。我就喜欢大哥那样豪侠仗义、能建功立业的男子汉，才不要那些只会吃喝玩乐的谁谁儿子谁谁外甥。要不是娘拦着，我就跟着大哥一起北征，定能荡平贼寇，凯旋而归。”

大嫂王氏抿嘴一笑，说：“疯丫头，哪有你这样只爱刀枪棍棒，不喜欢针线女红的姑娘。难怪太夫人看见你就急。”

二嫂巧娘笑着说：“我跟太夫人说了，云妹再不听话就把她许给韩家那个驼子。”

两位嫂子嘻嘻哈哈拿她玩笑。云儿又羞又急，作势要打嫂嫂。

巧娘一边躲闪，一边转移话题，说：“前几日我在宫里听说韩通父子竟敢上书诬告大哥。”

“啊？”大嫂王氏很吃惊。云儿问：“怎么说的？”

巧娘不以为然，说：“还不是借着点检做天子的传言说大哥谋逆，要求削夺大哥的权力。”

“那，太后可会信他的？”大嫂王氏十分焦急。

二嫂巧娘笑着说：“当然不会，太后可不是那种糊涂人。”

云儿性格火暴，当时就要冲出去找韩通父子讨个公道，被两位嫂子死死拉住。

韩府正堂，韩通因赵匡胤挂帅出征而生闷气。

韩橐驼儿："父亲，赵匡胤曾受世宗之令，将殿前司组建为后周最精锐的军队，殿前司所属诸班直及龙捷、虎捷、铁骑、控鹤诸部，十有五六是他亲自选拔，门生故吏遍布禁军。侍卫亲军司有他父亲赵弘殷在那里任职多年，故旧无数。他的义社十兄弟也多在禁军任职，手握重兵，说天下兵马半数掌握在赵匡胤手中亦不为过。儿只恐他一呼百应。到那时，恐怕父亲是有心无力啊。明日，他就要统领二十万精兵北上，大周王朝……危在旦夕。"

韩通不禁失色："我儿可有主意？"

韩橐驼儿："为今之计，也只好死马当活马医了。父亲请跟我来。"

韩通随儿子来到书房。

驼子打开一口大箱子，里面是满满的竹签，上面写着"点检做天子"。

韩通疑惑："这是……"

"父亲恕罪。那日李重进将军被赵匡胤说服，孩儿就一直担心会有这么一天，未向父亲禀报，就自行写了这些竹签。"

看韩通还在疑惑，韩橐驼儿着急道："父亲，您太过耿直，论心机，根本不是赵匡胤的对手。当年世宗为何将李重进、张永德调离京师，却任赵匡胤为殿前都点检，正是因为李重进、张永德身为皇亲，行止张扬，而赵匡胤历来循规蹈矩，被认为较李、张二人更易控制。但先帝对赵匡胤也并非完全信任，所以临终前安排宰相范质、王溥、魏仁浦共掌军政大权，授您同平章事裁决军务，正是为了牵制赵匡胤。可惜，三位宰相已经被赵匡胤迷惑，父亲您孤掌难鸣。所以孩儿做此准备，为的是孤注一掷，最后一搏。"

相国寺门前。

春节时分，京里正热闹。相国寺的年下更是万姓交易，人来人往，川流不息。韩橐驼儿安排随从在最热闹的地方散发竹签，一边发一边大声吆喝“点检要做天子啦”，韩橐驼儿躲在人群里看人们的反应。

赵府内，杜夫人正和孩子们嬉闹。

赵府家人赵平安急匆匆从相国寺赶回，对丫鬟小莲一番耳语。小莲又跑到正在舞枪弄棒的云儿跟前，与她耳语。

云儿一脸气愤地偷偷看了一眼母亲，给小莲使了个眼色，牵着马溜了出去。

云儿带着赵平安和丫鬟小莲骑马赶到相国寺。

韩橐驼儿看见云儿就有些胆怯，转身欲溜，被云儿当面拦住。

“赵姑娘，你，你也来进香啊。嗯，嗯，这个，我也刚刚进过香，正要回去呢。赵姑娘……你这一向可好？”韩橐驼儿因为求亲失败，一见云儿就心慌，结结巴巴说不上话。

云儿眼睛瞪得溜圆：“死驼子，少套近乎！你说，你到这儿干吗来啦？”

韩橐驼儿：“进、进香。当然是，来进、进香啊。”

“呸，不要脸的东西！”云儿骂道，“你手里拿的什么东西？”

韩橐驼儿欲躲，被云儿劈手打翻了他手里的皮囊，写着“点检做天子”的竹签散落一地。

“好哇你个死驼子，没能耐在战场上杀敌立功，倒有能耐学女人家嚼舌头诬人清白。我哥哥眼看就要上前线为国效力，你倒在后面使这些阴损的下三烂招数。早知道你父子俩没安好心，嫉妒我哥哥战功赫赫，得到太后和皇上信任，要不服气，你父子也上战场啊，何苦使这些下三烂手段！”

韩橐驼儿也忍不住了，叫道：“赵匡胤迷惑皇上和太后，是反贼，他要篡权谋国！”

云儿怒火上蹿，抡圆了胳膊给驼子一个耳光：“我让你满口胡吣！”

到大相国寺进香的人很多，看热闹的人围得里三层外三层。

初二正午，韩通府内。

韩橐驼儿衣服破损，狼狈不堪地站在父亲面前。

韩通气得暴跳如雷：“丢人败兴的东西，把我老韩家的脸面都丢尽了，连一个女娃娃也打不过，你让你爹这张老脸还怎么出去见人！”

韩橐驼儿：“父亲，赵匡胤才刚刚得到军权就纵容家人如此嚣张，一旦他计谋得逞，哪还有我们韩家的活路。父亲，他太嚣张了，你一定得阻止他率军出城。”

韩通急得满脸通红：“这满朝文武都信他赵匡胤的，我、我有劲儿使不上啊。”

韩橐驼儿：“父亲，您是辅国重臣，哪怕只有一线希望，也得百分争取。您马上去见范丞相，再做争取吧。”

韩通为难：“我若再说，范相他……”

韩橐驼儿：“父亲，您若不去，孩儿这顿打就白挨了，大周的江山也要换姓啦，你我父子还有什么日子好过？”

韩通跺跺脚：“唉！冤家！备马！”

范质府邸。他正与家人宴饮。

幕僚急匆匆赶来，低声向他禀报：“大人，韩通家那个驼子到相国寺门前散布写着‘点检做天子’的竹签，给赵匡胤的妹子看见了，两个人打起来啦。”

范质一惊：“那竹签可是散出去了？”

幕僚：“可不，一大袋子都散完啦。这几日开封府开禁博戏，相国寺左近热闹得很，围观的百姓多得很哩，很多人都把‘点检做天子’的竹签拿回去了。恐怕又会引起京城不安啊。”

仆人来报：“王丞相求见。”

范质：“快请，快请。”

范质疾步来到厅房。

王溥：“听说相国寺刚刚有场争斗。”

范质：“我也听说了。依王相国之见，赵点检会不会……”

王溥："愚以为不会。照理，若是赵匡胤果有不臣之心，定会对家人严加约束，不至于当众与人争斗哇。"

范质频频点头："这韩通性格暴烈，对赵点检一向不服气，这次领兵御敌，在朝堂上太后又把立功的机会给了赵点检，他莫非还是心思难平？指使儿子散布谣言……"

门房来报："韩将军求见。"

范质王溥对视："说曹操，曹操就到啦。"

韩通气哼哼地走进来。

"两位宰相大人都在，你们要为咱评评理，他赵匡胤骑到老子头上拉屎倒也罢了，连我孩子也受他家女娃欺负，是何道理？莫非，这大周真的要变成他赵匡胤的天下？"

范质怫然变色："韩将军，这等逆论，岂是为人臣子者所应轻言？如今北边不宁，你我自当共靖国难，何以边境未安，内讧先生？赵将军乃大周柱国之臣，你这样做，如何让他安心领兵抗敌？"

韩通："赵匡胤算什么柱国之臣？他对皇上和太后假意恭顺，表面上唯唯诺诺，俯首帖耳，私下里交通朝臣，邀买人心，分明是奸邪佞臣！"

王溥："韩将军此言，在下不敢苟同。赵点检为人忠厚，事上以忠，待下以和，功高威重，人缘广阔，能算什么毛病。总不成，别人都得像你韩指挥使，见人就瞪眼？"

"你？"韩通指着王溥，"你焉知他外表宽厚忠诚，内里包藏祸心？这'点检做天子'的流言总不会是空穴来风吧？"

范质："亏你还好意思说。还不是你那能干儿子四处散布谣言，给人家当场捉住才挨的打？韩将军你资历老，战功不小，朝廷都替你记着呢。赵点检年纪虽轻，多年来随先帝攻城夺地，临危涉险，又受命建设禁军，功劳也是明摆着的。你不能因为人家年纪轻就不服气嘛。韩将军赤胆忠心，太后和皇上都明白，可你这脾气真是得改一改啦，莫老是与朝臣结怨，弄得大家面子上都不好看。大家同殿称臣，要齐心协力辅佐太后幼帝守疆护土、治国理政才好。"

韩通讨了个没趣，张口结舌："你们、你们都和他一党。"愤愤然甩手而去。

赵府内，杜夫人召集全家几十口训令："自今日始，家人仆从尽量少出门，出了门尽快回家，不得在外与人多搭腔，更不可招惹是非。云儿擅自出门贸然滋事，罚绣花一百幅，十日内非我许可不准踏出院门半步。"

云儿一听，噘起了嘴巴，很不服气："死驼子该打！"

杜夫人："还犟！"

云儿一扭身使性子回自己房里去了。

云儿房间内，两位嫂嫂趁着婆婆不注意帮小姑子的忙。

大嫂王氏一边绣花一边骂："那韩通父子可真不是人，要我说，咱云儿这口气出得好。"

二嫂巧娘也抿嘴笑："这一回，云儿的泼辣脾气更是名声在外了，那些个太尉侄子、宰相外甥们恐怕吓得不敢来求亲啦。难怪娘着急啊。"

云儿没心没肺呵呵直笑："那可太好了，我就留在家里一辈子伺候娘。"

"你伺候娘？你不气坏娘就谢天谢地啦。"两个嫂子异口同声。

初二下午，东京城里。

一个大户人家门前，几辆大车拉着箱笼物品正要上路。女人孩子拖拖拉拉地上车，大呼小叫的。

一位五十来岁富商模样的人正在催促家人："快些走吧，逃命要紧。那些家当丢了也就丢了。"

门里传来老太太的哭声："我不走，这是我的家，契丹人来了，且让他们把我的命拿去，我这辈子出外躲祸是躲够了，都土埋脖子啦，要死也死在自个儿家里。"

富商模样的人忍着脾气，拍了身边跑来跑去一个八九岁男孩子一巴掌："疯什么，还不赶紧上车去？"

又吩咐一个男仆:“把老祖宗背车上去!”

老太太哭号着给弄上了车。

富商吩咐一个年迈家仆:“说是看门,若是那些北边贼人真来了,你也要顾自己的命要紧。”

“老爷放心,我在刘家一辈子啦,但凡有我一口气在,就得看好这个门。”

老太太在车帘子里哭着问:“你姐姐一家可也走了?”

富商怪老太太唠叨:“正是姐夫晌午叫人来送的信儿,让出去避一避的。他们早走咧,您就甭操心啦。”

富商跳上车,吩咐车夫:“走啦。”

路边摆摊卖货的小贩张三看着这一幕,与身边另一位摊主搭讪:“这些有钱人都跑啦,一听说边关有战事就要出去避祸,能跑到哪儿去?契丹人要真来了,中原哪还有太平地儿。”

“听说,朝廷已经派赵点检带兵去抗敌哩,赵将军英勇神武,肯定能把契丹人揍趴喽。”

“赵将军有这么大本事,干脆自己当皇帝岂不更好,省得成天听朝廷上一个小孩子呼来喝去的。”

“朝廷的事儿,咱可说不准,谁当皇帝咱管不着,能吃饱肚子才是正经。”

小贩们七嘴八舌议论着。

初二夜,赵府佛堂内。

杜夫人燃起一把香,口中念念有词地跪拜先人,起身时身体微微发抖。

赵匡胤俯首垂手,侍立在旁,他说:“听说外间议论汹汹,京师人心惶惶,富室举家逃匿外州。母亲,孩儿此举,能得天下人信服么?”

杜夫人:“大丈夫临大事,当如泰山崩于前而色不变。我儿遵行天命,天下人焉能不服。莫慌,为娘相信自己儿子。”

赵匡胤仰首挺胸道:“是。开弓没有回头箭,如今已不容犹疑。

娘，孩儿此去，成败未卜，您还是带家人到定力院避一避吧？”

杜夫人摇摇头：“我儿糊涂。这几天京里的朝臣们都盯着咱们哪，今儿个晌午云儿又刚跟韩家那驼小子打了一架，吵吵得满城都知道啦。咱家一有风吹草动，必然引起别人怀疑。越是紧要时候，越不能自己乱了阵脚，我越要带着家人稳稳当当过大年，等着你们的好消息。香孩儿，你要开创的是千秋万代基业，娘这一把老骨头值得了什么，娘要在京里给你稳定神，坐好阵，让太后和宰相对咱家放心。”

赵匡胤扑通跪倒在地，给娘磕了个头：“儿不会辜负娘，不会让祖宗失望。”

杜夫人说：“你先出去吧，娘再待一会儿。”

赵匡胤掩门而出。

杜夫人喃喃低语：“列祖列宗保佑，刀枪剑戟都朝着老身来吧，让我的香孩儿大事必成，光祖耀宗，立赵家万世基业。”

赵匡胤和赵普立在佛堂外等候母亲，赵普对他耳语道：“这是一场豪赌，赢了，得到的是天下，输了，输掉的是合族身家性命。”

赵匡胤只道：“我们只能赢，不能输。”

初二深夜，皇宫内。

黄承恩蹑手蹑脚潜入存放周世宗衣物的房间，将一件柴荣在世时穿过的龙袍掖进怀里。

他偷偷从储物室溜了出来，在黑暗中影影绰绰，正好遇到前来巡视的侍卫低声喝道：“干什么你？”

黄承恩吓得脸色煞白，应变道：“哦，哦，大半夜的，您可是把我的魂都想吓出来啦。”

侍卫：“哟，黄公公，大半夜的，您这是……”

侍卫举高手里的灯笼，一眼看见了黄承恩怀里的龙袍露出了一片衣服角。

黄承恩一低头，也懵了，随机应变道：“这不，符太后深夜睡不着觉，说是宫里阳气弱，让我来找找先帝爷的龙袍，挂床边驱邪气。”

侍卫:“您早说啊,我还以为有贼呢。快去吧,别让太后等急了,怪罪下来不是玩儿的。”

“好好好。”黄承恩一溜烟走了,看着侍卫打灯笼走远了,他擦擦额头的冷汗,掉转方向,向宫门走去。

深夜,赵府门前。一身黑衣的黄承恩拍门。

门无声无息地自里面打开了,里边有人轻声说:“公公快请,将军已经在里面等候多时了。”

进得门去,黄承恩已经脚软,泥一般瘫倒在地。

正月初三

正月初三凌晨,殿前司公署内。

赵匡胤交代石守信、王审琦:“你们在京里等我派人送来消息,照计划行事。”

石守信、王审琦:“是。”

赵匡胤又交代:“今夜子时之前,务必将太夫人送至定力院智信主持那里,记住一定要悄悄地。”

“将军放心。”

初三辰时,永福殿内。

赵匡胤辞别太后与皇上。

符太后:“将军这些年南征北战,屡立奇功,自律谨严,谦和仁厚,实为大周栋梁,此次北征,有劳将军了。”

赵匡胤:“先帝神武雄略,励精图治,能追随先帝效命,是末将的福分。惜先帝降年不永,美志未就,拓天下养百姓致太平之大业被迫中断。末将无日不盼着能辅佐今上实现先帝宏愿。今日有机会为国靖边安民,匡胤责无旁贷。”

符太后吩咐殿内侍者："把先帝当年用的金腰带拿来。"

"这是先帝用过的，今日赠予将军，就当是先帝爷同你一道出征吧。"

赵匡胤叩头谢恩："太后如此恩典，末将如何承受得起？"

符太后："去吧，哀家与皇上等着将军凯旋的消息。"

赵匡胤起身退出。

看着他赳赳挺拔的背影，符太后眼前闪过当年柴荣身披铠甲的英姿，忍不住泪如雨下。

小皇帝拉着太后的手，天真地说："母后，且让赵将军打仗去，母后安心和训儿过年就是。"

孩子终是孩子。符太后无奈地说："去吧，到外边去玩吧。"

小皇帝高兴地一蹦一跳跑了出去，和宫女们追逐着，玩得很高兴。

符太后一脸哀伤，看着院子里欢呼奔跑的孩子喃喃自语："训儿何时才能长大呢？"

初三上午，皇宫地窖里。

郑起声音沙哑，仍在呼叫："军报有诈，军报有诈啊！万不可派赵匡胤出兵啊。太后，太后啊，皇上啊，万不可派赵匡胤出兵啊。"

地窖外，空无一人，只有呼呼吹过的风。

京城爱景门外。

宰相带着文武百官为北上的大军送行，韩通一副气哼哼不服气的模样。

三声炮响，赵匡胤骑马亲率二十万大军自北门出发，向北挺进。

夹道围观的百姓窃窃私语："出兵之日，当立点检为天子。"

一些听到议论的官员面面相觑。

禁军殿前司公署内，石守信和王审琦叫来亲信，窃窃私语交代其继续制造“点检做天子”的舆论。

“不是说前些日子好多地方都出了祥瑞吗，到人多的地方跟人说说。记住，穿老百姓的衣服。”

开封城小酒馆里，喝酒的人交头接耳窃窃私语：“出军之日，当立点检为天子。”

“要改朝换代了”。

“听说好多有钱人都锁上门跑了，哪一回换主子不得由着那些兵老爷们敞开抢几日啊。”

“你们家那些黄的白的可要藏好喽，改天别让腿长的军爷给抢了。”

“我要有黄的白的，也早跑啦。光脚的不怕穿鞋的，咱家徒有四壁，填肚子余俩钱也都扔到这茶馆里啦。”

一位食客听到这些议论，不由神色紧张，慌里慌张要走。

“张老四，酒还没喝呢，咋就走哇？”

“我找赵武去？”

“咋哩？”

“不中，让他把俺闺女赶紧接走，把俩孩子婚事办喽。”

话没说完，人就出了酒馆。

“他闺女长哩俊，留在家里怕便宜那帮子兵痞，交给婆家就放心喽。”

刘武急慌慌地：“老板，结账。”

“刘武，你咋也急着走啊，恁家又没个大闺女，急啥？”

“俺也到乡下住几天。”

“他家没有大闺女，可有个漂亮老婆，也不放心。哈哈哈……”

刘武急慌慌走了，背后传来一阵议论声。

路边博彩戏的摊位边。

卖泥人的李老汉挑着担子路过，说：“耶，张三，今儿个你不卖果子啊，也出来玩两把？”

张三:“哟,老爷子好! 俺老婆说了,大过年的,今儿个叫俺歇一天,玩几把。”

李老汉:“唉,这几日都传言要改朝换代了,听说有好多地方都出了稀罕事儿呢?”

张三:“俺也听说啦。管他换谁? 汴梁城不还是汴梁城。来,老爷子,歇会儿,您也耍一把。”

李老汉放下担子,直摆手:“咱老汉手气差,玩儿不起,看着您玩儿吧。”

范质家厅堂里,范质、王溥忧心忡忡地坐在那里。

一位仆人急匆匆赶来:“相爷,小的照您的吩咐到大街小巷各处走了走,果然是到处都在传言‘点检做天子’。”

两位宰相一听,面色不安。

范质:“不如你我二人借着给南阳郡太夫人拜年之名,到赵府探探消息?”

王溥:“悉听首相安排。”

赵府请了百戏班子,舞台上正演着《三请诸葛》。

杜夫人带着儿媳和家人们在舞台下,边吃瓜子点心边有说有笑,一派祥和安宁的节日气氛。

仆人向杜夫人递上名刺,说:“范相爷、王相爷拜见太夫人。”

杜夫人满面喜色:“哟,来贵客啦,快请快请!”

杜夫人在丫鬟搀扶下快步来到厅堂,一面笑一面说:“两位相爷能到寒舍来,真是蓬荜生辉啊。快请两位相爷上座,小莲,奉茶!”

两位宰相落座,接了茶,有些尴尬。范质看看王溥,王溥只顾低头喝茶,不说话。

范质只好说:“赵将军为国立功,领军北征,不能与家人共享团年之乐,我二人特来向太夫人问安。”

杜夫人:“仗得打,年也得过不是? 两位大人年可过得好哇?

匡胤领兵出征，不就为的兆民万姓能安心过日子嘛。我得领着孩子们在家过好年，好让他安心到前线杀敌。这不，今儿个请了戏班子，两位相爷若不嫌弃，留下来一起看戏吧。”

范质：“不打扰了，不打扰了，待到赵将军凯旋之日，我等再来叨扰。”

正假装喝茶的王溥急忙起身，随范质向杜夫人躬身施礼告辞。

赵府门外。

王溥：“太夫人落落大方，应对自如，无任何异常之举，我等该放心了吧。”

范质沉默了一会儿，说：“不知军报何时能到？”

正说话间，一匹快马赶到：“前方军报。”

范质：“哦，快拿过来。”

范质看罢，长出一口气。说：“先行遣发的慕容延钊部已经过了黄河，抵达澶州。赵匡胤带领大军也已到达陈桥驿站，拟在驿站安营驻扎，明日一早继续开拔。你我安心回去歇息吧。明日早朝，禀报太后，也好让她放心。”

韩通府邸内。驼子正在问刚刚回来的一个仆从：“你可打探清楚了，赵家有没有不对劲的地方？”

“没有，他们家张灯结彩，怪热闹的，听说还请戏班子唱戏呢，比咱家热闹多了。”

“街上有什么议论？”

“街上？议论多啦。酒楼茶肆里，说点检做天子的挺不少，听说，还有好多祥瑞呢，活灵活现的，到处有人说要变天啦。”

韩橐驼儿烦躁地踢了仆人一脚：“好啦，好啦，接着打探去吧。”

皇宫永福殿内。

年幼的皇帝和宫女嬉戏着。

小皇帝摸了摸宫女的脸，问：“你脸上咋这么滑？”

宫女："我擦了香粉呗。"

小皇帝："我也要擦。"

宫女胆怯地看了一眼符太后。

符太后正焦虑不安地走来走去，似乎有不祥的预感。

小皇帝扯着宫女的衣服，大声说："我也要擦香粉。"

宫女怕惊动太后，只好答应："好好好，我给你擦香粉。"

宫女替小皇帝擦粉。他夺过粉扑子自己擦，脸上抹得乱七八糟。宫女看他的样子，忍不住笑了，便举着铜镜子给他看，小皇帝一看自己的怪样子，夺了镜子摔在地上。

咣当声惊动了太后。

太后看见小皇帝脸上乱七八糟的香粉，怒声叱道："你们就这么伺候皇上的？"

宫女吓坏了，跪地求告："奴婢知错了，求太后恕罪。"主事太监看见太后生气，也帮着求情："太后，大过年的，饶她这回吧。"

小皇帝怕母后责怪，吓哭了，眼泪把香粉冲出一道道沟壑，整个脸花成一片。

太后愈发气恼："还不赶紧给他洗了去！"

宫女匆匆爬起，领小皇帝退下。

符太后颓然坐在椅子上，扶着额头长吁短叹。

韩府。

韩通在屋子里来回踱步，对身边侍立的家仆韩石锁吩咐道："去请公子来。"

不一会儿，韩橐驼儿走进来："父亲。"

韩通长叹一声："说吧，事到如今，你有什么想法。"

韩橐驼儿："赵匡胤带兵此去，恐怕回来时就不再是点检了。父亲，咱们走吧。马上收拾东西，带上家人远走高飞。"

韩通："为父能走到哪里？先帝对为父有托孤之重，今日朝野尽被赵匡胤迷惑，是为父的失职。"

韩橐驼儿："难道父亲要等着人家带着兵马来抄家灭门？父亲

宜早自为计。”

韩通：“我想好了，就算玉石俱焚，我也得留下来。大丈夫危难之际，安能背主而逃。韩家就你这一根独苗，咱家血脉不能断。你今天就走，到李重进将军那里去。为父写封信给他，想来他看在我多年为他牵马坠镫的份上会照看你的。”

韩橐驼儿：“父亲，孩儿岂能弃父母不顾，自己逃命？”

韩通：“去吧。为父深悔当日未听你言，及早将他除掉，错失了良机。石锁为人忠厚，一路上能照顾你，让他跟着你。待会儿换了衣裳，悄悄出城吧。”

韩通又吩咐石锁：“公子身体不好，你多费心……到账房看看，多带些盘缠。”

石锁跪地：“石锁自小在韩家长大，无论生死都是将军和公子的奴才。只要有奴才一口气在，绝不会让公子受委屈。”

韩通低头不语，挥了挥手。

韩橐驼儿磕了个头，哽咽着叫了声“父亲……”，转身决然而去。

官道岔路口。

穿着粗衣烂衫、骑在马上的韩橐驼儿回望京师。

同样衣衫破旧的石锁：“公子，走吧。”

韩橐驼儿：“这一路上不要再叫公子了，叫大哥。我和你兄弟俩，投奔叔叔去。”

石锁：“是。”

韩橐驼儿打马欲走。

石锁：“公……大哥，扬州在南边，这条路是往北的。”

韩橐驼儿：“扬州太远，咱们不找李重进，先去潞州，找昭义军节度使、检校太傅李筠去。”

石锁：“那……李筠能接收咱们吗？”

韩橐驼儿：“李筠驻潞州多年，以奇兵屡破晋阳，世宗数次与北汉构兵，我父随之征战，与李筠惺惺相惜，颇为投缘。”

石锁闻此言,赶紧催马跟了上去。

开封城至陈桥驿的官道上。

大队人马向北行进。队列中的小校苗训指着西边的天空大声叫嚷着:“快看,日下复有一日！二日争辉,果然是天意啊!”

士兵们纷纷望向太阳。是有些古怪。太阳快要沉下去了,天色渐暗,忽然日下有日,相互摩荡,熔成一片金光,不一会儿,一个太阳沉没,一个太阳独现,阳光明朗,如同拂晓新升的红日。

李处耘匆忙从后面赶过来询问苗训:“你看清楚了,果真有两个日头?”

苗训:“你看,小太阳下面又出了个大太阳,那小太阳正缓缓下沉,大太阳正在升起。”

李处耘望着太阳:“苗先生,这是何意?你素称苗神仙,善观天象,今日天上此兆主何凶吉?”

苗训高声答:“卦书上叫‘子午相包’,兆示上天要降下大贵人了。此乃大变之兆,是天命。天命难违背啊!”

李处耘目瞪口呆:“那,何以应验?”

苗训:“你我兄弟,不妨直言。这先没的太阳,应验在周,后现的太阳,应验在点检身上。一场泼天富贵就在眼前啦,你我兄弟可要把握好机会。”

李处耘把刚才看到的异相在军营中传播,一传十,十传百:“天下者,兵强马壮者得之。不如拥立点检做天子,大家共享富贵。”

队列中军士们纷纷抬头看日,“一日克一日,这是天命”的议论声嗡嗡嘤嘤越传越神。

黄昏,陈桥驿站外。

驿丞甲:“前天郑大人一走就没见回来,倒是朝廷派往北边的大军来了。”

驿丞乙:“那天晚上不是有军情急报吗,朝廷派出将军北上御敌去了。只是时辰尚早,咋不急着赶路,这么早就安营扎寨啊?”

驿丞甲："是有些蹊跷。"

驿丞乙："管他蹊跷不蹊跷！当兵不过为吃粮，咱当好自己的差就得了。走吧，迎接将军去。"

二人急忙迎了上去。

赵匡胤骑在马上："传令各部：就地安营扎寨，暂宿一夜，明日启程。"

军中一呼百应："传令各部，就地安营扎寨，暂宿一夜，明日启程。"呼声此起彼伏。

驿丞乙："赵将军，驿站长郑起前几日到京去了，至今没有回来，这里只有小的二人当差。请赵将军吩咐。"

赵匡胤："没你们的事，歇着去吧，有事自会唤你。"

驿丞乙："是，是。"急忙拉着驿丞甲退下。

傍晚，陈桥驿站赵匡胤营帐内。

此刻，只有赵匡胤和赵普二人。

赵普取出金灿灿的龙袍，放在赵匡胤面前。

赵匡胤眼里涌出泪水，摸着龙袍上的那条龙，手突然颤抖了，抬起头哑然叫了声："赵普！"就什么也说不出来了。

赵普直视着他的眼睛，说："将军安心休息，一切交由属下操办。"退了出去。

赵普走后，赵匡胤眼中闪着泪光，独坐片刻，然后藏好龙袍，大声吩咐："备酒。"手下急忙端上酒菜。

他独自喝了几碗酒，将菜吃个精光，和衣而眠，鼾声如雷。

室外，听到响亮的鼾声，一个侍卫对另一个侍卫说："我从未见过赵将军征途上吃这么多酒，也未见过赵将军不例行巡夜。"

另一个侍卫应道："今日确有诸多古怪，我等还是不要多嘴，免得惹祸上身。"

夜，都押衙李处耘营帐内，聚集了十几个将官。

李处耘正慷慨激昂："天子，马壮兵强者当为之，宁有种耶！主上幼弱，不能亲政，今日我等出征北上，为国家杀贼破敌，就算血染沙场，有谁知晓？不如先策立点检为天子！然后北征不迟！点检出身行伍，能省得你我征战的苦处，受他驱使，倘能建立战功，必得赵将军重赏。即使战死疆场，也不会负了咱妻儿老小。”

几位将官响应：“都押衙说得有理，只要赵点检做了天子，我等总不会吃亏。”

散员都指挥使王彦升帐内，他正在与十几个将校猜拳行令，仰头把一碗酒倒进嘴里，恨道：“妈的，当今皇上一个小娃娃家，少不更事，我等北上御敌，即使掉了脑袋，当今天子也未必知晓。何不拥立赵点检做了天子？他一向体恤下属，跟着他卖命，将来必然少不了弟兄们一场富贵。”

众将领一片哗议：“在京里我就听说，有道士看出帝星隐却而将星耀亮，天象是要改朝换代啦。”

“适才途中，不也有人看出二日同现，一日克一日，必是有王者出的天命嘛。”

“赵点检为人仁厚，我们不如拥立了他。”

“对，拥立赵点检做天子。”

“立点检。”

“立点检。”

侍卫亲军马军都指挥使高怀德营帐内，众将士乱糟糟正在议论。

高怀德：“今天在途中听说上天垂象，有新主出。别的营队都要拥立点检做天子，咱们也不能落在后面啊。”

“说的对。皇上年纪那么小，我们拼死拼活流血流泪去打仗，将来有谁体恤辛苦，倒不如现在就拥立赵点检做皇上，随他去谋一场大富贵。”

“既要拥立，咱也别让别人抢了头功。”

“立点检做天子！让他带我等谋富贵！”

“谋富贵！谋富贵！”

众将士群情激昂：“快去把点检拉出来！”

“快！快！”

“拥点检，谋富贵！”

陈桥驿站几个军帐里。

“好哇，这没滋味的日子，能淡出鸟来。兵变好哇，没准咱们拥立有功，新皇上大加封赏，你我都能得着便宜。”

“十年前，太祖皇帝黄旗加身，由着弟兄们劫掠几日，不少人都发了财呢。”

“好哇，拥点检，谋富贵！”

“这拥立的头功，别让旁人抢了去。”

“此事非同小可，赵点检能不能答应，怕是得托个人去跟点检说了才好。”

“托赵书记啊，他最得点检信任，咱们找赵书记去。”

“赵书记在哪儿？”

“他与步军都指挥使张令铎交好，且去找找看。”

“找去，找去。”

一群军士从军帐里涌出，找赵普去了。

侍卫亲军步军都指挥使张令铎军帐内。

赵普与张令铎、殿前司骑兵主力控鹤军都指挥使韩重赟、虎捷右厢都虞侯张光翰、龙捷右厢部指挥使赵彦徽等正在对酌。

几十个将领闯进帐内：“我等议定，欲策立点检做天子，不知掌书记有何高见？”

赵普：“天子岂是汝等贩弄之物？赵将军对大周皇室忠心耿耿，天人共知。如今汝等欲置赵将军于不忠不义之地，若给赵将军知道了，岂能轻饶尔等？快快散去，莫要再提此事，可恕尔等无罪。”

一将领拔出刀来：“我等今夜所为已成诛灭九族之罪，若点检不从，我等绝不甘退而受祸。”

赵普：“如今大敌当前，国难当头，先北上将敌军驱出境外，待班师回朝之日再议此事如何？”

将领：“等班师回朝？哼！夜长梦多，一旦走漏风声，必置我辈于死地。今日非立点检为天子不可！否则，六军定难再向北行。”

赵普：“江山易主，虽云天命，实系人心。既然诸位一再坚持，我愿与诸公共图此事。只是策立天子乃天地间第一等大事，必得周密筹划，不可乱来。诸位将领暂且请回营帐，安抚军心。我这就去见点检。”

众将领簇拥着赵普来到赵匡胤帐外。

赵普嘱咐道：“我去见点检，各位少安勿躁，不可生乱滋事。”

赵匡胤营帐内，他歪在床上假寐。

赵普说：“外面风煽得不错，火候差不多了。这几十年，武人对拥立的路数已经习以为常，一旦拥立成功，他们都能大获其利。点检一定得稳住神，把被逼着黄袍加身的戏做足，免得回京后受朝廷众臣责难时无从辩释。咱们且让拥立情绪继续酝酿。”

赵匡胤睁开眼睛说：“谨防他们情绪过激，行为唐突，须对他们严加约束，万不可纵兵生乱，抢掠骚扰百姓，以免丧失人心，激起民变。”

赵普：“骄兵悍将擅自拥立，已经犯下了灭族大罪，只要点检坚持不应，他们就不能不听您的号令。”

赵匡胤：“严密控制消息流出，一旦朝廷得到消息，韩通手里掌握的亲军马步兵不可小觑，各地藩镇拥兵自重，若闻有变云集京师……策立不成，反酿大祸。”

赵普：“卑职明白。”

深夜，赵匡胤营帐外。

众军官手持兵器涌上来，大帐渐渐被无数火把围住，人越聚越多。

李处耘说:“若是点检死活不干怎么办？咱们可都犯了灭门之罪啊。”

有人喊:“点检做!”

军士们齐声高呼:“点检做！点检做!”

赵普:“点检喝了酒,已经睡下,明天再说吧。”

“点检不答应,我们就不走。”

“不走！不走！不走!”

几千名军士手持武器,将赵匡胤的营帐团团包围。

赵普挤出人群,密令张令铎:“快马飞奔京都,告知留守京都的殿前都指挥使石守信、都虞侯王审琦二位将军做好准备,一切照计划行事。”

赵普安排王彦升部署军士严把出口,不许走漏一丝风声。

陈桥驿丞室内。

驿丞甲:“营房那边有些不对劲啊,有人喊点检做天子咧。”

驿丞乙:“这句话又不是今天才有人说。”

驿丞甲:“咱们要不要报上去,免得上峰怪罪下来。”

驿丞乙:“要不,你出去看看?”

这时室外两位军校手持武器推门进来,随手锁了门。

两驿丞一惊:“两位这是……”

军校:“长官怕两位孤单,派我们哥俩给你们做伴来了。”

驿丞乙无奈地:“哦,好好好……”

驿丞甲一缩头,又钻进被筒里。

大年初四

深夜,陈桥驿站赵匡胤营帐。

几千名军士手持武器,守在赵匡胤营帐外。

看到天色将明,众人逼近营帐门口,大声呼叫:“点检做天子!

点检做天子!”

守卫士卒阻止他们说:“点检尚未起床,请勿喧哗。”

王彦升领着人欲往里冲,一把推开守门士卒:“你懂什么?我们今天要拥立新天子!”

赵匡胤走出房间,对众人说:“你们……这是做什么?”

十几个将领高喊:“我等无主,愿拥点检做天子!”

赵普进言:“天命攸归,人心所向,点检若再推让,必然上违天命,下失人心。恳请点检顺天应命。”

王彦升、潘美疾步向前,将龙袍强行披在赵匡胤身上。

赵普、李处耘、王彦升、潘美等率先跪地叩首:“臣等参见陛下!”

成千上万的士兵涌来,跪地叩首:“吾皇万岁、万岁、万万岁!”

赵匡胤:“这如何行得?你等视我赵某为何人!我世受国恩,岂可妄自尊大,擅行不义?”

众将领:“将军若不答应,我等决不北上御敌。”

赵匡胤:“你等自贪富贵,拥赵某作甚,陷我于谋逆重罪。唉!罢罢罢,事已至此,莫非果然天意?尔等须听我号令,不然,我绝不肯做你们天子。”

万众齐呼:“我等愿遵号令!愿遵号令!”

赵匡胤被扶上战马,高举手中的宝剑,庄严颁令:“赵匡胤今天当这个皇帝,为的是给天下苍生创一个太平世道!与诸位将士共保荣华富贵!尔等听令:少帝与太后是我侍奉过的君主,不得侵犯;朝中重臣是我以往的同僚,不得欺凌;民宅府库悉有所属,不得抢掠。如从我命,后必重赏,有违令者,绝不宽贷!”

赵普、李处耘带头高呼:“不伤害太后和幼帝,不欺凌朝廷大臣,不骚扰市井百姓!秋毫无犯!军纪无情!”

众将士也振臂齐呼:“不伤害太后和幼帝,不欺凌朝廷大臣,不骚扰市井百姓!秋毫无犯!军纪无情!”声音如山崩海啸一般。

赵匡胤:“客省使潘美、军器库使楚昭辅何在?”

潘美、楚昭辅:“末将在。”

赵匡胤:“你二人各带兵一百骑,先行入京,分头晓谕政事堂和太夫人。”

“遵令。”

两人快马扬鞭而去。

赵匡胤发令:“整军返京!”

“是!”军士齐呼。

陈桥驿站至京师的官道上,赵匡胤带领大军返回京城。

凌晨,殿前司公署。

张令铎告知戍卫京师的石守信、王审琦及赵匡义:“点检已是黄袍加身了。”

赵匡义大喜,摩拳擦掌地:“那,皇上是怎么说的?”

张令铎看了他一眼,对石守信、王审琦说:“赵点检要两位将军照计划行事,一切审慎,谨防京城出乱子。另外,眼下京城唯一掌握军权的危险人物只有韩通,其他文臣,即使不满,也无力抵抗,所以,点检令我等对他务必提防。”说着拿出赵匡胤给二人的手令。

石守信快速阅读后,与王审琦对视一眼,说:“宫里的防卫一切都安排妥当了,只待点检一声令下,各自就位待命。”

王审琦:“陈桥门守卫长李汉忠是我带出来的,人很忠厚老实,认死理。他不知道我们的筹划,不过,他最敬重赵点检的为人,屡次要我向点检求情,若是有机会随赵点检去打仗,哪怕牵马坠镫,也觉得荣耀。这次我安排他守卫陈桥门,正是出于这样的考虑。只要赵点检带大军出现,他一定会唯命是从。”

赵匡义很着急:“哥哥可曾带给我什么话?”

张令铎:“点检要你负责太夫人与阖家安全,还有,皇宫那边你熟悉,务必确保太后和幼帝不受伤害。”

赵匡义似乎有些失望:“怎么,没有别的话说?”

崇政殿外侧殿内。

文武百官正在等候进入朝堂早朝,窃窃私语。

“怎么样，年过得还好吧？”

“能过好吗？大初一的，北边就来了急报，咱好歹也是朝廷命官，要是还花天酒地的，传到宫里，太后能高兴吗？”

“嗨，你我又不会带兵打仗，就是在家里吃斋念佛，也不顶战场上一个冲锋陷阵的兵卒管用。”

“你说，这一回，赵点检能打赢吗？”

“那还用说？要是别人带兵咱得掂量掂量，可是赵点检出去，就该有八九成把握。”

“说的也是，只是……”说话的官员压低了声音，咬着对方的耳朵说：“有人说出兵之日点检为天子，这话……”

“这……天意非我等所能测知，待点检破敌归来之日，谣言必定不攻自破。”

“有理，有理。”

殿前司公署内。

石守信问：“百官都进宫了吗？”

小校：“回指挥使的话，今日是年假后第一次早朝，百官都来了。”

石守信：“周至，带二百人设伏，守明德门。”

周至：“得令。”

石守信：“张沧海，带一百人设伏，守东掖门。”

张沧海：“得令。”

石守信：“林栋梁，带一百人设伏，守西掖门。”

林栋梁：“得令。”

石守信：“赵武，带一百人设伏，守东华门。”

赵武：“得令。”

石守信：“刘健，带一百人设伏，守謻门。”

刘健：“得令。”

石守信：“韩柱子，带一百人设伏，守西华门。”

韩达：“得令。”

石守信:“郑兆鑫,带一百人设伏,守拱宸门。”

郑兆鑫:“得令。”

石守信:“各队即刻到位。”

众将:“是。”领命转身而去。

石守信所部殿前军迅速到位,分别控制皇宫各出口。

石守信亲自带人守在明德门。

陈桥门外。

奉命带队守卫陈桥门的李忠汉正在巡值,远远看到大军正浩浩荡荡地赶来。

他立即对其他兵卒下令:“快,有叛军,紧闭城门。”

赵匡胤率军来到城下。

王彦升高声喝道:“哪个当值?”

“我,李汉忠。”

王彦升:“好,你小子! 新天子已经到了,快快开门。”

李汉忠:“哪来的新天子?”

王彦升:“我等已拥立点检做了天子,要改朝换代了,快开门迎驾入城。”

李汉忠:“赵点检? 赵点检昨日刚刚带大军北上御敌,怎会平白返回? 分明是你谋反篡逆。”

王彦升恼火:“妈的,王审琦怎么教的你! 睁开你的狗眼看清楚了,赵点检明明就在城下,还不快快开门? 莫要惹毛了老子,看怎么收拾你!”

李汉忠:“赵点检自己定的城门守规,除非得了皇上谕旨,决不能放一兵一卒入此门。”

诸将士不耐烦了,有人说:“废什么话? 干脆杀进去便了。”

王彦升更是搭弓射箭,意欲强攻。

赵匡胤急忙阻止:“莽货! 又犯了牛脾气! 万不可随意伤人,我等不妨绕道进城。”

封丘门外。

赵匡胤所率大军绕道抵达城下时，闻讯赶到的王审琦已经率领禁军大开城门。

赵普对王彦升一番耳语，只见王彦升一马当先，率领数百骑先行入城。

王彦升经过王审琦身边时，对其不屑地说："你调教的好部下！"

王审琦赶紧向赵匡胤请罪："末将教训属下不力，一定对李汉忠严惩不贷。"

赵匡胤："他履职尽责，有什么错？我看倒是该大加褒奖。传令，任何人不得伤害今日当值的陈桥门守卫军校。"

大军列队立在城外。赵匡胤再次宣谕："符太后及少帝，皆我君上，汝等不可凌辱，能从我乎？"

众将诺声如雷："能！"

赵匡胤："众大臣皆我同列，汝等能尊礼乎？"

众将："能！"

赵匡胤："开封百姓，皆我父老兄弟，汝等能不侵扰乎？"

众将："能！"

赵匡胤："府库仓廪，皆国家财物，汝等能为守护乎？"

众将："能！"

赵匡胤立于马上，厉声道："汝等既一一承诺，有敢违此令，妄杀一人、妄抢一钱者，杀无赦！"

众将："杀无赦！"

赵匡胤："进城！"

赵匡胤带领将士秩序井然地行进在京城大街上。路边店铺和做生意的丝毫未受影响，酒楼店铺照常营业。

路边卖泥人的李老汉与卖果子的张三窃窃私语："早就有人说，赵点检是紫微星下凡，说他一生下来就香气满室，所以小名叫'香孩儿'；还有人说，他在洛阳的寺院大佛殿睡着了，有寺僧亲眼看见一条红蛇在他的鼻子里钻进钻出。”

张三：“前一番儿，那个牛鼻子老道，叫啥来着，对，陈抟老祖，疯疯癫癫的，他说啦，这天下不能再乱啦，要出个圣主，开太平哩。”

李老汉：“是哩，有算命的说，先帝爷是木命，压不住这连年战火，须得一个火命的帝王出来，将来才能收复燕云十六州。”

张三：“嚯，这一回兵变跟前儿回弄事不大一样，不放兵乱抢啦。切，那些个有钱人这回白跑了。”

李老汉：“爱咋咋的，谁当皇帝，关咱啥事？”

张三看见了军人队伍里的赵普，十分惊喜，得意地说：“老李，我看见熟人啦。”他使劲朝赵普挥挥手，赵普却目不斜视，没有看见他。

李老汉不以为然地撇撇嘴：“可劲儿吹吧你。”

张三：“真哩，他常来买我的果子，问长问短，蛮和气。我刚跟你说赵点检那些事儿，就是他跟我说的。”

政事堂内。

潘美冲进去见三位宰相：“赵点检在陈桥驿被六军将士胁迫拥立，眼下已在整军还京途中，末将受命先行晓谕三位宰相。”

三位宰相目瞪口呆。

范质急得团团转，懊悔不已，一把抓住王溥的胳膊说：“罪过呀！仓促遣将，至此兵变，我辈之罪！我等对不起先帝呀！这赵匡胤！好个六军胁迫！六军胁迫呀！”

王溥呆愣良久，忍不住呻吟起来。范质这才发现，他已经把王溥的胳膊掐出血来。

魏仁浦挓挲着手，说：“出了这般大事，我等还是赶快禀报太后和皇上吧。”

崇政殿内。

范质：“启禀太后，殿前都点检赵匡胤举兵谋反，如今已返回京城。”

文武百官哗然。

符太后更是吓得不知所措:“这可如何是好?”

小皇帝坐在龙椅上扭来扭去,不知道这些大人们为何惊慌。

符太后一把搂住小皇帝,凄然道:“诸位爱卿,可有退兵良策?”

范质愤然说:“太后不必惊慌。兵来将挡,水来土掩,京城之中,还有禁军。可马上调集全城兵马守卫,再传檄到各镇,令各镇节度使赶往京师勤王。镇帅之中,也有忠义之士。如果他们连夜赶来,协力讨逆,不愁叛贼不灭。”

韩通冷笑说:“书生之论!叛军马上就要进城了,叫各镇节度使勤王,远水岂能救得了近火?”

王溥:“事已至此,韩将军认为该当如何御敌?”

韩通两眼一瞪,叫道:“大不了拼却一死,我韩通决不会负了先帝爷的嘱托。太后放心,臣这就去召集禁军!”说罢匆匆奔出殿外。

符太后搂着小皇帝哭出声来:“我大周莫非就留下韩将军一人?”

满朝文武面面相觑,无言以对。

明德门外。

侍卫军副都指挥使韩通仓促组织侍卫亲军马队数百人冲出皇宫,遭到埋伏在此处的殿前军袭击。

石守信发令:“射!”

殿前军众箭齐发,侍卫亲兵抱头鼠窜,一行人马作鸟兽散,跟着韩通冲出来的只剩下二三十人。

京城街上。

一名侍卫建议:“韩将军,我等区区几十人,岂能抵御二十万大军?”

韩通怒目圆睁,喝道:“随我去赵府,且拿了他的家人!”

韩通带领人马向赵府急驰而去,却发现赵府大门紧闭,已空无一人。

一个家仆模样的人飞奔赶来报告说："韩将军，王彦升带领的叛军已经进城。"

韩通："他们在哪儿？"

家仆："朝皇宫方向去了。"

韩通咬牙怒道："贼叛军，老子岂能容你等为非？"

说罢拨马往回赶，正遇先行回京的王彦升。

王彦升大叫道："韩指挥使，快去接驾，新天子到了。"

韩通骂："贼叛军，天子自在禁中，哪里来的新天子？你等贪图富贵，擅谋叛逆，还敢来此横行？速即回头，免致诛族！"

侍卫亲军看到王彦升人多势众，顿作鸟兽散。

韩通只剩下孤家寡人，无奈打马朝家里逃去。

王彦升紧追不舍，在韩通家门前将其一剑劈倒在台阶上，众人冲上去乱刀碎尸。

杀红了眼的王彦升要冲进韩通府中，部将张琼劝他："点检有令，不可滥杀！"

王彦升冷笑一声："别人杀不得，韩通有什么杀不得？这样的乱臣贼子，理应满门抄斩。来啊，一个都不要留，杀了贼人好安心迎新天子进城。"

士兵们得令，吆喝着冲开大门，蜂拥而入。

王彦升看到张琼一副不理解的样子，小声说："韩通为官多年，必然积蓄不少，弟兄们跟着你我，不让他们过过瘾，怎肯卖命？老子见得多了，历次兵变，哪一回不是由着军士劫掠几日？士卒靠这个自肥，军官靠这个发财，军队靠这个生存。你也别傻站着啦，去吧，别让那些小子们抢光了。"

韩通府邸。

众兵士发了疯一般，在韩府里翻箱倒柜抢夺东西，无论妇孺，见人就杀。哭喊声连天。

一个士兵看到个年轻漂亮女人正抱着首饰盒子没命地跑，一把夺过来，大把大把地把里面的项链镯子往自己口袋里装，那女人不死心，扑过来抢，被他窝心一脚踢倒在地，一刀捅在胸口上。

回头看到张琼进来了，赶紧献媚把盒子里剩下的首饰递上去：“张首领，这是小子给您准备的。”

张琼瞪了他一眼，劈手夺走了。

王彦升冷漠地看着眼前的杀戮，毫不动容。一个小校押着个五十来岁的妇人走过来，老妇人一边挣扎一边咒骂：“尔等叛臣贼子，虐杀我夫，我就算到了阴曹地府也要化作厉鬼剖你的心喝你的血！”

小校：“已经没有其他活口了，只剩这一个，韩通的老婆子。”

王彦升冷冷地看着她：“砍了就是，押来做甚？”

老妇人：“贼子作孽！我儿一定不会饶过你们！”

王彦升忽地想起：“他们家那个驼子呢？”

小校：“到处找了，没找到。”

老妇人大笑：“哈哈哈，我儿早知尔等阴蓄异志，有谋叛之心，可惜朝廷被尔等所惑，执迷不悟。我儿早已远走高飞，他一定会为我全家报仇……”

不待她说完，王彦升一刀刺进她的胸膛，又猛地抽出，鲜血喷溅。

定力院大雄宝殿。

主持走到神像后，用手轻按机关，神像缓缓移开，露出一个洞口。

主持引领楚昭辅援梯而下，拐弯走进地洞大厅。大厅四周有许多房间。

大厅内烛火通明，杜夫人正在数着念珠，两个儿媳和云儿侍立在侧。

楚昭辅：“卑职见过太夫人。点检已经在回京路上，安排末将先来通报。”

杜夫人神色平常：“我儿素有大志，此亦天意。”

大儿媳长长出了口气，忧色顿解。

巧娘神色凄然，低头不语。

云儿惊喜雀跃："娘，原来那驼子说的是真的？我要出去，看哥哥去。"

楚昭辅："赵点检命末将负责太夫人和家人的安全，暂时请太夫人在定力院再委屈一时。"

赵匡义匆匆赶来，满面喜色："母亲，大事已成。哥哥已经回到点检司公署。"

杜夫人："楚将军，我要出去，马上送我进宫。"

又吩咐赵匡义："你带路，我要去见符太后。二媳妇儿，你跟我一块儿去。"

巧娘吃惊地看着婆婆。

楚昭辅："现在外面正乱，万一街面上骄兵悍将失控……点检有令，末将不敢……"

杜夫人温颜道："我要进宫见符太后。正因为外面不安全，我更要出去，去保证符太后和皇上万无一失。"

皇宫永福殿内。

符太后正搂着小皇帝落泪，听到有人来，惊慌站起。小皇帝哇地一声哭了起来。

杜夫人向符太后跪拜行礼："臣妇参见太后、皇上。"

符太后冷笑道："连你，也来羞辱我们母子吗？"

杜夫人："匡胤被乱兵所迫，黄袍加身，实为无奈。太后仍是太后……"

符太后忍不住落泪，数落自己妹妹："别人倒还罢了，你是我嫡亲的妹妹，连你也来骗我！"

巧娘又羞愧又委屈："姐姐……"

杜夫人："太后莫怪她，要怪就怪老身一人，巧娘什么都不知道。"

符太后："也罢！点检做天子，倒成全了俺娘儿俩。省得俺孤儿寡母的，整天在这宫里头胆战心惊。是死是活，等赵点检给个了结吧!”

巧娘抱着抽抽噎噎正哭的小皇帝,不住落泪。

皇宫明德门外。

赵匡胤带军行至宫门,石守信开门迎接。

赵匡胤下令:“甲兵各自归营,非有上令,不得擅出。”

赵匡胤带着石守信、王审琦、高怀德等人,仍回到殿前都点检官衙,等候宰相们到来。

宰相范质、王溥、魏仁浦等人被潘美、王彦升等人押来见赵匡胤。

赵匡胤急忙起身,以礼相迎。

范质怒目而视,指着赵匡胤问道:“赵匡胤!先帝视你亲如骨肉,托孤顾命。今日,尸骨未寒,你却兴兵背叛,人心何在……”

赵匡胤呜咽流涕道:“我身受世宗恩厚,今日之事,实非所愿,的确是迫不得已啊。”

王溥也激动质问:“今日你既然篡逆,到底要拿我们怎样?是杀是剐,痛快些吧!”

王彦升听不下去了,猛然拔剑上前,厉声道:“我辈无主,众人拥立点检为天子,哪个再有异议?我这把宝剑可不是吃素的!甭说没用的,今日非立个天子不可!”

石守信、王审琦、高怀德等将领也手握武器,怒目而视。

“退下!休得无礼!”赵匡胤呵斥道。王彦升非但没有退下,反而跨步更逼向范质、王溥。

魏仁浦见状,叹道:“事已至此,便是万般怨愤,又能如何?”

魏仁浦忙扯了扯王溥,两人退至台阶下,跪拜叩头,口称:“万岁!臣愿拥立点检为天子。”

范质见大势已去,也只好被王溥拉着跪拜:“臣范质叩见万岁……”

赵匡胤忙下了台阶,扶起三人:“朕愿与士大夫共治天下!再造盛唐!”

“共治天下?”三人满目惊愕,抬头看着赵匡胤。

赵普不失时机地上前:“三位相爷,点检黄袍加身不同近世其他帝王起兵兴事,烧杀劫掠,祸及京师。所以今日街市安宁如常,朝中文武百官可照办公事。点检欲与朝廷百官共创太平盛世。依普所见,自古帝王禅让之礼,今日可行,不知三位相国意下如何?”

范质、王溥和魏仁浦相视片刻,范质开口:“既是禅让,便应受禅以礼。”

赵匡胤:“当然! 当然!”

范质:“点检既受禅,便要以太后为国母,养少主如亲子,不负先帝旧恩,方能天下归心,万民臣服。”

赵匡胤点头,说:“太后、少主,我曾北面臣事,早已下令,军中任何人不得侵犯。”

三宰相释然。

范质:“既是如此,我等先行知会了太后、皇上,这就去召集文武百官拜见新君。禅位大礼筹备事项,自有臣等操办。”

赵匡胤:“三位相国辛苦,我绝不忍心薄待旧臣。”

三位宰相战战兢兢,在手持兵器的众多将官怒目而视中辞出。

赵普使了个眼色,王彦升带人跟了上去。

范质转身,欲与王溥说什么,看到身后的王彦升等人,又把话咽了回去。

皇宫地窖里。

昏昏沉沉的郑起躺在地上,声音嘶哑地喊着:“快放我出去!快放我出去……”

他从地上爬起来,摇晃着门喊:“万不可派赵点检出兵……”

才发现地窖不知何时已经打开。他推开门走出地窖,看见一太监便问:“谁把本官关在此处?”

太监:“还能是谁?”

郑起:“谁?”

太监嗤笑道："新天子呗。"

郑起愣怔地："新天子？新天子？点检真的做了天子？难道百官就能答应？"

太监："不答应又怎样？百官已经在点检公署拜过新天子啦。"

郑起怔怔地："就没有一个不答应的？"

太监不理他，自己走了。

郑起摇摇晃晃地，嘴里嘟囔着："到底还是做了，到底还是做了……"

皇宫永福殿内。

范质、王溥、魏仁浦向符太后禀报。

范质流泪道："臣无能，有负先帝托付顾命之责，罪该万死。"

符太后："哼！赵匡胤出征是你保举的，你说要是连赵匡胤都反了，那就是大周的气数尽了。这大周的气数，果然尽了？"

范质扑倒在地，不停地流泪叩头："点检志在必得，臣无力回天啊。"

符太后："王相公，我听说你私下里和赵点检交情不错啊，早有人说你对他阴效诚款，有这回事吗？"

王溥也赶紧跪倒："臣该死，求太后治罪。"

符太后："魏大学士，听说赵家南阳郡太夫人经常去你家串门，还做主替赵点检的女儿和你儿子结了娃娃亲？你们两亲家，今日之事，必是遂了心吧？"

魏仁浦叩头如捣蒜："臣昏聩，臣该死。"

符太后落泪说："大周朝这么多文武，只有韩通将军一人，肯为朝廷效死？你们都是大周的宰相，是顾命之臣。事到如今，说这些还有什么用？你们不是来替新君做说客的吗，我不会为难你们。你们去回话吧，人为刀俎，我为鱼肉，要杀要剐，悉听尊便。"

符太后整了整衣襟，拉着小皇帝肃色端坐，说："来吧训儿，咱柴家人死也要死得有骨气，省得到了那边没脸见你父皇。"

三位宰相匍匐在地，羞愧无状。

殿前司公署内。

范质向赵匡胤报告:“受禅之礼就定在崇元殿,太尉认为可否?”

赵匡胤:“礼仪之事,尔等依前朝故事安排就是。”

范质:“符太后和皇上,照理,该如何称呼?”

赵匡胤:“符太后和皇上,自当尊崇。符太后改称周太后,幼帝封王,依旧住在皇城,供奉如旧。只是,为着方便,暂且迁往西宫吧。”

范质忧色稍解。

王溥已经改口:“如此说,新君登基是大喜,崇元殿要好好粉饰打扮才行,现日已过午,官家升殿之日在今天还是明天?”

赵普抢着说:“今日!今日就好!”

崇元殿外,人们在为新皇登基忙碌,魏仁浦正在指挥一个年轻太监挂灯笼。“嗨,高点,高点。”

翰林承旨陶谷一副踌躇满志的模样跨了进来,东张张西望望,看着太监和宫女们装点宫殿。

魏仁浦:“陶学士,你怎么现在就来了,且到外面候着,时辰到了自然会请百官一起过来。”

陶谷只好没趣地走了出去。

下午,崇元殿外侧殿,百官侍立在殿内等候。

陶谷与身边的翰林学士李昉耳语道:“我早就料到会有今日。诸葛亮料事如神,咱也不输于他。”

李昉双目紧闭,垂首不语,身体微微发抖。

陶谷不屑地小声说:“死脑筋。”

李昉忽地站起身,走了出去。

陶谷:“耶,咋走啦?这……待会儿还要向新君朝贺呢。”

他看了看身边的官员,大家都忐忑不安地面面相觑,没有人搭腔。

一位官员悄悄问身边的另一位："你说，赵点检，嗯，这个，新，新君他，会如何处置咱们？"

另一位："唉，一朝天子一朝臣，谁知道呢？今日总会有个结果，且等着吧。"

下午，殿前司公署。

赵匡义兴冲冲去找哥哥。看到赵普、石守信、王审琦、高怀德等人正在与赵匡胤议事。

赵匡胤："今日我能稳坐此处，全赖众位忠勇力撑。观今日局势，我等只夺得一座京城。周边方镇环伺，江山未稳，朝中百官恐多有不服。"

赵匡义插话："哥哥都要登基做皇上了，一人之下万人之上，还怕他们什么？诸位将军都在这里，只消哥哥一声令下，哪个敢不从命？"

诸位将官看着他一言不发。

赵匡胤瞪他一眼，赵匡义立即噤声。

赵普笑着说："皇上自然不会亏待了兄弟们，只是，眼下恐怕不得不忍一忍。若对周朝官场大动筋骨，必然引起朝野震荡。"

赵匡胤："首相范质历汉、周两朝宰相，在百官中素有威望，争取他的支持很重要。当年周太祖第一次自邺都兵变回京，因为未得首相冯道支持，不得不议立刘赟为汉帝而自任监国，直至后来出兵北上抗辽之机，在澶州二次兵变，黄旗被身，兵回开封，才得以废汉建周。"

高怀德："当年我亦在军中，深晓此事。旧朝要员并非一无用处，若要号令天下，还非他们出来说话不可。"

石守信、王审琦也微微点头。

赵普："臣建议，对周朝大小官员可一律留用。"

众人惊讶地看着他。

赵普接着说："尤其是重臣范质、王溥、魏仁浦、吴廷祚等人，不单要保留原职，还要加官晋爵。一来先帝选用他们，确系其有过人之才，新朝初立，需要他们的才干；二来，利用他们可安抚臣民人心；三嘛，何妨姑且留之，慢慢保留虚衔，夺其实权。”

赵匡胤沉吟：“有道理。那就仍用范质、王溥、魏仁浦为宰相，吴廷祚为枢密使，但也不能亏待了提着脑袋跟着我的弟兄们。”

赵普：“诸位将军为拥立皇上不惜身家性命，当然不能让弟兄们寒了心，臣以为均应大大提拔。尤其是禁军，应使其成为皇上身边最贴心的一件兵器，一定要掌握在自己人手里，皇上用起来才能得心应手。”

赵匡胤突然问：“慕容延钊、韩令坤那边可有消息？”

赵普：“慕容将军遣使来报，现屯驻于真定。”

赵匡胤：“传令，慕容延钊与韩令坤安守边境，谨防北汉、契丹趁我政权初建轻举妄动。许其可便宜从事。”

他沉吟片刻，继续说：“我意，以慕容延钊为殿前都点检，节度昭化军，仍镇守北边。以韩令坤为侍卫马步军都指挥使，节度天平。高怀德与王审琦分任殿前副都点检和马步军都虞侯，分别为朕掌管殿前司和侍卫司。宋州为龙兴之地，交给别人不放心，就让石守信做归德节度使，兼任侍卫马步军副都指挥使。诸位以为如何？”

几位将领面色惊喜，纷纷行礼：“谢万岁提携！”

赵匡胤看了看赵普：“至于赵书记……嗯……”

赵普：“臣无他望，能继续为皇上效力就是臣的福分。”

赵匡胤：“位置不见得很高，但是一定要很重要，我看就任右谏议大夫、枢密直学士，替朕监督百官、掌控枢密院吧。待朝局稳定，时机成熟，再补给你名分。”

赵普：“悉从皇上差遣。”

赵匡义听来听去，哥哥根本没有提到自己，感觉大哥忽视了他，很不满意，面色沉郁，转身走了出去。

赵匡胤继续安排：“要请韩通父子和郑起参加禅让大典。正因他们反对，朕更要对他们以诚相待，让他们心悦诚服。还有守陈桥门的那个校官，叫什么来着？”

王审琦:“叫李汉忠。”

赵普:“张琼,快着人去请他们。”

赵匡胤:“要让宰相亲自去请。首相范质去请韩通韩大将军,次相王溥去请郑起。别人去请他们未必肯来啊。”

侍立在旁的石守信嗫嚅着:“韩通已死。”

赵匡胤惊问:“怎么死的?”

赵普看向张琼:“你和王彦升先进的城,到底怎么回事?”

张琼对赵普耳语。

赵匡胤皱着眉,说:“怎么?有什么不能光明磊落说出来的。”

张琼:“嗯,嗯,韩通带兵抗令,已被满门抄斩。”

赵匡胤大怒:“哪个敢抗令滥杀?谁干的?”

张琼胆怯地看了看赵匡胤:“散、散员指挥使王彦升。”

赵匡胤腾地站了起来,怒道:“不长进的混球!他在哪儿?”

赵普紧张地小声提醒:“现在还不是问罪的时候。”

赵匡胤压了压怒火,坐了下来:“没脑子的货,坏我大事!且宽他一时,等过了今日再说。”

下午,郑起家。

室内破败寒酸,他披头散发倒在床上,嘴里念叨着:“先帝爷,臣愧无死地,唯求一死追随先帝。”

一个年迈的仆人走进来,说:“大人,王相国来啦。”

郑起躺在床上未动,说:“哼,相国?谁的相国?大周的相国还是他赵匡胤的相国?”

仆人:“大人……”

郑起鄙夷地看了王溥一眼:“来的这是谁啊?好威风的相国大人!大周你任宰相,赵匡胤来了,你还是宰相。你拿大周的江山换了自己头上的乌纱。去吧,去报告你的新主子吧,咱郑起生是大周的臣,死是大周的鬼,决不会背叛了主子。你不是带着人来的吗,叫他们杀了咱吧,咱郑起愿引颈就死。”

王溥走至床前,说:“没有人要杀你,新天子命我来请郑大人到崇元殿参加禅让礼……”

郑起：“禅让？哈哈，禅让，哈哈哈，好个尧舜之风啊，哈哈哈，太后幼帝手无寸铁，能不禅让吗？”

王溥道：“主少国疑，孤儿寡母。迟早会有人穿了这龙袍。赵点检胸怀远大，说不定倒是国家之福。”

郑起：“国家之福？是你王溥之福吧。滚，滚，你给我滚出去！”

他跳起来，抡起手里的一只椅子，把王溥赶了出去。

他气咻咻地立在屋子中央，喊道：“郑安，郑安！”

仆人走进来：“老奴在。”

郑起：“去，去给咱买个棺材来。”

仆人：“大人？”

郑起：“咱唯求一死。”

看到仆人站立不动，喝道：“为什么还不去？哦，没钱是吧？”他在身上摸了摸，摸出一吊钱来，递给仆人：“拣那最便宜的薄皮棺材买一副就好。”

老仆人落泪：“您这脾气到啥时候能改一改？”

王溥立在郑起家门口，看到老仆低头抹泪出去了。

他无奈地摇摇头，长叹一声，蹬上马车，沉郁地吩咐车夫：“走吧。”

下午，崇政殿前。赵匡义看见别人各忙各的，只有自己无所事事地在院子里转来转去，心里难免失落，狠狠把拳头砸在墙壁上。

这时，他的拜把子兄弟，刚刚受差遣外出办事的马步军都头张琼走过来，笑道：“哟，谁惹我兄弟了，大家都高高兴兴的，咋就你一个人耷拉着脸躲在这儿？”

说着，张琼看看左右无人，从怀里掏出一串珠宝塞给他，耳语：“这是在韩通家弄到的宝贝！哥哥特地给你留的。”

说完要走，赵匡义拉住他，“你刚才从殿前司过来，听见里面在说什么？”

张琼：“说是保留符太后为国母，小皇帝也要封王。再就是，点检和赵普他们秘议,如何大典和改元呢!”

赵匡义:“哥哥有没有提到我?”

张琼想了想,摇摇头。

赵匡义:“哥哥他,哼!”扭头走了。

张琼不解地愣在那里。

下午,皇宫滋德殿。

赵匡义向杜夫人发牢骚:“您说,哥哥他是不是糊涂了,怎么啥都听赵书记的。不杀他们就罢了,还要让范质、王溥、魏仁浦做宰相?还要保留符太后为国母,那把您往哪里放?还改朝换代做什么?娘,这是早就议定好的吗?怎么都没跟我商量?大哥打算让我干什么?该不是还做这个跑腿打杂的内殿祇侯吧?”

杜夫人正色道:“匡义,你哥哥刚刚黄袍加身,还没坐到龙椅上,你怎么就计较起自己官职大小啦?你哥哥是为天下苍生做皇帝,不是为咱赵家一门。从今日起,要把家事和国事分开。命国母、任宰相是国事,与你何干!你在朝廷里干什么,得由你皇上说了算。再者,哥哥以后是一国之君了。普天之下,莫非王臣。你可不能像往常一样,诸事与哥哥争辩,有什么事私下里向哥哥进言。”

赵匡义一时难以接受,不满地说:“娘!你总是向着他。你也说过,我书念得比哥哥好,胸襟抱负不输于哥哥的,怎么如今样样都看他比我强?”

杜夫人:“傻小子!你不还年轻嘛。你哥哥是刀光剑影里搏杀历练出来的,你想替朝廷做事,也得一步步来嘛。”

黄昏,崇元殿内。

赵匡胤隆重的登基大典。

宰相范质、王溥与文武百官依序列于殿下。

范质:“时辰已到,请新君吧。”

文武百官左顾右盼:“尚无禅位诏书。”

王溥急得直甩手:“哎呀,这可如何是好?”

陶谷走出人群，从袖子里掏出一册黄卷："禅位诏书在此！请三位宰相过目。"

范质一脸古怪，看了陶谷一眼。

崇元殿旁东侧殿，太监们服侍赵匡胤换上合身的新龙袍。

范质、王溥进来，叩头道："恭请圣君。"

赵普眼色示意石守信、王审琦、高怀德等侍立在侧，勿离左右。

在宣徽使引导下，赵匡胤行至龙墀南侧，面北跪拜。

范质疾步登上龙墀，以柴宗训的口吻宣读禅位诏书：

"天生蒸民，树之司牧，二帝推公而禅位，三王乘时而革命，其极一也。予末小子，遭家不造，人心已去，国命不归。咨尔归德军节度使、殿前都点检赵某，禀上圣之姿，有神武之略，佐我列祖，恪于皇天；逮事世宗，功存纳麓，东征西战，厥续懋焉。天地鬼神，享于有德，讴歌狱讼，归于至仁，应天顺民，法尧禅舜。如释重负，予其作宾，呜呼钦在，祗畏天命！"

宣读完毕，宣徽使引赵匡胤退至北面，拜受禅位诏书。

宰相范质、王溥一左一右扶赵匡胤升殿，坐上龙椅，加衮冕。

范质、王溥带领满朝文武百官跪地叩拜，山呼："贺吾皇万岁、万岁、万万岁！"陶谷满脸得意。

赵匡胤宣诏："奉周帝为郑王，符太后为周太后，迁居西宫。诏定天下之号为宋。改元建隆元年。原有周朝官员全部录用，重臣权相加官晋爵。特赐宰相范质加兼门下省侍中，王溥加兼司空，魏仁浦加兼尚书省右仆射。"

范质、王溥、魏仁浦疾步走出班列跪地叩首："臣等叩谢皇上隆恩。"

赵匡胤又命丞相范质颁发诏令：

"以翊戴功，授赵普为右谏议大夫、枢密直学士；

慕容延钊为殿前都点检，昭化军节度使，同中书门下二品；

韩令坤为侍卫马步军都指挥使，天平节度使、同平章事；

石守信为归德军节度使、侍卫马步军副都指挥使；

高怀德为义成军节度使，殿前副都点检；

王审琦为泰宁军节度使、马步军都虞侯；

张光翰为江宁军节度使；

赵彦徽为武信军节度使；

皇弟匡义今赐名'光义'，为殿前都虞侯领睦州防御使。"

石守信、王审琦、张令铎、赵普、高怀德、张光翰、赵彦徽、赵光义呼啦啦跪倒："谢主隆恩！"

大年初五

凌晨，皇宫内。

符太后怀里搂着宗训，孩子已经在她怀里睡着了。而她，一夜无眠。这一夜之间，她的面庞瘦掉了一圈。她做好了最坏的打算。无论天亮之后面对怎样的命运，她绝不会辜负先帝给她的名分。当第一缕亮光投进窗户的时候，她抿抿嘴角，坐直了腰身。

大街上有噼噼啪啪的鞭炮声，家家拜财神、吃饺子，是民间在庆祝破五。

橐驼儿

1

后周名将韩通，性格暴戾，人称“韩瞪眼”。儿子韩微完全不似他，识见明敏异常，可惜小时候得病，落下驼背之疾，被人戏称为“橐驼儿”。

显德六年冬，韩微对父亲说：“先帝驾崩，幼主即位，如今点检做天子之说甚嚣尘上，依儿所见，赵匡胤素善笼络人，私下里广交朝臣，恐怕早已怀有夺位之心，实非大周之福啊。”

韩通：“主少国疑，历来如此。可这大周朝不是他姓赵的天下，只要有我韩瞪眼在，他甭想怎样。妈的，当年我和张永德齐头并肩时，他尚是张永德的马前卒，凭着运气好，打了几场胜仗，居然要和我平起平坐了。哼！”

韩微：“父亲何不向太后和皇上进言，夺了赵匡胤殿前都点检之职，灭灭他的气焰，也好防患于未然。”

韩通：“我儿快去写奏折，明天我就去面呈范、王二相。”

2

次日，韩通闯入政事堂，递上奏章，道：“赵匡胤对皇上和太后表面假意恭顺，唯唯诺诺，暗里交通朝臣，居心叵测，分明就是谋逆叛贼！”

范质：“赵点检为人忠厚，功高威重，事上以敬，待下以和，人缘广阔，能算什么毛病？未必都得像你韩指挥使，见人就瞪眼？”

韩通拍着桌子道："你等包庇他，莫非和赵贼是同党？"

王溥勃然变色："哼！自恃武功，咆哮政堂！我看真正谋逆的是你韩指挥使吧？"

"你，你……"韩通怒冲冲拂袖而去。

3

正月初一，东京城到处张灯结彩，大街上人来人往，互贺新年，一扫世宗去世以来朝野的晦暗气息。

忽地，两匹快马穿过躲闪的人群直奔皇宫而来，滚鞍下马的军校擎着手中的军报，大叫："五百里加急！"

禁军接过急报，奔入宫内，高呼："五百里加急！"

片刻之后，宫里传出太后口谕，北汉主刘钧联合契丹进犯，急召官员入朝议政。

4

韩通宅邸。

韩微："父亲，您一定要力争自己带兵，万不可使二十万大军落到赵匡胤手上。否则，不光江山要改姓，咱韩家的好日子也快到头了。"

赵匡胤神色一凛，奏道："臣请北上御敌，倘不能退敌，愿以死谢罪。"

朝堂上，韩通请命道："臣受朝廷重恩，日夜思报，今日北边不定，百姓不安，臣愿领兵出征，为我大周效命沙场。"

符太后看了看两位宰相的神色，口授谕旨："殿前都点检赵匡胤率兵二十万北上御敌，慕容延钊为先锋，各路军队，悉从赵点检调遣节制，违令者斩。"

赵匡胤叩头道："臣领旨。"

韩通还要争辩："太后，不可啊……"

范质横了他一眼："韩将军，你敢抗旨？"

韩通急得满头大汗。

5

正月初二，韩通府邸。

韩微："赵匡胤带兵此去，犹如龙潜大海，虎归深山。父亲，我们马上收拾东西，远走高飞吧。"

韩通："先帝对为父有托孤之重，今日朝野尽被赵匡胤迷惑，是为父的失职。就算玉石俱焚，我也得留下来。可韩家就你这一棵独苗，血脉不能断。你今天就走，到李重进将军那里去。看在我曾鞍前马后伺候他多年的份上，他会照看你的。"

韩微："父亲，孩儿岂能丢下二老，一人逃命？"

韩通："去吧。石锁为人忠厚，让他跟着你一起。待会儿换件衣裳，悄悄出城吧。"

韩通又嘱咐："石锁，公子身体不好，你多费心吧……到账房看看，多带些银两。"

韩微磕了个头，哽咽着叫了声"父亲……"，起身决然而去。

6

官道岔路口。穿着粗衣烂衫、骑在马上的韩微最后一眼回望京师，擦了擦眼泪，打马欲走。

石锁："公子，扬州在南边，这条路是往北的。"

韩微："扬州太远，咱们先去潞州，找昭义军节度使、检校太傅李筠去。他驻潞州多年，根基深厚，与我父也颇为投缘。"

7

潞州李筠官邸。

韩微:“赵匡胤智虑多谋,挟威自重。如今朝廷将二十万大军交给赵匡胤北上御敌,眼看要酿成大祸,家父恐无力回天,这才遣我至此。李将军……”

有侍从匆匆进来,呈上一份密报。

李筠一眼,腾地站了起来:“他赵匡胤果然夺权篡位!如今大周幼帝已经逊位,赵匡胤僭位登基了。”

韩微紧张地问:“可有家父的消息?”

李筠有些不忍:“令尊是京城里唯一敢武力对抗赵匡胤的大周臣子,你父他……已死于乱刃之下,韩氏满门,尽遭屠戮。”

韩微目眦欲裂,哑号一声:“父亲!”当场昏厥过去。

待他悠悠醒来,看到自己身处一偏僻静室,石锁正守在身边,他咬牙恨道:“韩微誓与赵匡胤不共戴天。我必须说服李筠,借他之力,为韩家满门报仇。”

8

两个月后,潞州李筠镇署。

李守节瞪了一眼韩微,说:“父亲还是打消这个念头吧,父亲在潞州经营多年,这里物阜民丰,远离京师,与做个小皇帝无异,何苦给人家当枪使?”

李筠:“京里情况怎样?”

李守节:“据儿所见,今上崛起兵间,功高望重,甚得人心。连郑起、王著这些以前公开叫板的家伙也一个个不肯出头了。”

韩微:“哼,这些人有奶便是娘,天生没脊梁。”

李守节鄙夷地一笑:“嚯,你的脊梁直啊,橐驼儿!”

石锁一听，伸手去拔腰刀，被韩微拦下。

李筠："哼！天子么，难道只有他姓赵的能做？四方节镇有几个打心眼儿里服气他？我不趁他座席未暖起兵讨之，更待何时？"

李守节："父亲，孤军起事，实在凶险啊！"

李筠："谁说孤军？北汉已允我倾国相助，你自京城回来之前，我已与韩公子议决，即日就起兵。"

李守节："父亲……"

李筠："老子反宋是反定了！就算江山改姓，也轮不到他赵匡胤。守节，你驻守潞州，为父亲自带兵南下。"

9

赵匡胤冒着箭雨飞石，亲自指挥攻城。

泽州城内李筠营帐内，军校进来报告："将军，赵匡胤已经带人攻打进城里。"

李筠仰首惨笑："天不助我，天不助我！"

侍妾刘氏胆怯地看着他："将军！"

李筠："军校，堆柴，燃火！"

刘氏望着熊熊火焰惊恐地哀求："将军，妾身怀了李家的骨血，给妾留下性命吧。"

李筠疯狂地笑着："老子可不能把你留下来，便宜了赵匡胤。"说着，抱起刘氏走进火海。

10

潞州城外。

石锁："公子，北汉一个援军也不肯出，李筠已经赴火自尽了。"

韩微咬牙："咱们走！"

石锁："去哪？"

韩微:“扬州。”

石锁:“李筠有精兵三万,尚且落此下场,扬州李重进区区几千人,能有何作为?”

韩微仰天叹道:“死马且当活马医吧。”

韩微带着石锁偷偷去牵马。

被李守节带着人追到。

李守节骂道:“死橐驼儿,你害死我父亲,害了我李家,偿命来!”

石锁赶紧护在韩微面前。

石锁双手难敌众人,很快被扭住,眼睁睁看着李守节把剑刺入韩微胸膛。

韩微胸口涌出鲜血,带着一抹惨笑看着石锁,说:“我们韩家……没有……不忠不孝的……叛臣。”惨然倒下。

石锁撕心裂肺:“公子,等等奴才。”说完一头撞向身边一名小校手中的刀,刺穿了胸膛。

11

潞州城门大开,城上飘起白旗。李守节命人绑了自己,带着将士出城匍匐道旁,迎接赵匡胤:“臣李守节愿伏死谢罪。”

赵匡胤:“你父为逆,你却知忠,朕岂能不分善恶?朕非但要赦免你,还要授你为潞州团练使。”遂吩咐左右:“来,替团练使松绑。”

李守节连连叩首:“谢陛下隆恩!”

赵匡胤率大军进入潞州。

后,为收拢人心,韩通被赵匡胤优礼厚葬,韩微的尸骨也运抵京城,葬在父亲的坟旁。令人吃惊的是,他一直驼着的背,死后竟然变直了。

塔　灵

我家住开封城东北角，我是塔灵。我已经九百多岁了，没错，我就是当年开宝寺铁塔的灵魂。我一生最好的朋友是塔身。比之于人类的双胞胎，我们也算孪生子吧。从出生那天起，就注定了我们必须生死相依。

我们为供奉佛祖舍利而诞生，塔身降世比我早了砌一块砖的时间，他惯于以大哥自居，爱对我管东管西。年轻时，我对他不以为然。这么多年磨合下来，我俩成为最贴心贴肝的兄弟。

都说佛门四大皆空，其实，我们也曾年轻气盛。我们的前世是塔王喻浩修建的木塔，富丽锦绣，雄伟壮美，可惜被雷火焚毁，所以到铁塔这一世，塔身采用了能抗雷击的琉璃砖。我下巴上刚冒出胡茬那一年的盛夏，雷神对着我们一击而来，俺哥儿俩齐心协力、携手并肩和电闪雷劈斗法，彻底打败了雷神，从此雷电家族看见我们就躲得远远。

带我们来到人间的是喻浩之子喻广师傅，喻师傅唯恐自己造的铁塔赶不上父亲的木塔，每隔几天，就要来开宝寺看看，确保铁塔安然耸立。当他看到我们战胜他最担心的雷电，非常欣喜。

有一天，喻师傅带来了一个年轻美丽的女孩子。他向她讲解造塔技术，我听出来了，她是喻师傅的孙女铃铛。从那天起，她轻盈的身影印在我心里。

塔身怪我六根不净。他说，从降生那天起，我们的责任就是守护这座城市，为这里的人们祈福。

我嫌这份责任太过沉重，一心想逃避。我向往俗世的繁华，渴望人间的幸福，要离开铁塔去寻找铃铛。塔身告诫我谨守佛门戒律。那天，一场激烈的争执之后，我出走了。

找到铃铛家时，听说她已入宫多日。因为太后笃信佛学，看中喻家多世茹素，选铃铛进宫陪她修行。我无法承受这样的打击，愤而走进深山，不愿再回开宝寺。

山里的生活是寂寞的。我开始思念塔身。有一天，我看到一群人到山里避难，才得知金兵侵占了东京城。

我十分震惊，匆匆赶回，看到京城满目疮痍，听说宫里的人都被金人掳往北边，刚烈的铃铛不肯受辱，撞墙自杀了。

我恨自己。我的失职啊！我辜负了培育我的喻师傅，辜负了信任我的京师民众，辜负了美丽的铃铛，我没有担起护佑这座城市的责任。

回到开宝寺，塔身因为我离开太久已经奄奄一息，我的归来恢复了他的元气。从此以后，我再不敢擅离职守。

很长一段历史里，开封城屡遭水患灭顶。面对滚滚河水，我俩虽齐心协力，仍无法降服水魔，眼睁睁看着开封人被迫背井离乡。

逃难的人流里，一个小孩问爷爷："咱们不要家了吗？"

"要，将来水退了，咱就回来。永远记住，咱家在铁塔边上，铁塔是咱开封人的灯塔，永远指引咱回家的路。"

塔身让我去向佛祖求助。佛法无边，水魔终于退去。人们回来了，在废墟上重建家园。

我越来越爱这座城市。

有人问，出家人也有恨吗？有。1938 年 6 月，日本侵华的战车开进中原。日本人知道，要摧毁开封，首先得摧毁开封人精神的象征——铁塔。飞机大炮轮番轰炸，我和塔身拼力抗争。可仅凭砖瓦之躯难以抵御炮火。塔身在枪林弹雨下伤痕累累，他一再要我暂时躲避。我当然不能丢下兄弟，我是塔身的生命之光，我要和他一起永远挺立。

我们潜心向佛祷告，祈愿代替开封城承受灾难，祈愿经历煎熬换来民众安宁。

1945 年，日本终于战败。我们拖着残躯走进新时代。

1952 年，主席到开封视察时指示，要修复铁塔。多亏了能工巧匠们，帮我们治愈创伤，重振精神。

铁塔已住世九百多年，我和塔身愿永远屹立，为这座城市和生活在这里的人们祈福。

小瓷匠奇遇记

1

汴梁城有位小瓷匠，名叫张伟，他最近着了魔，见天神神道道，张口闭口说的都是柴窑，睁眼闭眼想的都是柴窑瓷。为啥？他恋爱啦。

小瓷匠是古城汴梁一户老窑匠家庭三世单传的宝贝独苗儿。这小伙子是个九零后，从小耳濡目染，一放学就跟着爷爷和爸爸在自家窑场打下手，帮忙拉坯烧瓷。爷爷说，这孩子天生是做瓷器的好材料，机灵得很，一点就通，一学就会，十五六岁时做的瓷器，已经比窑场成熟匠人做得还好。

爷爷说，张伟生在好时候啦。改革开放多年，经济放开了，人们手里有钱啦，开始追求艺术啦，前些年，大家都穷，买东西图便宜，能用就行，谁管是手工做的还是机制的，是艺术品还是大路货。现在生活条件好啦，人们开始讲究生活质量，识货的人越来越多，他们家手工高端瓷器的市场越来越好，好瓷匠有了用武之地。

张伟高中毕业后报考了陶瓷大学，四年大学期间他没闲着，除了学好理论，每个假期都要游学各地，跑遍全国各大名窑，参观各大瓷器博物馆，拜访各地名师切磋技艺，吸纳各窑所长，他的制瓷技艺进步很快。

毕业后，张伟回到自家窑场，一心要做个出类拔萃的瓷匠。本来他的日子过得挺舒心，凭着老天爷给的天赋和自己的刻苦钻研，作品多次在全国陶瓷大赛中获奖，在同行中有了些名气。尤其是他做的高仿古代名窑瓷，被多家博物馆作为替代展品收购。

他的恋爱对象是在网上认识的。“互联网＋”时代啦，谁还死守着酒香不怕巷子深?他说服爷爷和爸爸,聘请专门机构对自家产品在网上建了一个全面展示平台,开展网上订制、网上销售。在他的老顾客里头,有一位眼光特别好,和他极有默契,每件他自己特别中意的产品一放上去,对方就下订单。这位网上订户因为经常和他联系,两个人慢慢地从音频聊到视频聊,从视频聊到见面聊,越聊越热乎,最后竟谈起了恋爱。

一年多后,到了谈婚论嫁的时候,可是人家妈妈不同意。为啥?这姑娘是独生女,家境优裕,父母着意培养,名校毕业,学历又高,工作又好,在上海陶瓷研究所上班。而他,整天跟泥巴打交道,一个靠手艺谋生的小瓷匠。姑娘妈妈嫌他配不上自家闺女。

姑娘没少做她妈的工作,说张伟是陶艺天才,能把五大名窑的瓷器仿造得惟妙惟肖。妈妈听了嗤之以鼻,说:"仿出五大名窑算啥本事,早就有人仿出来啦。他不是汴梁人吗?都说柴窑瓷的诞生地在汴梁,他果真有能耐,仿一件柴窑瓷试试?"

"要能仿出来,您就答应?"

"我说话算数,只要他能仿出来,我就认这小子做女婿。"

就这样,小瓷匠张伟和未来的丈母娘约定,以三年为期,要仿出柴窑瓷。为了心爱的姑娘,他豁出去了。

从这天起,小瓷匠张伟推掉所有订单,一门心思钻研柴窑瓷。

2

你要仿烧柴窑瓷?爷爷一听就瞪大了眼睛。这座老城里收藏瓷器的人挺多,制作瓷器的人也不少,可是柴窑瓷,谁也没见过。据说那是周世宗柴荣在汴梁城坐天下的时候,御口亲封的皇家瓷窑,烧出来的瓷器专供皇家祭祀之用。甭说平头百姓没见过,就是王公大臣,见过的也不多。何况柴荣在位只有五年半,经过改朝换代,当年的御窑早已荡然无存,存世柴窑瓷极其稀少。

爷爷说,汴梁城东南角的天清寺是周世宗柴荣当年的功德院,落成之天，恰巧是他的生日。柴荣小时候是窑匠出身，他一高兴，下令把皇家御窑建在天清寺内，要求瓷器得烧成雨过天晴天空的颜色。这可太难了！瓷匠们烧了一窑又一窑，试了一次又一次，颜色始终难如圣意。后来，还是皇上亲自调配了釉汁，方才成功。因为配方涉及皇家机密，所有的御窑瓷匠都必须立誓世代为柴氏家奴，以保永不泄密。

柴荣去世后半年，赵匡胤黄袍加身，代周自立，建立了宋朝。柴荣的儿子，逊位后的周恭帝柴宗训，迁到天清寺居住。柴窑也不再为皇家服务，改烧塔砖，柴窑的匠人们在天清寺内繁台上建造了一座佛塔，就是今天的繁塔。这座塔六角形，高九层，层层垒砖，砖砖坐佛。人们都说这座塔有佛祖护佑，神奇得很，风雨雷电都避让着它，所以住世一千多年了，仍然保存完好。传说繁塔下面有地宫，御窑烧出来的很多精品瓷器，就藏在塔下的地宫里。只是，地宫门从来没打开过，谁也没见过这些神秘的宝贝。

为了仿出柴窑瓷，张伟下了很大功夫。他查阅了很多资料，请教了很多专家名师，访问了国内外藏品最丰富的瓷器博物馆，女朋友也不断把学术界关于柴窑瓷的最新研究成果发给他做参考。张伟发现，这个三年约定太难实现了，在他之前，历朝历代已经有无数陶瓷界高人穷尽一生仿制柴窑瓷，可从来没有人成功过。

好在，张伟初生牛犊不怕虎。他在自家的窑场里按照学术资料记载，仿建了一个后周皇家御窑，比照着权威博物馆馆藏的器型，一次次尝试，一窑窑试烧，可是一次又一次地失败了。虽然每次都有一些进步，但和他想要的感觉还相差甚远。眼看着两年多过去了，张伟忍不住着急起来。

爷爷提醒他，都说天清寺里的繁塔有神灵护佑，你何不到那里找找御窑旧址，拜拜佛塔，说不定能启发灵感呢。

张伟还真信了。他每天一大早就沐浴、更衣，带着一个面包一瓶白开水，到天清寺去找感觉。一来二去，天清寺的管理人员和他熟悉起来，都说这小伙子为仿烧出柴窑瓷已经魔怔了，大家都尽量为他提供便利，允许他登上繁塔研究查考。张伟看见塔身内外遍嵌佛砖，一砖一佛，有释迦、弥勒、阿弥陀佛，还有菩萨、罗汉、乐伎等等，每一块塔砖都极尽精妙。

又是两个月过去了，张伟在新烧制的瓷器里不断加入他从繁塔汲取的灵感。爷爷说，这些是他见过的最好仿品，已经和博物馆藏品十分接近了。可张伟还不满意，他要做到极致，非得和历史上的柴窑瓷一模一样才行。

为能专注于精研瓷艺，张伟每天带着蒲团到繁塔里打坐一个小时，帮自己静心，集中精力寻求突破，巴望能醍醐灌顶，灵感突现。又是多天过去了，还是没能奏效。

离约定期限只剩下三个月了。张伟的嘴角鼓起了水泡，眼睛熬得通红。怎么办？怎么办？张伟遇到了有生以来最大的难题，如果输了，他就得放弃这个情投意合的女朋友。不，他决不能认输。

情急之下，他决定铤而走险。地宫里不是有柴窑瓷吗，何不借来一用？他查阅了古建筑资料，弄清塔下地宫入口的方位。做好详细的前期准备后，张伟趁着管理人员不注意，偷偷躲在繁塔里，直到天清寺景区关门。

天渐渐黑下来，塔外空无一人，张伟打开手机上的电筒，准备去挖地宫。他一抬头，电筒光下的塔身似乎与往日迥然不同，塔砖上的佛像一个个栩栩如生，简直像活过来了一样。在与他视线平齐的位置，塔砖上那位老僧目光炯炯，仿佛能摄人魂魄，他心里一惊，脚下一滑，头重重磕在背后的塔砖上。

待他忍痛睁开眼睛，对面塔砖上的老僧亲切多了，张伟透过他的眼睛，看到了这座塔诞生的缘起。

3

显德六年六月的一个晚上，后周皇宫中，一位卧病在床的中年男子，看样子已经接近生命尽头，气息奄奄的他紧紧拉住床边那个年约六七岁的孩子,挥手示意身边的人都出去。他拿出一张极薄的黄色丝帕,对孩子说:“训儿,父皇护不了你啦。这是咱家御窑的配方,上面的字用药水写成,浸在水里方可看见。仔细收好了,不要让任何人知道。若你有幸,能做个太平天子,为父求之不得。世事难卜,人心难料,将来若有不测,你不为天子,则为良匠,天清寺里便是你的容身之所。记住了吗?”

“训儿记住了。”小孩子战战兢兢地收起黄色丝帕,塞进衣袖里掖好,皇上这才硬撑着,让他把屋外等着的人叫进来。

那天晚上,周世宗柴荣驾崩了。一个月后,七岁小儿柴宗训登基。他一直记着父亲的话,那条黄色丝帕的事,没有告诉任何人。他即位后,点检做天子的传说在民间四处流传,各地节度使也蠢蠢欲动,想取而代之。

显德六年腊月,周世宗柴荣已经辞世半年。赵匡胤暗里结交文武官员,以义社十兄弟为核心拉帮结派,他的弟弟赵光义和幕僚赵普也上下活动,为他出谋划策,制造舆论,朝野间弥漫着主少国疑的气氛。

显德七年大年初一那天,镇州边关五百里加急给朝廷送来密报,声称北汉正在联合契丹军队,准备挥师南下入侵中原。朝堂上,赵匡胤主动请缨,要求开赴北疆迎敌。经过反复掂量,朝中实在没有更值得信赖的可用之人,太后和几位宰相只能同意了他的请求,调遣数十万军队,由他带领出征。

正月初三一大早,赵匡胤率兵出城,大军行至陈桥驿站时,停下驻扎休整。深夜,军营中发生兵变,有人把皇袍披在赵匡胤身上,拥他篡位自立。

大年初四清晨,赵匡胤带领军队返回京城,下午在崇政殿登基称帝。被赶下皇位的周恭帝柴宗训和母后,在宫里已经没有容身之地,母后向新皇上请求,愿带着孩子到天清寺念佛。

这时,塔砖上的老僧冲张伟微微一笑:“恐怕你已经猜到了,我就是当年的柴宗训。”他接着讲了后面发生的事。

来到天清寺的当天晚上,寺里皇家御窑的王师傅夫妇带着儿子来请安。我很惊讶，他儿子和我一样年纪，一样高矮胖瘦。磕过头后，王师傅冲着他妻子使了个眼色，就走出门外了。王师傅妻子眼圈一红，对母后说："太后，给孩子们换衣服吧。"

母后长叹一声，说："为保全先帝血脉，也只得如此啦。"

我和那孩子换了衣服后，被王师傅夫妇领到窑场去住，改名王继业。那个孩子则留下来，和母后住在一起。不久后，新皇下令把废帝迁往房州，永远不得回京。母后带着那孩子一起走了。我留在天清寺的御窑里，成为一名瓷匠。王师傅把他所有的本事都教给了我，慢慢地，我也能烧出像样的柴窑瓷了。只是，这些精美的瓷器已经没有了用场。王师傅夫妇和御窑的其他工匠决定在寺里建一座佛塔，把那些珍贵的柴窑瓷藏在塔下的地宫。就这样，一天又一天，一年又一年，繁塔一层层越建越高。

我二十岁那年，有消息传来，说废帝在房州暴毙。那一晚，王师傅夫妇一夜未睡，流着泪塑了一块又一块塔砖，砖上的人像和那孩子走的时候一模一样。

王师傅夫妇去世后，我在天清寺剃度出家，做了和尚。我始终记得父皇的话"不为天子，则为良匠"，命运既然夺去了我做天子的机会，我就做个出色的瓷匠吧。瓷艺精进永无止境，我把做出完美的柴窑瓷作为毕生的修行，用心完成一件件精品，存放在地宫。

不知道又过了多少年，我预感生命快走到尽头了，便带着徒儿封闭了地宫，嘱咐他将来把我的骨灰烧成塔砖，砌在塔上，我要永远守护着这里。这段时间，我看你常到塔里来，想来是你与柴窑瓷命定的缘分，今天，我就帮你了结心愿吧。

说着，老僧手一挥，地宫豁然洞开，里面光华灿烂，金碧辉煌，其间有无数佛家奇珍，而最珍贵的，是那些举世罕见的柴窑瓷，胎薄质坚，挺拔庄重，釉色纯正光亮，恰如雨过天晴一般。瓷面滋润素雅，开片细小，岁月的泥土沁出网状纹路，记录着岁月沧桑。在一排排瓷器中，一尊六棱折腰双层花瓣盅口礼器深深吸引了张伟，他双手捧起，翻来覆去地看，恨不能吃进脑子里。

张伟请教老僧："大师，烧造柴窑瓷的秘诀是什么？"

老僧答："无他，诚意正心、锲而不舍。手艺人要有匠心，手上功夫不哄人，你付出多少，老天就回报多少。"

张伟请求说："我愿意继续努力。可是，再过三个月，我和女友妈妈的约定就到期了，我怕来不及啊。"

老僧从袖子里拉出一条黄色丝帕，在他头顶轻轻拂过，说："我帮得了你一时，帮不了你一世。生为匠人，不能靠机巧立业。聪明人也得下笨功夫。回去吧，你的心事我懂，我的心事也难得有人肯听。你该回去了。"

后面的事，张伟已经记不得了。

4

清晨的微光投过来时，张伟恍惚醒来，他看看手机上的时间，已经早上五点了。刚才，难道是做了个梦？他揉了揉脑袋，生疼，后脑勺上鼓了个大包。莫非是因为进来时心虚，慌里慌张地摔迷糊了？

天渐渐大亮，他不能再待下去了。寺门一开，他就匆匆赶回窑场，急于把脑子里存留的印象做出来。制模，注浆，塑形，晾干，蘸釉，开炉，几个星期过去了，他一步都没有离开窑场。奶奶担心他，心疼得直掉眼泪。爷爷却说："不疯魔，难成匠。光靠老天爷赏的天分，成不了大器。孩子大了，成长为一个出色匠人该受的煎熬，他躲不掉。"

奶奶每天做了饭给他送来，他也顾不上和奶奶说话，痴呆呆守着窑，完全沉浸在陶瓷的世界里，饿了就吃些送来的饭菜，困了就裹着毯子躺在窑旁歇一会儿。

终于等到开窑了。在所有器物中，他看到了一件，只有那一件，如同众里寻他千百度，在人群中遇到最倾心的那一个，和他那天在梦里看到的六棱折腰双层花瓣盅口礼器一模一样。其他的仿品，多多少少都有些瑕疵，唯独这一件，和他记忆里的分毫不差！

佳器本天成，妙手偶得之。莫非那天晚上，他真得到了高僧大德的加持？

他按照鉴定机构的要求，准确测量那尊新出炉仿柴窑瓷礼器的各项数据，制作出高清三维影像，信心十足地发给了姑娘。几天后，姑娘回信，经过多位古瓷研究专家鉴定，从影像上看，无论器型、厚薄、重量、釉色，均与故宫博物院珍藏的柴窑瓷风格一致，这件高仿品极为成功。

姑娘打来电话："我妈通过啦。只是，我有个疑问，瓷器底部的'柴'字款识，资料记载和博物馆藏品均为方形框，你做的却是心形框，为什么？"

"原因有三。其一，这次成功，如有天助，我还没掌握柴窑瓷仿制的核心技术，不敢有自足之心。其二，我担心若干年后，这件仿品被当成真品骗人，特意留下证据，所谓成器先正心。"小瓷匠张伟接着说，"其三嘛，那颗心，我要献给最爱的人，你愿意接受吗？"

"愿意！"姑娘在电话那头爽快地回答。

清明谷雨

1

他是个性格怪僻的画家，在书画界有点小名气。

他的过人之处不在于书画，而在于穿门入户，没有什么锁能阻挡得了他的脚步。他有个不为人知的嗜好，喜欢在夜晚不请而入，走进别人的收藏室。当然，他从来不曾带走不属于自己的藏品，只为享受艺术对心灵的震撼。

《清明上河图》在他心中有至高无上的地位，可是一般人根本没有机会一睹真容，据说那是特权阶层才有的荣耀。从上一个清明节开始，他花了将近一年时间来临摹这幅画，计划最近全部完成。每当他在临摹中遇到疑问，无法进行下去的时候，他就偷偷地溜进故宫博物院，从张择端的真迹中汲取一些灵感。

这天晚上，他又进来了。明天就是清明节，他要通过这次观摩，为自己的临摹品添上最后几笔。

像往常一样，他顺利地来到存放《清明上河图》的专用柜子前。在他即将打开柜子的一刹那，听到里面有一个喑哑低沉的声音在喊："谷雨，谷雨。"

莫非，是他的幻觉？

颤抖的手拉开柜子，他看见一个须发皆白的男人怀里躺着一个双目紧闭的女人。根据他对宋文化的研究，他认出那女人是宋徽宗宣和年间宫女的装束。

男人对他一笑，说："以前你每一次来，我都不好意思和你打招呼。但是今天我想和你聊聊。"

画家在那个男人摄人魂魄的目光中，感觉自己越来越无力，瘫倒在柜子旁。

2

我叫清明，是清明节那天生的。她叫谷雨，比我小了十几天。我们俩青梅竹马。天下所有美丽的女人都是供皇帝挑选的，谷雨十五岁那年，也没能逃脱入宫的命运。进宫的前一天，谷雨告诉我，她等着我去救她。她从小信赖我，在她看来，没有什么事难得住我。可是这一次，我束手无策。

我听过一个传说，法术精深的人能穿越墙壁而不被人发觉。我到处寻访这样的高人，还真的找到了。我的诚心感动了师傅，他收下我跟着他潜心学法。

三年后，我记得很清楚，是清明节前五天，我趁着没人注意的时候潜入皇宫，来到谷雨的房间。谷雨不喜欢宫里沉闷拘束的生活，不愿意加入那些宫女们为了讨皇上欢心钩心斗角的队伍，因此只能做一个侍候皇后的下等宫女。看到我现身，她高兴坏了，急切地要我带她走。

我告诉她，当我念动咒语，可以隐蔽自己，但我眼下的法力还不足以隐蔽别人。不过师傅告诉我，每个法师生日那天，可以吸纳天地真气使法力达到极限，到那天我就能和她同时隐身。而且清明那天，家家户户都要出去踏青，大街小巷到处是人，出得宫来也容易脱身，我可以趁乱带走她。商量好具体细节，我便赶紧离开。

五天后，当我来找谷雨时，看到她正躺在血泊里。旁边有几个宫女在小声议论。原来，昨晚谷雨盼着我来接她心神不定，失手打碎了一个花瓶，偏巧这几天皇后正因为皇上频频出宫与李师师幽会而恼火，皇后迁怒于谷雨，竟然下令将她乱杖打死。

我顿时感到天旋地转。我抱着谷雨的尸体，失魂落魄地走在大街上。我恨。恨皇后，恨皇上，也恨大街上所有欢天喜地过节的人们。没有人能看到我的身影，也没有人能理解我的痛苦。

师傅说，以我的法力，若要唤回谷雨已经走失的魂魄，需要一千年。我决定冻住时间，让大街上所有人陪着谷雨沉睡一千年。

这时候，我看到了正在虹桥边绘图的宫廷画师张择端。

3

遵照皇帝的旨意，这幅画张择端已经画了两年。今天又是清明节，他带着画卷来到郊外，继续修饰润色，可是，整幅画始终缺乏一种神韵，达不到他期望的完美。他心力交瘁，忍不住打了个盹。就在这一瞬间，狂风骤起，人们纷纷躲避。

等到他一个激灵醒来时，天色已黄昏，大街上的人都不见了。却见画卷上出现了八百多个活灵活现的人物，整幅画流畅丰满，生动鲜活，犹如天成。

他心头一惊。这绝非自己的手笔，难道是冥冥中有神灵相助？他惴惴不安地收拾好画具，抱着画卷回到家。

第二天，他听说，京中失踪了八百多人，都是因为清明节外出踏青，被一阵大风刮走的。一时间，谣言四起，人心惶惶，甚至有民间传言，说大宋的气数怕是要尽了。

张择端躲在书房里认真审视那幅画卷，发现其中的一个红衣女子，活脱脱就是隔壁邻家昨天失踪的小女儿。

这幅画里一定藏着什么秘密。可是，今天已经到了皇上规定的交画期限。

画作呈上之后，皇上非常满意，亲自题写了《清明上河图》，并钤上双龙小印，留在身边，爱不释手。

张择端一直很不安，他开始私下调查。越调查，越感到心惊胆战。他不敢把他的发现告诉任何人，这个秘密仿佛一个沉重的包袱，压得他透不过气来。

张择端以画家的身份名满天下，却没有人知道他也是一个优秀的建筑师。当他知道那八百多个人因为自己的那幅画而失踪，他愧疚不已。他把自己承负不起的秘密刻在一块石头上,做成一把密钥,埋藏在自己设计的皇宫宫殿里,期待有机会救出那些无辜的画中人。

张择端还没有来得及完成这一切,就忧病而死。金兵进犯,北宋王朝风雨飘摇,徽钦二帝被金兵俘虏北去,颠沛流离,死于五国城。《清明上河图》在战乱中数易其主,无数人为了争夺它而丢掉性命。北宋王朝留下的风流繁华屡次因战火水患遭灭顶之灾,原来的城池被深深地埋在地下。

我经常在夜深人静的时候,驱动自己的精魂来到东京城。我目睹了这座城市将近一千年的变迁。

这座城市屡建屡毁。你看,这幅画所表现的东京城是世界上最繁华的,可一切都会过去,成为过眼云烟。只有真情能够永恒,就像我和谷雨。

一千年啊,我很寂寞。但是只要能拯救谷雨,一切都值得。

4

二十一世纪。原北宋皇宫遗址。

一座以张择端《清明上河图》为蓝本修建的清明上河园成了一个热门景点。每天晚上的《大宋·东京梦华》实景演出,为了表现北宋末年金兵入侵的战火而点燃的炸药,在湖中掀起数米高的浪花。水波不断冲击着湖底的某个机关,而这里,恰恰埋藏着张择端当年封存的密钥。能够解除咒语的密码即将被释放,画卷中的人们也将提前被唤醒。

我启动法力与它对抗。我必须坚持一千年,否则就会前功尽弃。可是我感到自己越来越力不从心了。也许一切都是定数。我有预感,明天这个清明节,当年被收入画中的人物就要全部复活了。

我的谷雨怎么办?如今只有一个办法可以救她,那就是把我的全部精气输入谷雨体内，让她也提前复活。

5

谷雨醒了。她不知道自己身处何方？也不明白只比自己大十几天的清明哥哥为什么一觉醒来须发全白老态龙钟。

清明说：“谷雨，我答应过你，清明这一天会带你走。今天又是清明节了。你看，窗外就要亮了，一会儿大街上就会有很多人。只是，哥哥再也无法保护你了。”

外面果然有些窸窸窣窣的响动，大约是邻家也要起床了吧。

清明告诉了谷雨这个沉睡将近千年的故事。但不久，他就要死了。

“哥哥，你不能丢下我一个，等我。”

她抱紧清明，拔掉头上的簪子，划开手腕。

千年的处子血溅在画上，驱散了蠢蠢欲动的精灵。一切声息都消失了。世界复归宁静。

6

画家揉揉眼睛，发现自己正倚在柜子边，好像刚刚做了一个梦，他仔细打量那幅画，果然在画中找到几滴淡淡的血迹。

后　　记

原以为年过不惑，该有了接受世事无常的静气。然而，执念常死灰复燃，噬咬暗夜，扰乱呼吸。每一个风清日丽背后都可能潜藏着偶然和危机。灾难降临，完美被打破，往往只在一瞬间。

这本书里是十多年的汇集。出版前曾犹豫要不要改掉其中的不合时宜，最终决定放弃，让曾经的想法保持原貌吧。

不是每个人都能有幸遇奇。这一刻，我行走在西湖右岸三月的风里。有人说，这池春水是周世宗柴荣为操练水军而备。可惜天不假年，他身后才几个月，江山改姓，妻子离宫。不知六千亩湖水里也曾跌落过多少伤心人的眼泪。

俯仰已陈迹，往来成古今。且听说书人讲一段汴地传奇。

谢谢河南省文学院。谢谢河南大学出版社。谢谢读者。